ERLE STANLEY GARDNER

L'AVOCAT DU DIABLE

TRADUIT DE L'AMÉRICAIN
PAR FRÉDÉRIC GROLIG

ÉDITIONS J'AI LU

Ce roman a paru sous le titre original :

THE CASE OF THE HOWLING DOG

1

Della Street tenait ouverte la porte du cabinet de Perry Mason. Avec le ton d'une femme qui parle à un enfant ou à un malade, elle dit :

– Entrez donc, monsieur Cartright. M. Mason va vous recevoir.

Un homme plutôt trapu, aux larges épaules, d'environ trente-deux ans, dont les yeux bruns paraissaient inquiets, pénétra dans le bureau.

– Vous êtes Perry Mason, l'avocat ?

Mason inclina la tête et pria le visiteur de prendre un siège.

L'homme s'assit pesamment dans le fauteuil que Mason avait indiqué d'un geste, tira d'une de ses poches un paquet de cigarettes, en prit une, la mit à la bouche. Il avait déjà presque remis le paquet dans sa poche quand il s'avisa d'en offrir une à Mason. La main qui tendait le paquet tremblait, et les yeux pénétrants de Perry Mason fixèrent cette main pendant un instant. Enfin, il refusa la cigarette offerte en secouant la tête.

– Non, merci. Je préfère les miennes.

L'homme remit promptement le paquet dans sa poche, frotta une allumette et se pencha avec une feinte nonchalance, s'arrangeant pour que son coude, appuyé sur le bras du fauteuil, calme le tremblement de la main qui tenait l'allumette.

– Ma secrétaire, dit Perry Mason d'un ton posé, m'a dit que vous vouliez me parler au sujet d'un chien et d'un testament.

L'homme approuva de la tête et répéta machinalement :

– Un chien et un testament.

– Eh bien ! parlons d'abord du testament. Je ne connais pas grand-chose aux chiens.

De nouveau, Cartright approuva en inclinant la tête. Ses yeux bruns considéraient anxieusement Perry Mason.

Celui-ci prit un bloc de papier jaune dans un tiroir et un stylo sur son bureau.

– Comment vous appelez-vous ? demanda-t-il.

– Arthur Cartright.

– Votre âge ?

– Trente-deux ans.

– Domicile ?

– 4893, avenue Milpas.

– Marié ou célibataire ?

– Vous tenez absolument à le savoir ?

Perry Mason releva un moment son stylo, tout en lançant à Cartright un regard pénétrant.

– Oui, dit-il enfin.

Cartright secoua sa cigarette au-dessus d'un cendrier, d'une main tremblante, comme s'il avait un accès de paludisme.

– Je ne crois pas que cela ait de l'importance pour le testament que je veux faire, répondit-il.

– Il faut que je le sache.

– Je vous répète que cela n'a pas d'importance pour le genre de testament que je prépare.

Perry Mason ne dit rien, mais la calme insistance de son silence força l'autre à parler.

– Oui, répondit-il enfin.

– Comment s'appelle votre femme ?

– Paula Cartright, vingt-sept ans.

– Elle habite avec vous ?

– Non.

– Où demeure-t-elle ?
– Je ne sais pas.
Perry Mason hésita un moment puis, ayant analysé l'attitude hagarde de son client, il adopta un ton rassurant.
– Très bien, dit-il. Avant de revenir à ce point, voyons un peu ce que vous voulez faire de votre fortune. Avez-vous des enfants ?
– Non.
– Quelles dispositions testamentaires voulez-vous prendre ?
– Avant de nous occuper de cela, dit précipitamment Cartright, je voudrais savoir si un testament est valide quelle que soit la cause de la mort du testateur.
Perry Mason inclina la tête en silence.
– Supposons, dit Cartright, qu'un homme meure sur l'échafaud ou la chaise électrique. Vous comprenez, s'il est exécuté pour meurtre, qu'adviendra-t-il de son testament ?
– La façon dont un homme meurt n'a pas d'importance et n'affecte pas son testament.
– Combien me faut-il de témoins pour un testament ?
– Deux, dans certaines circonstances, aucun, dans d'autres.
– Que voulez-vous dire ?
– Si le testament est écrit à la machine, il faut deux témoins pour valider votre signature. Mais dans cet Etat, si un testament est entièrement écrit de votre main, y compris la date et la signature, et s'il n'y a aucun autre écrit ou texte imprimé sur la feuille de papier, les témoins ne sont pas nécessaires.
Arthur Cartright soupira, apparemment soulagé, et dit d'une voix plus tranquille :
– Bien. Ce point paraît réglé.
– A qui désirez-vous léguer votre fortune ?
– A Mme Clinton Foley, qui habite au numéro 4889, avenue Milpas.
Perry Mason haussa les sourcils.

– Une voisine ?
– Une voisine, répondit brièvement Cartright.
– Très bien, fit Perry Mason, mais rappelez-vous, monsieur Cartright, que vous parlez à un avocat. N'ayez pas de secrets pour lui. Dites-moi la vérité. Je ne trahirai pas vos confidences.
– Mais je vous ai tout dit, il me semble.
– Je ne sais pas. Je tenais simplement à vous prévenir. Maintenant, allez-y, et expliquez-vous au sujet du testament.
– Mais c'est tout.
– Que voulez-vous dire ?
– Exactement ce que je vous ai dit. Tout ce que je possède ira sans restriction à Mme Clinton Foley.
Perry Mason reposa son stylo. Les doigts de sa main droite tapotaient doucement son bureau, et son regard montrait clairement qu'il restait sur la réserve.
– Bien. Et maintenant, si nous parlions du chien ?
– Le chien hurle.
Perry Mason eut un geste de compréhension apitoyée.
– Il hurle principalement la nuit, mais quelquefois pendant le jour. Je ne peux pas supporter ces hurlements continuels. Vous savez, un chien hurle quand la mort doit atteindre quelqu'un dans le voisinage.
– Où est ce chien ?
– Dans la maison à côté.
– Vous voulez dire que la maison habitée par Clinton Foley est d'un côté de chez vous, et celle où le chien hurle, de l'autre côté ?
– Non, le chien qui hurle est dans la maison de Clinton Foley.
– Je comprends. Si vous me racontiez maintenant toute l'affaire ?
Cartright écrasa le bout de sa cigarette, se leva, alla rapidement à la fenêtre, regarda au-dehors sans rien voir, puis revint vers l'avocat.
– A propos, j'ai encore une question à poser au sujet de mon testament.

– Allez-y !

– Supposez que Mme Clinton Foley ne soit pas vraiment Mme Clinton Foley ?

– Mais encore ?

– Supposez qu'elle vive maritalement avec Clinton Foley, mais qu'ils ne soient pas mariés.

– Cela ne changerait rien, dit Mason lentement, si vous la désignez dans le testament comme « Mme Clinton Foley, la femme qui *à présent* vit avec Clinton Foley, au 4889 de l'avenue Milpas, comme son épouse ». En d'autres termes le testateur a le droit de laisser ses biens à qui il veut. Les phrases descriptives dans un testament n'ont de valeur qu'en tant qu'elles expliquent les intentions du testateur. Par exemple, il est arrivé souvent qu'un homme meure en laissant des biens à sa femme, et qu'on découvre plus tard qu'ils n'étaient pas mariés légalement. De même, des personnes ont légué des biens à leur fils et on s'est aperçu après que ce n'était pas leur fils.

– Je me moque de tout cela, dit Cartright, d'un ton irrité. Ma question ne concerne que ce cas particulier. Cela changerait-il quelque chose ?

– Non, cela ne changerait rien.

– Eh bien ! alors, dit Cartright, prenant soudain l'air rusé, supposez qu'il y ait une véritable Mme Clinton Foley ; supposez que Clinton Foley ait été vraiment marié, mais n'ait jamais légalement divorcé, et que je lègue mes biens à Mme Clinton Foley ?

– Je vous ai expliqué que c'est l'intention du testateur qui compte, répliqua Perry Mason. Si vous laissez vos biens à la femme qui réside actuellement à cette adresse comme l'épouse de Clinton Foley, cela suffit amplement. Mais dois-je comprendre que Clinton Foley est en vie ?

– Naturellement ! Il habite à côté de chez moi.

– Je comprends, dit Mason, tâtonnant avec prudence et prenant un ton indifférent. Et M. Clinton Foley sait que vous avez l'intention de laisser votre fortune à sa femme ?

– Certainement pas, répliqua vivement Cartright. Il n'en sait rien et n'a pas besoin de le savoir, je suppose ?

– Non. Je me demandais simplement ce qu'il en était.

– Eh bien ! il ne le sait pas, et il ne le saura pas.

– Très bien, voilà qui est réglé. Et le chien ?

– Il faut que nous fassions quelque chose au sujet de ce chien.

– Que voulez-vous faire ?

– Je veux faire arrêter Foley.

– Sous quel prétexte ?

– Parce qu'il est en train de me rendre fou. On ne peut pas garder un chien comme ça. Cela fait partie d'un plan délibéré de persécution. Il sait ce que je ressens quand j'entends un chien hurler. C'est lui qui a le chien, et il l'a dressé à hurler. Ce chien n'en avait pas l'habitude. Il n'a commencé que la nuit dernière ou l'avant-dernière. Foley fait cela pour m'irriter et pour irriter sa femme. Elle est malade, au lit, et le chien hurle. Cela veut dire qu'il y aura une mort dans le voisinage.

Cartright parlait vite maintenant, ses yeux étaient fiévreux, et ses mains gesticulaient d'une façon incohérente.

– Je crois, dit lentement Perry Mason, qu'il ne va pas m'être possible de m'occuper de vous, monsieur Cartright. Je suis exceptionnellement pris en ce moment. Je viens de terminer une affaire criminelle au palais de justice, et...

– Je sais, dit Cartright. Vous croyez que je suis fou, qu'il s'agit simplement d'une petite affaire. Je puis vous assurer que ce n'est pas le cas. C'est une des plus grosses affaires dont vous vous soyez jamais occupé. Je suis venu chez vous parce que j'ai suivi votre dernier procès et que je suis allé au tribunal pour vous entendre. Vous êtes un vrai avocat, et vous aviez dès le début une longueur d'avance sur le procureur.

Perry Mason sourit.

– Je vous remercie de votre bonne opinion, monsieur Cartright, mais je suis avocat d'assises. C'est ma spécialité. La rédaction d'un testament n'est pas particulièrement dans mes cordes, et cette affaire de chien qui hurle peut vraisemblablement se régler sans avocat.

– Pas du tout. Vous ne connaissez pas Foley. Vous ne savez pas à quelle espèce d'homme vous avez affaire. Vous pensez probablement que vous allez perdre votre temps dans cette histoire, mais je vais vous payer, et bien.

Il plongea la main dans sa poche, en ramena un portefeuille bien garni, dont il sortit trois billets d'un mouvement saccadé. Mais au moment où il tendait la main pour les donner à l'avocat, ils glissèrent de ses doigts et voltigèrent sur le buvard du bureau.

– Voilà trois cents dollars, à titre de provision. Il y en aura d'autres quand vous aurez fini – beaucoup d'autres. Je ne suis pas encore allé à la banque pour retirer mon argent, mais je vais le faire. J'en ai beaucoup dans un coffre.

Perry Mason ne toucha pas aux billets. Ses doigts tapotaient le bureau sans faire de bruit.

– Monsieur Cartright, dit-il lentement, si vous me prenez comme avocat dans cette affaire, je veux pouvoir agir à ma guise au mieux de vos intérêts, vous êtes d'accord ?

– Naturellement, c'est ce que je désire.

– En toute circonstance, si je crois que quelque chose est dans votre intérêt, j'agirai en conséquence.

– D'accord, pourvu que vous preniez l'affaire en main.

Perry Mason ramassa les trois billets de cent dollars, les plia et les empocha :

– Très bien, dit-il, je vais m'occuper de cette affaire. Vous voulez faire arrêter Foley, n'est-ce pas ?

– Oui.

– Bien ; cela ne va pas être très compliqué. Vous n'avez qu'à déposer une plainte sous serment, et le magistrat délivrera un mandat d'arrêt. Mais quel besoin avez-vous de mes services ?

– Vous ne connaissez pas Clinton Foley, répéta obstinément Cartright. Il se retournera contre moi. Il me fera un procès. Il n'a peut-être dressé ce chien à hurler que pour me faire tomber dans un piège.

– Quelle espèce de chien est-ce ?

– Un gros chien policier.

Perry Mason baissa les yeux et contempla pendant un moment le bout de ses doigts tambourinant sur le bureau, puis il dirigea de nouveau son regard sur Cartright avec un sourire réconfortant.

– Au point de vue de la loi, la défense a tout à gagner à ce que le défendeur, consultant un avocat de bonne foi, lui expose tous les faits et agisse ensuite suivant ses conseils. Eh bien ! nous allons prendre les mesures nécessaires pour que personne ne puisse jamais avoir gain de cause contre vous, dans un procès, pour poursuites abusives. Je vais vous conduire auprès d'un substitut, dans le bureau du Procureur général qui a la direction de ce genre d'affaires. Vous lui raconterez toute l'histoire du chien. Vous n'avez pas besoin de parler du testament. S'il décide de lancer un mandat d'arrêt, il n'y aura rien d'autre à faire. Mais je dois vous avertir qu'il faudra raconter toute l'histoire au substitut ; mentionner tous les faits, impartialement et complètement. Vous aurez alors une défense parfaite, au cas où Foley contre-attaquerait en justice.

Cartright poussa un soupir de soulagement :

– Voilà qui est parlé ! C'est tout à fait le genre de conseils que je suis prêt à payer. Où allons-nous trouver ce substitut ?

– Il va falloir que je téléphone pour obtenir un rendez-vous. Si vous voulez m'excuser un moment, je vais essayer de l'avoir au bout du fil. Asseyez-vous et faites comme chez vous. Vous trouverez des cigarettes là, dans la boîte...

– Ce n'est pas la peine, dit Cartright en cherchant

rapidement dans sa poche. J'ai les miennes. Allez-y, et prenez rendez-vous. Ne perdons pas de temps. Je ne pourrai pas supporter une autre nuit avec ce chien qui hurle à la mort.

– Bon.

Mason repoussa son fauteuil tournant et gagna la porte. En la refermant d'un coup d'épaule, il vit Cartright en train d'allumer sa deuxième cigarette, d'une main qui tremblait tellement qu'il lui fallait la maintenir avec l'autre.

Mason pénétra dans le grand bureau où Della Street, sa secrétaire, âgée de vingt-sept ans, vive et capable, lui adressa un sourire amical.

– Un timbré ? demanda-t-elle.

– Je ne sais pas. Je vais me renseigner. Appelez-moi Pete Dorcas au téléphone, je vais mettre l'affaire entre ses mains.

La jeune femme fit signe qu'elle avait compris et aussitôt lança l'appel, en faisant rapidement le numéro. Perry Mason fit quelques pas vers une fenêtre et se planta devant, les pieds écartés, sa silhouette massive interceptant la lumière, pendant que son regard pensif plongeait au fond du « canyon » bordé d'édifices en ciment armé, d'où montaient les bruits de la rue. La lumière du jour déclinant, frappant son visage aux traits rudes, lui donnait un teint hâlé.

– M. Dorcas est en ligne, dit Della Street.

Perry Mason se retourna et en deux enjambées s'approcha d'un téléphone posé sur un bureau, pendant que les doigts agiles de Della Street enfonçaient la fiche correspondante au tableau du standard.

– Allô ! Pete ? Ici, Perry Mason. Je vais vous amener quelqu'un, mais auparavant je voudrais vous expliquer la situation.

Pete Dorcas avait une voix rauque et aiguë.

– Félicitations, Perry, pour votre victoire. Votre plan était bien conçu. J'avais dit au substitut qu'il y avait un point faible en ce qui concernait le temps, et je l'avais averti que s'il se présentait devant un jury sans pouvoir expliquer ce coup de téléphone au sujet de l'automobile volée, il perdrait son procès.

– Merci, dit Mason laconiquement. J'ai de la chance, voilà tout !

– Vous pouvez dire que vous la fabriquez, la chance ! Et cet homme que vous m'amenez, que veut-il ?

– Il veut déposer une plainte.

– A quel propos ?

– A propos d'un chien qui hurle.

– De quoi ?

– Vous m'avez bien entendu : d'un chien qui hurle. Je crois qu'un arrêté du comté interdit de posséder un chien qui hurle dans tout endroit très habité, même en dehors des limites d'une ville.

– Il y a bien un arrêté de ce genre, mais personne n'en tient jamais compte. Pour ma part, je n'ai jamais eu l'occasion de l'appliquer.

– Oui, mais ici le cas est différent. Mon client est en train de devenir fou, s'il ne l'est pas déjà.

– A cause des hurlements du chien ?

– Je ne sais pas. C'est ce que je veux élucider. S'il a besoin d'un traitement, je désire qu'il le reçoive. S'il s'est monté la tête au point d'être sous la menace d'une dépression nerveuse, j'ai l'intention de veiller à ce que ses droits soient respectés. Vous comprenez que pour certaines personnes un chien hurleur ne représente qu'un désagrément, mais que cela peut rendre fou un individu ayant un tempérament spécialement fragile.

– Vous allez l'amener ici ?

– Oui, je vais vous l'amener, et je désire que vous fassiez en sorte qu'un docteur soit présent à l'entrevue – un des psychiatres chargés d'expertises dans les cas d'aliénation mentale. Ne le présentez pas comme un docteur, mais comme un assistant quelconque. Qu'il entende la conversation et au besoin qu'il pose une ou deux questions. Alors, si cet homme a besoin d'un traitement médical, nous veillerons à ce qu'il le reçoive.

– Et s'il n'en veut pas ?

– J'ai dit que nous veillerions à ce qu'il le reçoive.

– Pour cela, fit remarquer Dorcas, il faudrait que vous introduisiez une plainte, et que vous obteniez un mandat d'internement.

– Je le sais, et je suis prêt à signer moi-même cette plainte, si cet homme a besoin d'un traitement médical. Je veux simplement savoir à quoi m'en tenir. S'il est fou, j'agirai pour son bien. S'il ne l'est pas, je veillerai à ce que la justice lui permette de faire valoir ses droits immédiatement. J'entends agir au mieux de ses intérêts, comprenez-vous ?

– Parfaitement.

– Je serai là-bas dans un quart d'heure.

Et Mason raccrocha. Il mit son chapeau, ouvrit la porte communicante et fit signe à Cartright.

– Ça va. Il nous attend à son bureau. Avez-vous une voiture, ou prenons-nous un taxi ?

– Prenons un taxi. Je suis trop nerveux pour conduire.

2

Pete Dorcas, grand et maigre, parut se dérouler en se levant derrière un bureau d'apparence très usagée et lança à Arthur Cartright un regard acéré, tout en répondant à la présentation de Perry Mason par la formule de politesse habituelle. Il se tourna pour présenter un individu au ventre rebondi, dont la figure, à première vue, ne dénotait qu'une bienveillance joviale, mais un examen plus approfondi révélait un esprit en éveil et sur ses gardes, derrière des yeux gris et rieurs.

– Je vous présente M. Cooper, mon assistant.

L'individu manifesta par un sourire le plaisir que lui procurait cette présentation et s'avança pour serrer la main de Cartright, pendant que ses yeux souriants étudiaient rapidement le visiteur. Il tint la main de Cartright pendant un temps appréciable après une poignée de main indifférente.

– Eh bien ! dit Mason, je crois que nous sommes prêts, n'est-ce pas ?

– En effet, dit Dorcas en revenant s'asseoir derrière son bureau.

Dorcas, grand, mince, chauve, les pommettes saillantes, dégageait une impression de lucidité qui déroutait son auditoire.

– C'est au sujet d'un chien, dit Perry Mason. Clinton Foley, qui habite au numéro 4889, avenue Milpas, dans la maison voisine de celle de M. Cartright ici présent, a un chien policier qui hurle.

– Eh bien ! répondit Dorcas avec un sourire, s'il est vrai qu'un chien ait droit à un coup de dents, on devrait aussi lui permettre un hurlement.

Arthur Cartright ne sourit pas. Sa main fit un brusque mouvement vers sa poche, en retira un paquet de cigarettes puis, après un moment d'hésitation, l'y replaça.

Les yeux rieurs de Cooper, qui ne cessaient d'étudier Cartright, perdirent un instant leur expression joviale, puis recommencèrent à clignoter agréablement.

– Il faut arrêter cet homme, déclara Cartright. Il faut que ces hurlements cessent. M'entendez-vous ! Il faut que cela cesse !

– Bien sûr, intervint Perry Mason. C'est pour cela que nous sommes ici ; racontez votre histoire.

– Il n'y a pas d'histoire à raconter ; le chien hurle, voilà tout.

– Constamment ? demanda Cooper.

– Constamment... Non, pas constamment. Je veux dire qu'il hurle à intervalles réguliers. Un chien ne peut pas hurler tout le temps. Il hurle, s'arrête, et puis hurle de nouveau.

– Qu'est-ce qui le fait hurler ? demanda Cooper.

– C'est Foley qui le fait hurler, déclara Cartright sans hésiter.

– Et pourquoi ?

– Parce qu'il sait que cela m'exaspère ; il sait aussi que cela exaspère sa femme. C'est un signe que la mort va frapper quelqu'un dans le voisinage, et sa femme est malade. Je vous dis qu'il faut y mettre un terme. Il faut empêcher ce chien de hurler.

Dorcas feuilleta l'index d'un livre relié en cuir, puis déclara d'un ton dolent :

– Eh bien ! il y a un arrêté qui stipule que si une personne possède un chien, une vache, un cheval, des poules, un coq, des pintades, ou tout oiseau de basse-cour, animal ou bétail dans un lieu habité, et qu'il en résulte un préjudice pour les voisins, cela constitue un délit.

– Que vous faut-il de plus ? dit Cartright.

Dorcas se mit à rire :

– Personnellement, il ne me faut rien de plus et je n'aime ni les chiens qui hurlent, ni les coqs qui chantent. Cet arrêté a été rendu à l'origine pour éloigner les laitiers et les loueurs de chevaux des districts populeux. Or, l'avenue Milpas est un quartier exclusivement bourgeois, plutôt luxueux même. Votre adresse, monsieur Cartright ?

– 4893, avenue Milpas.

– Et la maison de Foley est au numéro 4889 ?

– C'est exact.

– Et pourtant les deux maisons sont voisines ?

– En effet.

– Vous avez un terrain assez étendu ?

– Celui de Foley est grand.

– Et le vôtre ?

– Le mien est de moyenne dimension.

– Foley est riche ?

– Est-ce que cela y fait quelque chose ? demanda Cartright d'un ton irrité. Naturellement qu'il est riche ! Il n'habiterait pas là, autrement.

– Cela n'a pas d'importance dans un certain sens, dit Dorcas lentement, mais vous comprenez que nous devons, en la circonstance, agir prudemment. On ne fait pas arrêter un citoyen respectable sans lui envoyer un avertissement préalable. Que diriez-vous si je lui adressais un avertissement ?

– Cela ne servirait à rien.

Perry Mason se mit à parler lentement :

– C'est une question de simple justice. Vous pouvez choisir la méthode que vous jugerez la meilleure, Dorcas, mais j'insiste pour qu'on mette fin à ce désagrément ; il faut que les hurlements de ce chien cessent. Vous pouvez voir vous-même qu'ils ont mis mon client dans un état de nervosité extrême.

– Je ne suis pas nerveux, déclara Cartright d'un ton sec, mais seulement un peu bouleversé.

Perry Mason inclina la tête en silence. Les yeux de Cooper clignèrent légèrement en fixant ceux de Mason et sa tête s'inclina aussi presque imperceptiblement ; puis il fixa de nouveau Cartright.

– Je crois, dit lentement Dorcas, que nous ne pouvons poursuivre avant d'avoir envoyé un avertissement. Nous écrirons une lettre à M. Foley pour lui faire savoir qu'une plainte a été déposée et attirer son attention sur l'arrêté suivant lequel la possession d'un tel chien constitue un désagrément préjudiciable à autrui. Nous pouvons ajouter que, si le chien est malade, il devra être confié à un hôpital ou un chenil jusqu'à ce que tout soit passé.

Cartright allait dire quelque chose, mais Dorcas demanda :

– Depuis combien de temps le chien est-il là-bas, monsieur Cartright ?

– Je ne sais pas. Deux mois, autant que je sache. Je suis arrivé moi-même il y a deux mois environ, et le chien y était déjà.

– Et il n'a pas hurlé avant ?

– Non.

– Quand cela a-t-il commencé ?

– L'avant-dernière nuit.

– Je présume que vous n'êtes pas en bons termes avec Foley ? Vous ne voudriez pas lui rendre visite pour le prier de faire cesser les hurlements de son chien ?

– Non. Je ne le ferai pas.

– Et si vous lui téléphoniez ?

– Non.

– Bien. Que diriez-vous si je lui écrivais une lettre ?

– Vous ne connaissez pas Foley, déclara Cartright avec amertume. Il déchirerait la lettre et ferait hurler son chien encore davantage. Il prendrait un plaisir diabolique à la pensée qu'il m'a eu. Il montrerait la lettre à sa femme, et...

Cartright s'interrompit brusquement.

– Ne vous arrêtez pas, dit Dorcas, continuez ! Que ferait-il encore ?

– Rien, dit Cartright, d'un ton de mauvaise humeur.

Cartright se tut un moment.

– Bon, dit-il enfin, j'accepte de suivre cette procédure, mais je désire que vous envoyiez la notification immédiatement.

– Dès qu'elle sera prête, fit Perry Mason d'un ton conciliant.

– Bien, c'est votre affaire maintenant. Je rentre chez moi. Je vous confie mes intérêts, monsieur Mason. Restez ici pour aider ces messieurs à préparer l'avertissement en bonne et due forme et pour veiller à ce qu'il soit remis au destinataire. Pouvez-vous vous charger de tout cela ?

– D'accord ! Rentrez chez vous et reposez-vous un peu, monsieur Cartright. Je prends l'affaire en main.

Cartright acquiesça d'un geste et s'arrêta, la main sur la porte.

– Merci, messieurs, très heureux d'avoir fait votre connaissance. Pardonnez-moi si je parais un peu bouleversé. Je n'ai pas beaucoup dormi depuis quelque temps.

Et la porte claqua derrière lui.

– Alors ? fit Dorcas, en se tournant vers le Dr Cooper.

Ce dernier joignit le bout de ses doigts sur sa panse, et l'aimable clignement de ses yeux disparut brusquement :

– Eh bien ! je ne voudrais pas établir de diagnostic sur les constatations assez limitées dont nous disposons en ce moment, mais j'ai l'impression que c'est un cas de psychose maniaco-dépressive.

Perry Mason grimaça un sourire :

– C'est un bien grand mot, docteur, mais faut-il en conclure simplement que ses nerfs ont flanché ?

– L'effondrement nerveux n'existe pas. C'est une expression populaire qui est appliquée à diverses formes de psychoses fonctionnelles ou de dégénérescence.

– Bon. Considérons alors la chose d'un autre point de vue : un homme atteint de psychose maniaco-dépressive n'est pas fou, n'est-ce pas ?

– Il n'est pas normal.

– Je sais, mais il n'est pas fou.

– Cela dépend de ce que vous entendez par « fou ». Il n'y a naturellement pas là le degré de folie qui, légalement, excuserait la perpétration d'un crime, si c'est ce que vous voulez dire.

– Non, ce n'est pas ce que je veux dire. Descendez sur notre pauvre Terre, docteur, et cessons de couper les cheveux en quatre. Vous n'êtes pas à la barre des témoins. Nous parlons entre nous. C'est une maladie purement fonctionnelle, n'est-ce pas ?

– Oui.

– Qu'on peut guérir ?

– Certainement. On peut la guérir complètement.

– Alors, dit Mason d'un ton irrité, débarrassons-nous du chien hurleur.

– Evidemment, intervint Dorcas qui jouait avec un crayon, nous n'avons pas d'autre témoignage sur les hurlements du chien que la déclaration non confirmée de Cartright.

— Oh ! laissez donc tout cela, répliqua Mason. Vous n'allez pas lancer un mandat d'arrêt, n'est-ce pas ? Vous n'avez qu'à envoyer un avertissement à Clinton Foley, l'informant qu'on se plaint qu'il a violé l'arrêté numéro tant, dont vous lui indiquerez la nature. Il fera taire le chien hurleur, s'il y en a un, et s'il n'en a pas, il vous téléphonera pour vous le faire savoir.

Mason se tourna vers le Dr Cooper :

— Cette idée d'un chien qui hurle ne serait pas une illusion, par hasard, docteur ?

— Dans la psychose maniaco-dépressive, les malades ont des illusions, mais cela s'apparente au délire de la persécution.

— Justement, remarqua Dorcas : il se croit persécuté et pense que Foley a dressé le chien dans ce but.

Perry Mason regarda sa montre.

— Appelons une sténographe. Nous pourrons lui dicter l'avertissement et prendre des dispositions pour le faire parvenir à Foley.

Dorcas appuya sur un bouton.

— Très bien, dit-il. Je vais le dicter et le signer.

— Je désire parler au policier qui ira le porter là-bas, dit Mason. Je pourrais peut-être hâter les choses...

Dorcas sourit malicieusement :

— Avec quelques cigares ?

— Ma foi ! Je pourrais aussi lui donner une bouteille de whisky, mais je ne voudrais pas me compromettre en présence du substitut du procureur général.

— Allez au bureau du shérif, et demandez qu'un policier soit désigné pour porter l'avertissement. Il sera prêt quand vous reviendrez. Vous pourrez accompagner le policier, si vous le désirez.

— Très peu pour moi, dit Mason en souriant. Chacun ses attributions. Je serai dans mon bureau quand on remettra l'avertissement à Foley.

Comme il ouvrait la porte pour sortir, il se tourna vers le Dr Cooper :

– Ne croyez pas, docteur, que je cherche la petite bête. Cet homme est venu me trouver et je me rendais compte qu'il était très nerveux, mais je ne savais pas s'il était fou ou non. Je voulais être fixé.

– Naturellement, répondit le docteur, il m'est impossible de faire un diagnostic complet dans ces conditions.

– Je comprends.

– A-t-il dit autre chose ? demanda Dorcas. Voulait-il vous consulter à propos d'une autre affaire que le chien hurleur ?

Perry Mason sourit, d'un sourire lent et patient.

– Vous en posez, des questions ! Je peux vous dire en tout cas qu'il m'a versé une provision, si cela peut vous être utile.

– En billets de banque ?

– Oui, en billets.

– Voilà qui règle la question, dit le Dr Cooper en riant : c'est une preuve certaine d'aliénation mentale ; votre client se conduit de façon anormale !

– Vous pouvez le dire : c'est anormal, conclut Perry Mason en fermant la porte derrière lui.

3

Della Street avait déjà dépouillé le courrier de Perry Mason, quand ce dernier ouvrit la porte du bureau en lui souhaitant gaiement le bonjour :

– Quoi de neuf, Della ?

– Beaucoup de choses banales, et une qui ne l'est pas.

– Gardons le gâteau pour le dessert, dit-il en souriant. Annoncez le banal.

– Un des jurés du dernier procès veut vous parler

au sujet d'une affaire de société anonyme. Deux autres vous ont appelé au téléphone pour vous féliciter de la façon dont vous avez conduit la défense... Un monsieur a essayé d'obtenir un rendez-vous, mais n'a pas voulu me dire en détail de quoi il s'agissait. Il a acheté des actions d'une mine. Il y a aussi des demandes de renseignements pour des questions de peu d'importance.

– Envoyez tout cela au diable, Della. Je n'aime pas la routine. Je veux me passionner pour des affaires où la vie et la mort sont en jeu, où les minutes comptent.

Della Street protesta avec, dans le regard, une expression de tendre sollicitude.

– Vous prenez trop de risques, chef. Votre passion pour les situations anormales vous causera des ennuis un de ces jours. Pourquoi ne plaidez-vous pas simplement, au lieu de vous jeter dans la mêlée, comme vous le faites ?

Perry Mason eut un sourire.

– J'aime la bagarre. C'est amusant... Quelle est l'affaire extra-quotidienne, Della ?

– C'est une lettre de ce monsieur qui est venu hier.

– Quel monsieur ?

– Celui qui se plaignait des hurlements d'un chien.

– Oh ! dit Perry Mason en souriant. Cartright ? Je me demande s'il a dormi la nuit dernière.

– Cette lettre est arrivée par exprès ; elle a dû être mise à la poste dans la nuit.

– Y a-t-il du nouveau au sujet du chien ?

– Il envoie un testament, dit-elle. (Et baissant la voix, elle regarda furtivement dans le grand bureau, comme si elle avait peur que quelqu'un ne l'entende :) Et il y a aussi dix billets de mille dollars.

Perry Mason resta planté là, regardant fixement devant lui. Son front était couvert de rides.

– Dix mille dollars en billets de banque ?

– Oui.

– Envoyés par la poste ?

– Oui.
– En recommandé ?
– Non, simplement par exprès.
– Mazette !

Della se leva pour aller au coffre-fort, ouvrit la porte, puis celle du compartiment intérieur, en retira l'enveloppe et la lui remit.

– Et vous dites qu'il y a un testament ?
– Oui, un testament.
– Et une lettre avec ?
– Oui, une courte lettre.

Perry Mason sortit les dix mille dollars de l'enveloppe, les examina avec soin, siffla entre ses dents, plia les billets et les empocha. Puis il lut la lettre à haute voix :

– « Cher monsieur Mason. Je vous ai vu pendant ce dernier procès. Je suis convaincu que vous êtes honnête ; aussi que vous êtes un lutteur, et je désire que vous luttiez dans cette affaire. Je vous remets ci-inclus dix mille dollars et un testament. Les dix mille dollars, à titre de provision. Vos honoraires sont prévus dans le testament. Je désire que vous représentiez la personne désignée comme mon héritière dans ce testament et que vous luttiez jusqu'au bout pour la défense de ses intérêts. Je sais maintenant pourquoi le chien hurlait. J'ai rédigé ce testament suivant vos indications. Vous n'aurez peut-être ni l'occasion de le faire valider ni à intervenir pour défendre mon héritière. Dans ce cas, veuillez conserver les dix mille dollars, plus la provision que je vous ai donnée hier. Avec mes remerciements pour l'intérêt que vous avez pris à mon affaire. Sincèrement, Arthur Cartright. »

Perry Mason secoua la tête d'un air de doute et sortit les billets pliés de sa poche :

– J'aimerais bien garder cet argent.
– Le garder ! s'exclama Della Street. Bien entendu, vous allez le garder. La lettre explique pourquoi il vous est remis. C'est une provision normale, non ?

Perry Mason soupira et laissa tomber l'argent sur son bureau :

– Fou ! dit-il. Cet homme est fou à lier.

– Qu'est-ce qui vous fait croire qu'il est fou ?

– Tout !

– Vous ne le pensiez pas hier soir.

– Je croyais qu'il était nerveux, peut-être malade.

– Mais pas fou ?

– Non, pas exactement.

– Et vous le pensez maintenant parce qu'il vous a envoyé cette lettre ?

Perry Mason sourit malicieusement :

– Le Dr Charles Cooper, le psychiatre, a prétendu hier que, de nos jours, le paiement en argent comptant d'une provision était un signe certain d'aliénation mentale. Cet homme en a effectué deux en vingt-quatre heures, et il a envoyé dix mille dollars dans une lettre non recommandée.

– Il n'avait peut-être pas d'autre moyen de l'envoyer, suggéra Della Street.

– Peut-être. Avez-vous lu le testament ?

– Non, quand la lettre est arrivée et que j'ai vu ce que c'était, je me suis empressée de la mettre dans le coffre.

– Bien. Nous allons y jeter un coup d'œil.

Il déplia la feuille qui portait extérieurement la mention : *Dernier testament d'Arthur Cartright.* Il parcourut rapidement le texte et baissa la tête.

– Bien, il a fait un testament holographe en règle : tout est de son écriture : la date, la signature et le texte.

– Est-ce qu'il vous laisse quelque chose dans ce testament ? demanda Della Street, curieuse.

Perry Mason leva les yeux et se mit à rire doucement.

– Bon Dieu ! Vous êtes bien intéressée, vous, ce matin !

– Si vous vous rendiez compte du nombre des factures qui nous arrivent, vous seriez intéressé, vous aussi. A en juger par la façon dont vous dépensez l'argent, on ne dirait vraiment pas que le pays est en pleine crise économique.

– Je remets l'argent en circulation. Il y en a tout autant qu'avant – en fait, il y en a même davantage, mais il ne circule plus aussi rapidement.

– Le vôtre circule vite, en tout cas. Mais dites-moi ce qu'il y a dans ce testament, si ce n'est pas indiscret.

– Oh ! cela vous regarde aussi. Je peux être éliminé, un jour ou l'autre. Vous serez alors la seule personne au courant de ma situation. Voyons... Il laisse sa fortune à son héritière, et à moi un dixième de l'héritage, payable à la liquidation de la succession, à condition que j'aie fidèlement représenté la légataire principale dans toute action judiciaire pouvant survenir à propos du testament, de la mort du testateur, ou de la situation matrimoniale de cette femme.

– Cela englobe pas mal de choses, ne trouvez-vous pas ?

Perry Mason fit un geste d'assentiment, et reprit :

– Ou bien Cartright a écrit ce testament sous la dictée d'un homme de loi, ou il a un cerveau bien organisé pour les affaires. Ce n'est pas le testament d'un fou. C'est logique et cohérent. Il laisse les neuf dixièmes de sa fortune à Mme Clinton Foley, et un dixième à moi...

Perry Mason s'interrompit net et fixa le testament avec de plus en plus de surprise.

– Qu'est-ce qu'il y a ? demanda Della Street. Un vice de forme ?

– Non, répondit lentement Perry Mason, ce n'est pas un vice de forme, mais quelque chose de bien étrange.

Brusquement, il traversa le bureau et ferma à clef la porte donnant sur le corridor.

– Ne nous laissons pas distraire par les visites avant d'avoir débrouillé ça.

– Quoi donc ?

– Hier, dit Mason en baissant la voix, cet homme s'est enquis tout particulièrement de la façon dont il pourrait léguer sa fortune à Mme Clinton Foley. Il voulait savoir quel effet cela aurait sur le testament, si l'on découvrait par la suite que la femme qui se fait passer pour Mme Clinton Foley n'était pas réellement l'épouse légitime de Foley.

– Elle n'est pas mariée avec Foley ?

– Non.

– Mais, est-ce qu'elle ne vit pas avec Foley dans un quartier ultrachic ?

– Oui, mais cela ne prouve rien. Il y a eu des cas où...

– Je sais, interrompit Della Street, mais il est étrange qu'un homme habite dans un quartier de ce genre avec une femme qui se fait passer pour son épouse légitime.

– Ces choses-là arrivent tous les jours. Il est possible qu'il ait une première femme qui ne veut ni divorcer ni permettre à son mari de le faire. La femme de Foley a peut-être aussi un mari. Il peut y avoir de multiples raisons.

Della acquiesça d'un signe de tête.

– Vous avez éveillé ma curiosité. Qu'est-ce qu'il y a dans ce testament ?

– Eh bien, hier, il m'a demandé ce qui arriverait si, ayant légué sa fortune à Mme Clinton Foley, on découvrait que cette femme n'était pas du tout Mme Clinton Foley, mais se faisait passer pour telle. Il avait certainement des raisons de croire que sa légataire n'était pas l'épouse de Clinton Foley. Je lui ai expliqué qu'il n'y aurait pas de difficulté si, en léguant sa fortune à la femme en question, il prenait soin de préciser qu'il s'agissait bien de la personne qui habitait avec Clinton Foley 4889, avenue Milpas.

– Et alors ? C'est ce qu'il a fait ?

– Non. Il a légué sa fortune à Mme Clinton Foley, *épouse légitime* de Clinton Foley, lequel est à présent domicilié au numéro 4889, avenue Milpas, dans cette ville.

– Cela change tout.

– Naturellement, cela change tout ! Si la femme qui vit avec Clinton Foley à cette adresse n'est pas son épouse légitime, ce n'est pas elle qui héritera. Le testament attribue la fortune à l'épouse légitime de Clinton Foley et la mention qui est faite du domicile s'applique à Clinton Foley et non à sa femme.

– Il ne vous a pas compris ?

– Je ne sais pas, dit l'avocat en fronçant les sourcils. Il a paru bien me comprendre pour tout le reste, et il semble assez lucide dans tout ce qu'il fait. Cherchez Cartright dans l'annuaire, au 4893 avenue Milpas. Il a certainement le téléphone. Appelez-le tout de suite. Dites-lui que c'est important.

Della s'inclina et tendit la main vers l'appareil, mais la sonnerie d'un appel extérieur interrompit son mouvement.

– Voyez qui c'est, dit Mason.

Elle enfonça la fiche sur la ligne qui appelait.

– Ici, le bureau de Perry Mason.

Après avoir écouté un instant :

– Une petite minute. (Et, ayant obturé le téléphone avec sa main :) C'est Pete Dorcas, le substitut. Il dit qu'il veut vous parler tout de suite au sujet de l'affaire Cartright.

– C'est bien, passez-moi la communication.

– Dans votre bureau ?

– Non, ici. Ecoutez la conversation ; je ne sais pas exactement ce que cela va être, mais je veux un témoin.

Ayant pris le récepteur et lancé un « Allô ! » retentissant, il entendit la voix rauque et dolente de Pete Dorcas, qui paraissait impatient :

– Je crois, Mason, que je vais être obligé de faire enfermer votre client, Arthur Cartright.

– Qu'a-t-il fait ? demanda Mason.

– Cette histoire de chien hurleur est entièrement

imaginaire. Clinton Foley m'en a suffisamment raconté pour m'amener à penser que cet homme est non seulement un fou dangereux, mais qu'il a un complexe meurtrier qui peut l'inciter à commettre un acte de violence.

– Quand est-ce que Foley vous a raconté tout cela ? dit Mason en regardant sa montre-bracelet.

– Il y a quelques minutes.

– Il est venu à votre bureau ?

– Il est ici en ce moment.

– Très bien, dit Mason. Retenez-le. J'ai le droit d'être entendu dans cette affaire. Je suis l'avocat de Cartright, et je veillerai à ce que mon client soit traité équitablement. Retenez-le ! Je viens tout de suite.

Il ne donna pas le temps à Dorcas de trouver quelque excuse, mais reposa brusquement l'écouteur tout en se tournant vers Della Street.

– Della, coupez et appelez Cartright. Dites-lui que je veux le voir immédiatement. Qu'il quitte sa maison et aille dans un hôtel quelconque, où il s'inscrira sous son vrai nom, mais qu'il ne dise à personne où il va. Qu'il nous téléphone le nom de l'hôtel où il se trouve, et vous me le téléphonerez à votre tour. Dites-lui de ne pas s'approcher de mon bureau ou de sa maison avant que je ne l'aie vu, et que c'est important. Je m'en vais au bureau du procureur voir ce qui se passe. Ce Clinton Foley est en train de nous causer des ennuis.

Il déverrouilla la porte extérieure et se précipita dans l'ascenseur. En bas, il héla un taxi et cria au chauffeur :

– Au bureau du procureur ! Vite ! Je paierai s'il le faut l'amende pour excès de vitesse.

Il sauta dans le taxi, qui démarra en trombe, projetant Perry Mason contre les coussins. Pendant le trajet, il regardait fixement devant lui sans rien voir, perdu dans ses pensées. Son corps oscillait machinalement quand le taxi prenait un virage ou faisait des embardées pour éviter les obstacles. Arrivé à destination, le chauffeur lui remit le ticket du compteur et Perry Mason lui jeta un billet de cinq dollars.

– Ça va comme ça, mon vieux.

Il franchit le trottoir, monta au neuvième étage et lança à la jeune préposée aux renseignements :

– Pete Dorcas m'attend.

Il suivit un long couloir, s'arrêta devant une porte vitrée sur laquelle s'inscrivait en lettres dorées le nom de Pete Dorcas et frappa. On entendit la voix hargneuse de Dorcas :

– Entrez !

Perry Mason tourna la poignée et pénétra dans la pièce. Pete Dorcas était assis derrière son bureau, l'air contrarié. De l'autre côté du bureau, une silhouette énorme se souleva avec difficulté d'un fauteuil et se tourna avec curiosité pour faire face à Mason.

L'homme mesurait plus de six pieds ; il avait de larges épaules, une forte poitrine et de longs bras. Malgré sa taille un peu épaisse, il était d'apparence athlétique. Il pouvait avoir quarante ans et, quand il parlait, sa voix résonnait fortement.

– Je suppose que vous êtes Perry Mason, dit-il, l'avocat de Cartright ?

Perry Mason acquiesça d'un geste bref et resta debout, les pieds écartés, la tête un peu penchée, les yeux fixés sur son interlocuteur.

– Oui, dit-il, je suis l'avocat de Cartright.

– Je suis Clinton Foley, son voisin, dit l'homme avec un sourire aimable en tendant la main.

Perry Mason s'avança de deux pas, serra sans chaleur la main qu'on lui tendait et, se tournant vers Dorcas :

– Je regrette de vous avoir fait attendre, Pete, mais j'ai besoin de savoir ce qui se passe.

– Il n'y a rien à vous apprendre, dit Dorcas, sauf que je suis très occupé. Hier après-midi, vous avez pris beaucoup de mon temps avec les hurlements d'un chien qui n'a pas hurlé, et maintenant il apparaît que votre client est fou à lier.

– Sur quoi vous fondez-vous pour dire cela ?
– Vous le croyiez bien hier, répliqua Dorcas d'un ton irrité. Vous m'avez dit au téléphone que vous pensiez qu'il était fou, et vous m'avez demandé de faire venir un médecin pour le voir.
– Non, dit lentement Perry Mason. Ne vous égarez pas, Dorcas. Je savais que les nerfs de cet homme étaient à vif, et je voulais savoir s'il n'y avait que ça.
– Ah oui, vraiment ? dit Dorcas d'un ton sarcastique. Vous pensiez qu'il était fou, mais vous vouliez en être certain avant de vous passer la corde au cou.
– Que voulez-vous dire par là ?
– Vous le savez bien. Vous êtes venu ici avec un homme qui voulait faire arrêter un riche et éminent citoyen. Naturellement, vous vouliez être sûr qu'il n'y aurait pas de riposte. C'est pour ça que Cartright vous a engagé. C'est aussi pour ça que vous n'avez pas voulu d'un mandat d'arrêt, mais que vous avez obtenu que M. Foley soit convoqué ici. Eh bien ! il y est maintenant, et il m'en a raconté de belles.
Perry Mason fixa son regard d'acier sur Dorcas jusqu'à ce que celui-ci baissât les yeux :
– Lorsque je suis venu ici, dit-il lentement, c'était pour jouer franc jeu avec vous et être traité de même. Je vous ai dit que cet homme était nerveux. Il existe un arrêté interdisant de causer à autrui des désagréments par la possession d'un animal bruyant. Mon client a le droit d'être protégé par la loi, même s'il se trouve qu'un homme ayant des appuis politiques...
– Mais le chien n'a pas hurlé, s'exclama Dorcas, d'un ton irrité. Tout est là !
La voix de Foley s'interposa :
– Pardonnez-moi, messieurs. Puis-je dire un mot ?
Mason ne fit même pas un mouvement de son côté mais continua de regarder fixement le substitut. Ce dernier, cependant, se tourna vers Foley avec une expression de soulagement :
– Certainement, dit-il, parlez !
– Vous me pardonnerez, j'en suis sûr, monsieur

Mason, dit Foley, si je parle franchement. Je sais que vous désirez connaître les faits. Je comprends votre situation dans cette affaire et vous félicite pour la façon dont vous protégez les intérêts de votre client.

Perry Mason se tourna lentement vers lui et le dévisagea d'un œil peu cordial.

– Ça va, dit-il, voyons vos explications.

– Cartright, dit Foley, a sans aucun doute le cerveau
dérangé. Il a loué la maison voisine de la mienne. Je suis tout à fait certain que les propriétaires de cette maison ne savaient pas à qui ils louaient. Cartright a une domestique : une femme de charge qui est sourde. Apparemment, il n'a ni amis ni connaissances. Il reste chez lui à peu près tout le temps.

– C'est son droit, dit Perry Mason d'un ton agressif. Il n'aime peut-être pas le voisinage.

Dorcas se leva :

– Ecoutez, Mason, vous ne pouvez pas...

– Messieurs, *s'il vous plaît,* intervint Foley. Laissez-moi expliquer, si vous voulez bien, monsieur Dorcas. Je comprends l'attitude de M. Mason. Il croit que j'ai fait usage d'influences politiques et que les intérêts de son client sont menacés.

– Eh bien, dit Mason, c'est bien ce que vous avez fait ?

– Non, répondit Foley en souriant aimablement. J'ai simplement expliqué les faits à M. Dorcas. Comme je l'ai dit, votre client est un homme bizarre. Il vit comme un ermite, et pourtant il m'espionne continuellement des fenêtres de sa maison. Il surveille tout ce que je fais avec une paire de jumelles.

Dorcas hésita un moment, puis se rassit en haussant les épaules et alluma une cigarette.

– Continuez, dit Perry Mason. J'écoute.

– C'est mon cuisinier chinois qui a été le premier à attirer mon attention sur ce fait. Il avait remarqué le reflet des lumières sur les lentilles des jumelles. Comprenez-moi, monsieur Mason, je pense que votre client a le cerveau dérangé et qu'il ne sait pas ce qu'il fait. Sachez aussi que j'ai de nombreux témoins pour confirmer ce que je vais dire.

– Très bien. Qu'allez-vous dire ?

– Je vais me plaindre, dit Foley avec dignité, de cet espionnage perpétuel. Il est difficile pour moi de garder des domestiques dans ces conditions, et c'est aussi désagréable pour moi que pour mes invités. Cet homme fouine de tous les côtés et me fixe avec ses jumelles. Il n'allume jamais les lumières du dernier étage. La nuit, il se promène tout le temps dans les pièces obscures avec ses lorgnettes pour m'espionner. C'est un voisin dangereux.

– Ce n'est pas un crime que de regarder avec des jumelles, dit Mason.

– Ce n'est pas la question, dit Dorcas, et vous le savez bien. Cet homme est fou.

– Qu'est-ce qui vous le fait croire ?

– Le fait qu'il s'est plaint d'un chien qui hurlait, alors que le chien n'a pas hurlé.

– Vous avez un chien, n'est-ce pas ? demanda Mason à Foley.

– Certainement, répondit celui-ci sans s'émouvoir.

– Et vous prétendez qu'il ne hurle pas ?

– Il ne hurle jamais.

– Il n'a pas hurlé l'avant avant-dernière nuit ?

– Non.

– J'ai discuté de cette question avec le Dr Cooper, dit Dorcas, et il prétend qu'une idée de persécution, associée à l'hallucination d'un chien hurleur et à la superstition qu'il va y avoir une mort dans le voisinage – qui est présente dans l'esprit de votre client – peut provoquer chez lui une fureur homicide à n'importe quel moment, sans autre signe avant-coureur.

– Très bien, dit Mason, pour vous c'est une affaire jugée, et pour moi aussi. Vous allez l'interner, n'est-ce pas ?

– J'ai l'intention de faire procéder à un examen mental, dit Dorcas dignement.

– Eh bien ! faites-le ! Je vous répète ce que je vous ai dit hier. Si vous devez soumettre une personne à un examen psychiatrique, il faut que quelqu'un ait signé une plainte. Alors, qui va signer la plainte ? Est-ce vous ?

– C'est possible, répondit Dorcas.

– Vous ferez bien d'y aller doucement. Je vous avertis, c'est tout.

– Vous m'avertissez de quoi ?

– Je vous préviens que si vous signez une plainte prétendant que mon client est fou, vous ferez bien de faire une enquête un peu plus sérieuse. Autrement, vous aurez des ennuis.

– Messieurs, messieurs ! dit Foley. Je vous en prie, pas de disputes à ce sujet. Après tout, il s'agit de prendre une mesure équitable envers ce pauvre M. Cartright. Je ne lui en veux d'aucune manière. C'est un voisin et il s'est rendu désagréable, mais je suis certain que sa conduite est due à un dérangement mental. Je désire simplement qu'on enquête. Au cas où il apparaîtrait que l'esprit de cet homme n'est pas dérangé, j'agirais en sorte qu'il ne répète pas ses assertions au sujet de mon chien et des personnes vivant chez moi.

Dorcas s'adressa à Mason :

– Ceci ne vous avance à rien, Perry. M. Foley est absolument dans son droit. Vous savez très bien que vous avez amené ici Cartright parce que vous vouliez prévenir toute action pour poursuites abusives. Si Cartright nous a révélé les faits complètement et sans rien omettre, il est dans son droit, mais en ce cas il n'y est pas car il a déformé ou dénaturé les faits.

Mason eut un rire ironique.

– Voulez-vous aller en justice ?

– Non.

– Bien. Je vais vous dire à tous les deux une chose que vous avez oubliée : c'est qu'on n'a pas lancé de mandat d'arrêt et qu'aucune plainte n'a été enregistrée. Le substitut a décidé d'écrire une lettre. C'est à peu près tout, n'est-ce pas, Dorcas ?

– Légalement, oui, dit Dorcas en réfléchissant, mais s'il apparaît que cet homme est fou, il faudra faire quelque chose.

– Bien, dit Mason. M. Foley déclare que le chien n'a pas hurlé, et vous en déduisez que Cartright est fou.

– Naturellement, mais M. Foley prétend avoir des témoins pour confirmer ses assertions.

– C'est ce qu'il dit, répliqua Mason obstinément, mais jusqu'à ce que vous ayez interrogé ces témoins, vous ne savez pas s'il n'y en a pas parmi eux qui sont fous.

Foley se mit à rire, mais son rire sonnait faux et ses yeux brillèrent.

– Alors, reprit Dorcas, si je comprends bien, vous désirez que nous poursuivions notre enquête plus à fond avant de faire quoi que ce soit. C'est bien ça ?

– Bien entendu, dit Mason. Comme sur la déclaration de *mon* client vous n'avez pas fait plus que d'écrire une lettre, si vous voulez en écrire une autre à M. Cartright l'informant que M. Foley dit qu'il est fou, je n'y vois pas d'objection. Mais si vous vous engagez sur une assertion non confirmée de M. Foley, j'insisterai pour que les droits de mon client soient respectés.

Dorcas décrocha le téléphone, demanda le bureau du shérif et dit au bout d'un instant :

– Passez-moi Bill Pemberton... Allô ! Bill ? Ici Pete Dorcas. Ecoutez. Nous avons en cause deux millionnaires de l'avenue Milpas, pour un chien qui est censé hurler. L'un dit que la bête hurle, l'autre qu'elle ne hurle pas. Perry Mason représente l'une des parties et réclame une enquête. Pouvez-vous aller régler la chose sur place ?

Il y eut un moment de silence, puis Dorcas ajouta :

– Bon, venez à mon bureau tout de suite.

Il raccrocha et, se tournant vers Perry Mason qu'il regarda froidement :

– Eh bien ! Perry, vous avez mis cette affaire en branle. Nous allons faire une enquête, et si elle révèle que les déclarations de Cartright sont fausses et qu'il a l'esprit dérangé, nous poursuivrons jusqu'à l'internement administratif, à moins que vous ne préfériez trouver un parent qui se chargera de le faire interner dans une maison de santé privée.

– Voilà enfin que vous commencez à parler raisonnablement, dit Mason. Pourquoi ne m'avez-vous pas dit cela pour commencer ?

– Quoi donc ?

– Que je pourrais trouver un parent, en vue de l'internement privé.

– Parce que, dit Dorcas, il a déclenché notre action pour un délit qui paraît sans fondement. M. Foley est venu ici et a fait valoir que sa sécurité était compromise.

– Exactement. C'est ce que j'ai contesté. Sans rancune, Pete, mais quand je représente quelqu'un, je me bats pour lui jusqu'à mes derniers retranchements si c'est nécessaire.

Dorcas soupira :

– Il n'y a pas à dire, Mason : vos clients sont bien défendus, mais il est difficile de s'entendre avec vous.

– Pas quand mes clients sont traités équitablement.

– Vos clients seront traités équitablement ici, dit Dorcas, tant que j'aurai la direction de ce bureau. Bill Pemberton est un homme juste, et c'est lui qui va faire l'enquête sur place.

– Je désire aller avec lui.

– Pouvez-vous accompagner ces messieurs, monsieur Foley ? demanda Dorcas.

– Quand ?

– Tout de suite, répondit Mason. Le plus tôt sera le mieux.

– Oui, dit Foley lentement, je peux y aller.

Une silhouette se détacha sur le verre dépoli de la porte qui s'ouvrit, et un homme de quarante-cinq ans, aux traits anguleux mais à l'expression joviale, entra.

– Bonjour la compagnie ! dit-il.

– Salut, Pemberton, répondit Mason.

– Bill, dit Dorcas, je vous présente M. Foley, l'un des plaignants.

L'assistant du shérif et Foley échangèrent une poignée de main, puis Pemberton tendit la main à Perry Mason en disant :

– Vous avez livré une belle bataille dans cette affaire de mœurs et réussi un bon travail de détective. Mes compliments.

– Merci ! répondit Mason en lui serrant la main.

– De quoi s'agit-il ? demanda Pemberton à Dorcas.

– Un chien qui hurle, dit le substitut d'un ton excédé.

– Tout ce remue-ménage pour un chien ? demanda Pemberton. Pourquoi ne lui fermez-vous pas la gueule avec un bifteck ?

– Sa gueule est déjà fermée, dit Foley en riant. C'est ça l'ennui !

– M. Foley vous racontera l'histoire en chemin, dit Dorcas. C'est l'un des plaignants et Perry représente la partie adverse. Cela a commencé par une plainte au sujet d'un chien qui hurle, et maintenant il est question d'espionnage, de fureur homicide et de tout ce que vous voudrez. Allez sur place. Voyez de quoi il retourne. Parlez aux témoins et faites-moi un rapport. J'agirai en conséquence.

– Qui sont les témoins ? demanda Pemberton.

Foley leva ses doigts en l'air, les abaissant au fur et à mesure qu'il énumérait les témoins.

– Il y a, avant tout, Cartright qui prétend que le chien hurle, puis sa femme de charge. Elle dira peut-être que le chien hurle, mais si vous lui parlez, vous vous rendrez compte qu'elle est sourde comme un pot et ne pourrait même pas entendre le tonnerre. Et puis, il y a ma femme, qui vient d'être très grippée, mais dont l'état s'améliore. Elle est alitée, mais elle pourra vous parler. Elle sait que le chien n'a pas hurlé. Il y a mon domestique chinois, Ah Wong, et ma femme de charge, Thelma Benton. Ils peuvent tous vous dire que le chien n'a pas hurlé. Il y a enfin le chien lui-même.

– Le chien va me dire qu'il n'a pas hurlé ? demanda Pemberton en souriant.

– Vous pourrez constater qu'il est très heureux, dit en souriant Foley et, fouillant dans sa poche pour en sortir un étui à cigares, il ajouta : Que diriez-vous d'un cigare ?

– Merci, fit Pemberton en se servant.

– Et vous ? demanda Foley en présentant l'étui à Mason.

– Merci, dit ce dernier. Je m'en tiens à mes cigarettes.

– J'ai déjà consacré beaucoup de temps à cette affaire, dit Dorcas d'un ton suggestif.

– Ça va, Pete, lança Pemberton d'une voix tonitruante. Nous partons tout de suite. En avant, mes amis !

4

Au moment où la voiture du shérif se rangeait au bord du trottoir, Bill Pemberton demanda :

– Nous y sommes ?

– Oui, répondit Foley, mais ne vous arrêtez pas là ; continuez par l'allée. Je suis en train de faire agrandir mon garage, et les entrepreneurs ont laissé tout un tas de choses qui gênent par ici. Ils finissent cet après-midi, après je serai débarrassé d'eux.

– A qui allons-nous parler d'abord ? demanda Pemberton.

– A qui vous voudrez, dit Foley très calmement, mais je crois qu'après avoir parlé à ma femme vous n'aurez pas besoin d'autres témoins.

– Non, dit Pemberton, nous allons les voir tous. Et votre cuisinier chinois, est-il ici en ce moment ?

– Certainement. Continuez par l'allée, si vous voulez, et nous le ferons venir dans sa chambre. Vous voudrez probablement voir où il couche : c'est au-dessus du garage.

– Vous êtes en train de construire une annexe ?

– Oui, au garage, pas à la chambre. Il n'y a qu'un étage. Le logement du cuisinier est au-dessus du garage.

– Et le chauffeur ? demanda Pemberton.

– Ce logement était prévu à l'origine pour un chauffeur, admit Foley, mais je n'en ai pas, et quand je prends la voiture, c'est moi qui conduis.

– Bien, alors, allons parler au Chinetoque ! D'accord, Mason ?

– Tout ce que vous proposez me va, dit Mason, mais je voudrais que vous parliez à mon client avant de vous en aller.

– Bien sûr. C'est sa maison qu'on voit là-bas, monsieur Foley ?

– C'est bien ça : la maison au nord.

L'auto suivit l'allée et s'arrêta devant une construction où des hommes travaillaient avec un zèle soudain, destiné à impressionner le propriétaire de la maison.

– Montez, dit Foley, pendant que je vais chercher Ah Wong.

Pemberton commençait à monter l'escalier extérieur fixé au mur en béton de l'édifice, lorsqu'il entendit claquer une porte et une voix de femme dire :

– Oh ! monsieur Foley, il faut que je vous voie tout de suite : nous avons eu des ennuis...

Les mots devinrent imperceptibles, car la femme avait baissé la voix en voyant l'auto du policier.

Bill Pemberton hésita, puis redescendit et demanda :

– Des ennuis... au sujet du chien, monsieur Foley ?

– Je ne sais pas, dit Foley.

Une jeune femme, qui avait une robe d'intérieur et un tablier, et dont la main et le bras droits étaient bandés, s'approchait de Foley. Elle paraissait âgée d'environ vingt-sept ou vingt-huit ans. Ses cheveux étaient tirés en arrière. Elle n'était pas maquillée et donnait l'impression d'une gouvernante fort capable, et pourtant il aurait suffi de quelques touches habiles de maquillage, d'une autre robe et d'une plus jolie coiffure pour la rendre tout à fait belle.

Pemberton lui jeta un coup d'œil scrutateur.

– Ma femme de charge, expliqua Foley.

– Oh ! dit Pemberton d'un ton significatif.

Foley se tourna brusquement vers lui et fut sur le point de dire quelque chose, mais il s'arrêta et attendit que la femme fût assez près.

– Qu'est-ce qui se passe ? dit-il.

– Prince m'a mordue. Il était malade.

– Comment cela ?

– Je ne sais pas, mais je crois qu'on a voulu l'empoisonner ; il était bizarre. Je me suis rappelé qu'il fallait lui faire avaler des sels, si jamais il donnait tout à coup des signes de maladie. Je lui en ai mis une poignée au fond de la gueule, mais il a refermé les mâchoires et m'a mordue.

Foley regarda la main bandée et demanda :

– C'est grave ?

– Non, dit-elle, je ne crois pas.

– Où est-il maintenant ?

– Je l'ai enfermé dans votre chambre, après que les sels ont fait leur effet. Mais je voulais que vous sachiez – au sujet du poison.

– Va-t-il mieux maintenant ?

– Il semble tout à fait guéri.

– Est-ce qu'il avait des spasmes ?

– Non, il était couché et il frissonnait. Je lui ai parlé deux ou trois fois, mais il ne paraissait s'intéresser à rien.

Foley fit un signe de tête et se tourna vers Pemberton.

– Madame Benton, je vous présente M. Pemberton, assistant du shérif, et M. Perry Mason, avocat. Ces messieurs font une enquête au sujet d'une plainte déposée par des voisins.

– Une plainte des voisins ? demanda Mme Benton en faisant un pas en arrière, les yeux agrandis par la surprise.

– Oui, ils prétendent que nous leur causons de graves désagréments.

– Comment cela ?

– C'est au sujet du chien, dit Foley.

– Un moment, interrompit Pemberton. Laissez-moi parler, s'il vous plaît.

La jeune femme regarda Pemberton, puis Foley et, ce dernier ayant fait un signe d'acquiescement, Pemberton continua :

– Cet animal est un chien policier appelé Prince ?

– Oui, monsieur.

– Et il loge ici ?

– Oui, monsieur, bien sûr. C'est le chien de M. Foley.

– Depuis combien de temps l'avez-vous ?

– Il y a un an que nous habitons la maison.

– Et le chien est resté avec vous tout ce temps ?

– Oui, monsieur.

– Bien. Est-ce qu'il a hurlé ?

– Hurlé ? Non, monsieur. Il a aboyé une fois hier quand un colporteur est venu à la porte, mais il n'y a pas eu de hurlements.

– Et la nuit ? A-t-il hurlé la nuit ?

– Non, monsieur.

– A-t-il aboyé ?

– Non, monsieur.

– Vous en êtes certaine ?

– Naturellement, j'en suis certaine !

– Est-ce qu'il s'est comporté d'une façon bizarre ?

– Eh bien, dit-elle, il m'a donné l'impression qu'il

avait pu être empoisonné et j'ai essayé de lui donner des sels. C'est ce que M. Foley m'avait dit de faire en pareil cas.

– Ce n'est pas ce que je veux dire. Je désire savoir si le chien a présenté des symptômes inhabituels, en dehors de cette affaire d'empoisonnement.

– Non, monsieur.

Pemberton, se tournant alors vers Mason, demanda :

– Pensez-vous que votre client ait tenté d'empoisonner le chien ?

– Jamais de la vie, déclara Mason sans hésiter.

Foley, prenant la parole, se hâta de dire :

– Entendons-nous bien : je n'accuse pas M. Cartright. Je ne crois pas qu'il soit homme à empoisonner un chien, mais il n'est réellement pas responsable de ses actes.

– Quant à moi, dit la jeune femme avec assurance, je ne sais pas où il a absorbé le poison, mais quelqu'un lui en a donné, et je suis prête à le jurer. C'était bien un chien malade avant que je lui aie fait ingurgiter les sels. Après, il s'est remis.

– Quelle est l'action des sels ? demanda Pemberton à Foley.

– C'est un vomitif puissant qui agit immédiatement.

Pemberton s'adressa de nouveau à la jeune femme :

– Et vous consentiriez à déclarer sous serment que ce chien n'a pas hurlé ?

– Certainement.

– S'il avait hurlé, vous l'auriez entendu ?

– Oui.

– Où couchez-vous ? Dans la maison ?

– Oui, au dernier étage.

– Et qui y a-t-il d'autre dans la maison ?

– Il y a Ah Wong, le cuisinier, qui couche au-dessus du garage. Et puis, Mme Foley.

– Je crois, shérif, dit Foley, qu'il serait peut-être

préférable que vous parliez à ma femme ; elle pourra vous dire...

– Je vous demande pardon, interrompit Mme Benton. Je ne voulais pas vous l'annoncer devant ces messieurs, mais votre femme n'est pas là.

Foley la fixa d'un regard surpris.

– Elle n'est pas là ? Mais, bon Dieu ! Elle n'aurait pas dû sortir. Elle est à peine remise de sa grippe !

– Elle est sortie tout de même, dit Mme Benton.

– Comment est-elle partie ? Nos voitures sont là.

– En taxi.

– Ciel ! s'exclama Foley, elle va se tuer. Quelle idée a bien pu lui passer par la tête ?

– Je ne sais pas, monsieur.

– A-t-elle dit où elle allait ? Est-ce qu'elle est partie faire des emplettes, une visite ou quoi ? A-t-elle reçu un message ? Y avait-il quelque chose d'urgent ? Allons, parlez donc ! Ne soyez pas si mystérieuse !

– Elle vous a laissé un mot, monsieur.

– Un mot ?

– Oui.

– Où est-il ?

– En haut, dans sa chambre. Elle l'a laissé sur sa coiffeuse et m'a priée de veiller à ce qu'il vous soit remis.

Foley fixa la jeune femme, le front plissé, tandis que son regard devenait soudain très dur.

– Voyons ! dit-il. Vous me cachez quelque chose ?

La jeune femme de charge baissa les yeux :

– Elle a emporté une valise, dit-elle.

– Une valise ! s'exclama Foley. Allait-elle dans une clinique ?

– Je ne sais pas. Elle ne me l'a pas dit. Elle a simplement laissé un mot.

Foley regarda le shérif :

– Voulez-vous m'excuser un moment ?

– Certainement, répondit Pemberton. Allez donc !

Foley pénétra dans la maison. Pendant ce temps,

Perry Mason regardait Mme Benton, étudiant attentivement son visage.

– Y a-t-il eu un différend entre vous et Mme Foley, immédiatement avant son départ ? demanda-t-il.

La jeune femme se redressa et lui jeta un regard hautain et insolent :

– Je ne sais pas qui vous êtes, dit-elle, mais je sais que je n'ai pas à répondre à vos questions absurdes et à vos sales insinuations.

Puis elle fit demi-tour et s'éloigna rapidement vers la maison.

Pemberton fit une grimace amusée à l'adresse de Perry Mason, coupa le bout de son cigare avec les dents et dit :

– Vous voilà servi !

– Cette fille ne fait rien pour se rendre agréable, répondit Mason en fronçant les sourcils, mais elle est plutôt jeune pour une gouvernante. Je ne serais pas surpris qu'il se soit passé quelque chose pendant que Mme Foley était malade et alitée, qui ait provoqué son départ précipité.

– Vous ne seriez pas en train de faire des cancans, par hasard ? demanda Pemberton.

– Non, dit Mason gravement. Je fais seulement des conjectures.

La porte de derrière s'ouvrit, livrant passage à Mme Benton.

– M. Foley vous demande d'entrer, dit-elle. Je n'aurais pas dû me mettre en colère et vous laisser. Excusez-moi.

– Ça ne vaut pas la peine d'en parler. Nous étions dans notre tort, dit Bill Pemberton en regardant Perry Mason.

– Je suis venu ici, dit ce dernier, pour me renseigner et veiller à ce que mon client soit traité équitablement.

– Non, répliqua Pemberton en appuyant sur les mots. *Nous* sommes venus ici pour savoir si le chien avait hurlé. A mon avis, nous bornerons là notre enquête.

Perry Mason resta silencieux.

La jeune femme les fit entrer dans la cuisine par la porte de derrière. Un Chinois, petit et maigre, revêtu d'un tablier, les regarda de ses gros yeux brillants.

– Nous voudrions des renseignements sur le chien... commença Mason, mais il fut interrompu par Pemberton.

– Un moment, Mason, s'il vous plaît. Laissez-moi m'occuper de ça. Je sais assez bien comment procéder avec ces Chinetoques. Comment t'appelles-tu ?

– Ah Wong.

– Tu fais cuisine ici ?

– Je fais cuisine.

– Tu aimer chien ?

– Je aimer chien beaucoup.

– Tu entends chien faire bruit ? Entends lui faire hurlement, nuit ?

Le Chinois secoua lentement la tête.

– Chien pas hurlé ?

– Pas hurlé, dit le Chinois.

Pemberton haussa les épaules.

– Au diable ! dit-il, c'est tout ce dont nous avons besoin. Vous pouvez vous rendre compte vous-même de la situation. Votre homme est devenu fou, c'est tout !

– Pour ma part, dit Perry Mason, j'aurais posé les questions à ce Chinois d'une manière un peu différente.

– Oh ! ça va ! Je sais comment il faut manier ces gens-là. J'ai eu affaire à eux dans des cas de loterie illégale. C'est comme ça qu'il faut leur parler. Ils ne pigent pas d'autre jargon. Si vous vous mettez à leur débiter un tas de mots qu'ils ne comprennent pas, ils disent « oui » tout le temps, sans savoir de quoi il est question.

– M. Foley vous prie de l'attendre dans la bibliothèque, dit Mme Benton, si vous voulez bien, messieurs. Il vous y rejoindra dans un petit moment.

Elle ouvrit la porte de la cuisine, et les deux hommes traversèrent l'office, la salle à manger, le living-room, et tournèrent à gauche pour entrer dans la bibliothèque dont les murs étaient couverts de livres. Il y avait une énorme table, au milieu de la pièce, des fauteuils profonds en cuir, chacun avec sa lampe à pied à côté, et de hautes fenêtres avec des rideaux épais qu'on pouvait faire glisser sur des tringles au moyen d'un dispositif ingénieux, de façon sans doute à empêcher la moindre lueur de pénétrer du dehors.

Mme Benton commença : « Je crois que si vous voulez vous asseoir »... mais à ce moment une porte s'ouvrit avec fracas et Clinton Foley apparut sur le seuil, la figure bouleversée par l'émotion, les yeux brillants.

Il tenait une lettre à la main.

– Alors ! dit-il, tout est fini. Vous n'avez plus besoin de vous inquiéter au sujet du chien.

L'assistant du shérif tirait placidement des bouffées de son cigare :

– J'ai cessé de m'inquiéter à son sujet, dès que j'ai parlé à cette jeune dame et au cuisinier chinetoque, dit-il. Nous allons là-bas voir Cartright maintenant.

Foley se mit à rire, et au son de ce rire, qui était discordant et artificiel, Bill Pemberton retira le cigare de sa bouche et fixa Foley d'un air perplexe en fronçant les sourcils.

– Quelque chose ne va pas ? demanda-t-il.

– Ma femme, dit Clinton Foley, se redressant avec une certaine dignité, a décidé de partir. Elle m'a quitté pour un autre homme.

Pemberton ne fit pas de commentaire. Perry Mason restait debout, les pieds écartés, son regard allant de Foley à la jeune femme de charge, puis à Pemberton.

– Cela vous intéressera peut-être d'apprendre, messieurs, dit Foley, parlant avec la dignité qu'on emploie pour cacher une émotion, que l'objet de son affection, l'homme qui m'a supplanté auprès d'elle, n'est autre que le « monsieur » d'à côté, M. Arthur Cartright, l'homme qui a fait tout ce tintamarre au sujet du chien hurleur, dans le but de me mettre aux mains de la police, ce qui devait lui permettre d'accomplir son dessein et d'enlever ma femme.

Perry Mason dit à mi-voix à Pemberton :

– Eh bien ! voilà qui démontre que mon client n'est pas fou !

Foley pénétra à grands pas dans la pièce, regardant Perry Mason avec hostilité.

– Cela suffit, monsieur, dit-il. On vous tolère ici, mais vous voudrez bien garder vos remarques pour vous.

Perry Mason ne bougea pas. Les pieds écartés et les épaules rejetées en arrière, il toisa son interlocuteur et répondit :

– Je représente ici mon client. Vous l'avez accusé de folie et vous êtes targué de fournir des preuves. Je suis ici pour protéger ses intérêts. Vous ne parviendrez pas à me bluffer.

Clinton Foley parut perdre tout contrôle : il leva la main droite, prêt à frapper, cependant que sa bouche grimaçait et tremblait de fureur.

Bill Pemberton s'avança rapidement :

– Là ! Là ! dit-il d'un ton conciliant, ne nous emballons pas, Foley.

Foley respira profondément et retint avec effort son poing qui se préparait à atterrir sur la mâchoire de Perry Mason. Ce dernier, imperturbable, n'avait pas bougé d'une semelle.

Foley se tourna vers Pemberton et dit d'une voix étouffée :

– Il y a quelque chose à faire avec un salaud de cette espèce. Il me semble qu'on pourrait le faire arrêter ?

– Je crois que oui, mais cela regarde le substitut. Comment savez-vous qu'elle est partie avec lui ?

– Elle le dit dans ce mot. Tenez, lisez !

Il jeta la lettre dans les mains de Pemberton, et se détournant brusquement, alla à l'autre bout de la pièce. Il alluma une cigarette d'une main tremblante, se mordit la lèvre et se moucha violemment.

Mme Benton était restée là, sans s'excuser ni donner d'explication. Elle dévisagea Foley longtemps et intensément par deux fois, mais ce dernier, debout devant une fenêtre, regardait fixement au-dehors sans rien voir.

Perry Mason s'approcha de Pemberton qui dépliait la lettre et regarda par-dessus son épaule. Pemberton se déplaça pour l'empêcher de lire, mais Mason lui mit la main sur le bras en disant :

– Ne faites pas le méchant !

Pemberton renonça alors à cacher le contenu de la lettre et les deux hommes déchiffrèrent le texte suivant :

Mon cher Clinton,

C'est avec le plus grand regret que je prends cette décision. Je connais votre orgueil, et combien vous détestez le scandale. Je voudrais éviter de vous faire de la peine. Après tout, vous m'avez bien traitée. Je croyais que je vous aimais, et il y a quelques jours encore, j'étais absolument sincère. J'ai appris alors qui était notre plus proche voisin. J'ai commencé par être furieuse. Il m'espionnait avec des jumelles. J'aurais dû vous le dire, mais quelque chose m'a retenue. Je voulais le voir, et quand vous vous êtes absenté, j'ai eu une entrevue avec lui.

Clinton, il est inutile de continuer à jouer la comédie plus longtemps. Je ne peux pas rester avec vous. Je ne vous aime pas réellement. Cela n'a été que la fascination d'un moment, un feu de paille qui s'est éteint.

Vous êtes simplement un gros animal plein de magnétisme. Vous ne pouvez pas plus laisser une femme tranquille qu'un papillon ne peut résister à l'attraction de la lumière. Je sais ce qui s'est passé ici, et je ne vous en blâme pas, parce que je ne crois pas qu'on doive vous blâmer. Je ne pense pas que vous puissiez vous en empêcher, mais je sais que je ne vous aime plus, et je ne crois pas que je vous aie jamais aimé. J'ai cédé à une sorte de fascination : à ce charme hypnotique particulier que vous exercez sur les femmes. En tout cas, je m'en vais avec lui, Clinton.

Je le fais de manière que tout scandale vous sera épargné. Je ne dis même pas à Thelma-Benton où je vais. Elle sait seulement que je prends une valise et que je pars. Vous pouvez lui dire que je suis en visite chez des parents. Si vous ne faites pas de bruit autour de cette affaire, vous pouvez être sûr que je n'en ferai pas non plus.

A votre manière, vous avez été bon pour moi. Vous avez comblé tous mes désirs matériels. La seule chose que vous ne pouvez pas me donner est l'amour d'un homme fidèle, et vous ne pouvez pas non plus satisfaire cette faim de mon âme, comme lui seul peut le faire. Je m'en vais avec lui et je sais que je serai heureuse.

Essayez, je vous prie, de me pardonner, et croyez aux vœux sincères que je forme à votre égard.

EVELYN.

Mason parla à voix basse :

– Elle ne mentionne pas le nom de Cartright.

– Non, dit Pemberton, mais elle parle de l'homme qui est dans la maison à côté.

– Et, continua Perry Mason, toujours à voix basse, il y a quelque chose d'autre...

Foley se retourna brusquement. Le chagrin qui avait paru l'affecter si profondément avait disparu. Sa voix et ses manières dénotaient une rage froide et préméditée.

– Ecoutez, dit-il. Je suis riche et je suis prêt à donner jusqu'à mon dernier sou pour que ce salaud passe en justice. Il est fou et ma femme est folle. Ils sont fous tous les deux. Cet homme a détruit mon intérieur. Il m'a accusé d'un délit ; il m'a joué de mauvais tours ; m'a tendu un traquenard et m'a trahi. Ah ! bon Dieu ! il me le paiera ! Je veux que vous l'attrapiez. Je veux qu'il soit poursuivi pour tous les délits dont on peut l'accuser : violation d'arrêtés municipaux, passage de la ligne de démarcation d'un Etat voisin pour se soustraire à la justice, ou n'importe quoi d'autre. Ne regardez pas à la dépense. Je paierai les frais quels qu'ils soient.

– Très bien, dit Pemberton en pliant la lettre qu'il rendit à Foley. Je vais faire un rapport. Vous feriez mieux de venir avec moi pour parler à Pete Dorcas. Il trouvera quelques accusations à formuler contre cet homme. Vous pouvez aussi engager les services d'une agence de détectives privés, si vous voulez dépenser de l'argent.

– Je me demande, dit Perry Mason, s'il y a un téléphone par ici, dont je pourrais me servir.

Foley le regarda avec une colère froide :

– Vous pouvez vous servir du téléphone, et après cela vous en aller.

– Merci pour l'invite, répondit Perry Mason avec calme ; je vais me servir du téléphone.

5

Perry Mason appela Della Street.

– Ici Mason, Della. Je suis chez Clinton Foley, le propriétaire du chien dont Cartright se plaignait. Avez-vous pu lui parler ?

– Non, chef. J'ai appelé chez lui toutes les dix minutes, mais personne n'a répondu.

– C'est bien, dit-il. Si je ne me trompe, personne ne répondra. Il paraît que la femme de Foley est partie avec notre client.

– Comment ?

– C'est un fait. Cette femme a laissé un mot pour mettre Foley au courant. Il est furieux et va faire arrêter Cartright. Lui et Pemberton sont maintenant en route pour aller voir le substitut et tâcher d'obtenir un mandat d'arrêt.

– Sous quel prétexte en auraient-ils un ? demanda Della. Je croyais qu'il ne pouvait y avoir qu'une action civile pour cela.

– Oh ! ils trouveront bien quelque crime à lui mettre sur le dos, dit Perry Mason gaiement. Rien ne pourra tenir devant un tribunal, mais pour Foley l'honneur sera sauf. Vous comprenez, Cartright a évidement employé cette excuse du chien hurleur pour attirer Foley hors de sa maison. Quand Foley est venu au bureau du substitut ce matin, Cartright en a profité pour ficher le camp avec la femme. Naturellement, le bureau du procureur va la trouver saumâtre. Cela va faire une histoire comique pour les journaux.

– Est-ce que les journaux vont s'emparer de l'affaire ?

– Je ne sais pas. Pas tout de suite.

– Vous allez voir le procureur ?

– Non. Vous ne pourrez pas communiquer avec moi avant que je revienne ou que je vous téléphone de nouveau. Mais je voudrais que vous appeliez l'Agence Drake, et que Paul Drake lâche tout ce qu'il peut avoir en ce moment pour venir à mon bureau, où il attendra mon retour. Je crois que ça va être une affaire importante. Que Drake laisse tout ce qu'il a en train, et qu'il vienne lui-même.

– Entendu. Y a-t-il quelque chose d'autre, chef ?

– Non. A tout à l'heure. Au revoir.

Il raccrocha, s'éloigna du réduit où le téléphone était placé et rencontra le regard hostile de la gouvernante.

– M. Foley m'a chargée de vous reconduire, dit-elle.

– Bien, bien, dit Mason. Je sors, mais vous pourriez

ramasser vingt dollars si vous vouliez vous faire un peu d'argent de poche.

– Je ne veux pas me faire d'argent de poche et j'ai ordre de vous montrer la porte.

– Si vous pouviez me trouver une photographie de Mme Clinton Foley, cela pourrait vous rapporter vingt dollars, peut-être même vingt-cinq.

Son visage ne changea pas d'expression :

– J'ai ordre de vous reconduire, répéta-t-elle.

– Eh bien ! cela vous serait-il égal de dire à M. Foley, quand il rentrera, que j'ai essayé de vous soudoyer pour avoir une photo de sa femme ?

On entendit à ce moment la sonnette de la porte d'entrée. Mme Benton se renfrogna puis regarda Mason et pendant un instant le masque de ses manières empruntées tomba. Dans sa voix il y eut un ton d'impatience féminine :

– S'il vous plaît, allez-vous-en.

– Bien sûr, dit Perry Mason, je m'en vais.

Elle l'escorta à la porte et pendant qu'il passait dans le corridor la sonnette se fit encore entendre deux fois.

– Voulez-vous que je vous appelle un taxi ? demanda-t-elle.

– Non, ne vous inquiétez pas pour moi.

Brusquement, elle se tourna vers lui :

– Pourquoi désirez-vous tellement avoir une photo de Mme Foley ?

– Je voulais seulement savoir comment elle est, dit Mason d'un ton de bonne humeur.

– Non, vous aviez une raison.

Au moment où Mason allait répondre, la sonnette tinta de nouveau et quelqu'un frappa violemment à la porte avec son poing. La jeune femme fit entendre une exclamation de contrariété. Au moment où elle ouvrait, trois hommes se ruèrent à l'intérieur.

– Clinton Foley habite ici ? demanda l'un des hommes.

– Oui, répondit Mme Benton.

Perry Mason se retira dans un coin sombre du vestibule.

– Vous avez un cuisinier chinois qui travaille ici, n'est-ce pas ? Un type du nom de Ah Wong ?

– Oui.

– Bien. Allez le chercher, nous voulons le voir.

– Il est dans la cuisine.

– Allez le chercher et dites-lui que nous avons besoin de le voir.

– Mais qui êtes-vous ?

– Des agents – des agents de l'Immigration. Nous contrôlons les Chinetoques. Nous avons un bon tuyau d'après lequel il est entré illégalement aux Etats-Unis. Allez le chercher.

– Je vais le lui dire.

En s'en retournant, Thelma Benton passa presque devant Mason.

Les trois hommes la suivirent de près, sans remarquer sa présence. Au bout d'un moment, celui-ci les suivit à travers le living-room, la salle à manger et la cuisine. Il s'arrêta dans l'office d'où il entendit la voix des agents :

– Eh bien ! Ah Wong, dit l'un d'eux. Où est ton certificat ! Tu as « chuck jee » ?

– Savoir pas, dit le Chinois.

– Oh ! si, tu sais. Où sont papiers ? Où chuck jee ? Toi l'attraper beaucoup vite.

– Beaucoup pas savoir, dit le Chinois avec un gémissement de désespoir dans la voix.

Il y eut un rire de bonne humeur, un bruit de lutte, puis la voix de l'homme dit :

– Ça va, Ah Wong, tu vas venir avec nous. Montre-nous où tu crèches. Tu vas nous faire voir tes affaires. Tu savoir ? Nous allons t'aider à trouver chuck jee.

– Pas savoir, pas savoir, gémit le Chinois. P't-ête vous appeler quéqu'un pou faile intéplète, qu'est-ce qui' y a ?

– Pas question ! Viens !

– Pas savoir. Vous attlaper intéplète.

Un homme se mit à rire.

– Il « savoir » bien ! Regardez sa tête.

Perry Mason entendit la voix de la femme de charge qui protestait :

– Ne pouvez-vous pas attendre jusqu'à ce que M. Foley revienne ? Je sais qu'il fera n'importe quoi pour Ah Wong. Il est très riche et paiera l'amende, ou fournira la caution...

– Il n'y a rien à faire, ma jolie, dit l'un des hommes. Voilà quelque temps que nous recherchons Ah Wong, et il n'y a pas assez d'argent à la Monnaie des Etats-Unis pour le garder ici. Il appartient à la catégorie des travailleurs manuels et on l'a fait passer en contrebande du Mexique. Sa destination actuelle est la Chine. Allons ! Fais tes paquets, Ah Wong !

Perry Mason se détourna, s'en revint sur la pointe des pieds par le chemin qu'il avait suivi et sortit par la porte de devant. Il descendit les marches du perron et suivit le trottoir d'un pas alerte jusqu'à la propriété d'Arthur Cartright. Il emprunta un passage cimenté qui traversait une pelouse bien entretenue, monta les deux marches du perron et, du pouce, appuya sur la sonnette d'entrée. Il pouvait entendre le tintement à l'intérieur de la maison, mais il n'y eut aucun bruit de pas. Il frappa violemment du poing sur un panneau de la porte et ne reçut aucune réponse. Il marcha alors le long du perron jusqu'à une fenêtre, par où il essaya de regarder à l'intérieur, mais les rideaux étaient tirés. Il retourna à la porte et sonna. Il y eut alors des bruits légers indiquant des mouvements à l'intérieur, puis des pas traînants, et un rideau qui bouchait une ouverture circulaire au milieu de la porte fut relevé. Une figure maigre le regarda pendant que des yeux las, dépourvus d'émotion, l'étudiaient. Au bout d'un moment, une serrure cliqueta et la porte s'ouvrit.

Perry Mason se trouva en face d'une femme maigre, d'environ cinquante-cinq ans, qui avait des cheveux ternes, des yeux décolorés, une bouche mince et volontaire, un menton en pointe et un long nez droit.

– Que voulez-vous ? dit-elle, du ton monocorde des sourds.

– Je voudrais voir M. Cartright, M. Arthur Cartright, dit Mason en forçant sa voix.

– Je ne vous entends pas. Il faut que vous parliez un peu plus fort.

– Je veux voir M. Cartright. M. Arthur Cartright ! cria Mason.

– Il n'est pas là.

– Où est-il ?

– Je ne sais pas. Il n'est pas là.

Perry Mason approcha sa bouche de l'oreille de la femme :

– Je suis l'avocat de M. Cartright, dit-il. Il faut que je le voie immédiatement.

Elle fit un pas en arrière et l'étudia de ses yeux ternes et fatigués, puis secoua lentement la tête :

– Je l'ai entendu parler de vous. Je savais qu'il avait un avocat. Il vous a écrit une lettre hier soir, et puis il est parti. Il m'a donné la lettre pour la mettre à la poste ; l'avez-vous reçue ?

Mason fit oui de la tête.

– Comment vous appelez-vous ?

– Perry Mason, cria-t-il.

– C'est bien ça. C'est le nom qui était sur l'enveloppe.

Sa figure demeurait calme, sans la plus légère marque d'expression. Sa voix restait monotone.

Perry Mason s'approcha de nouveau et lui hurla dans l'oreille :

– Quand est-ce que M. Cartright est sorti ?

– Hier soir, à dix heures et demie, environ.

– Est-ce qu'il est revenu après cela ?

– Non.

– A-t-il pris une valise ?

– Non.

– Avait-il empaqueté quelques affaires ?
– Non. Il a brûlé quelques lettres.
– A-t-il fait comme s'il se préparait à s'en aller quelque part ?
– Il a brûlé des lettres et des papiers ; c'est tout ce que je sais.
– A-t-il dit où il allait quand il est sorti ?
– Non.
– Avait-il une voiture ?
– Non, il n'a pas de voiture.
– A-t-il commandé un taxi ?
– Non. Il est parti à pied.
– Vous n'avez pas vu où il est allé ?
– Non, il faisait nuit.
– Cela ne vous ferait rien que j'entre ?
– A quoi bon ? M. Cartright n'est pas ici.
– Cela ne vous ferait rien que j'entre et que j'attende son retour ?
– Il n'est pas rentré de la nuit. Je ne sais pas s'il va revenir.
– Vous a-t-il dit qu'il ne reviendrait pas ?
– Non.
– Vos gages sont-ils payés ?
– Est-ce que cela vous regarde ?
– Je suis son homme de loi.
– Quand même, cela ne vous regarde pas.
– Vous ne savez pas ce qu'il y avait dans la lettre que vous avez mise à la poste, hier soir ?
– Non, cela ne me regarde pas. Occupez-vous de vos affaires, et je m'occuperai des miennes.
– Voyons, dit Perry Mason, c'est important. Je voudrais que vous cherchiez dans la maison pour voir si vous pouvez mettre la main sur quelque indication. Il faut absolument que je trouve Arthur Cartright. S'il est parti, il faut que je découvre où il est. Il faut que vous me trouviez un indice. J'ai besoin de savoir s'il a pris le train, une auto, un avion. Il a dû retenir une place ou faire quelque chose de ce genre.
– Je ne sais pas, dit la femme. Je ne me mêle pas

de ça. Je nettoie la maison, voilà tout. Je suis sourde. Je ne peux pas entendre ce qui se passe.

– Comment vous appelez-vous ?

– Elizabeth Walker.

– Depuis combien de temps connaissez-vous M. Cartright ?

– Deux mois.

– Savez-vous quelque chose au sujet de ses amis, de sa famille ?

– Je ne sais rien en dehors de mon travail.

– Serez-vous ici plus tard ?

– Naturellement. Je suis censée rester ici. C'est pour cela qu'on me paie.

– Combien de temps resterez-vous ici si M. Cartright ne revient pas ?

– Je resterai jusqu'à l'expiration de mon temps.

– C'est-à-dire ?

– Ça, c'est mon affaire. Au revoir, monsieur l'avocat.

Et elle claqua la porte avec une telle force que la maison en trembla.

Perry Mason resta à contempler la porte pendant un moment, un sourire aux lèvres. Puis il redescendit les marches du perron. Au moment où il atteignait le trottoir, il sentit un singulier picotement des cheveux à la base du cou qui l'incita à se retourner brusquement et à regarder. Il put voir les lourds rideaux d'une des fenêtres de la maison de Clinton Foley se refermer, mais la personne qui l'épiait avait déjà disparu.

6

Paul Drake, un grand garçon, aux épaules voûtées, à la tête penchée, avait dans les yeux une expression moqueuse. Une longue expérience des bizarreries de la nature humaine lui avait enseigné à prendre toute chose, meurtre ou peccadille, avec la plus entière sérénité. Il attendait Mason à son cabinet, quand celui-ci rentra.

Perry Mason sourit à Della Street et dit au détective :

– Entre donc, Paul.

Drake le suivit dans son bureau.

– De quoi s'agit-il ? demanda-t-il.

– En deux mots, voilà : un homme appelé Cartright, qui habite au 4893, avenue Milpas, se plaint d'un Clinton Foley, habitant au numéro 4889 dont le chien hurle. Cartright est nerveux et peut-être un peu déséquilibré. Je le conduis chez Pete Dorcas pour déposer une plainte et en même temps je fais en sorte que le Dr Cooper le voie. Le diagnostic de Cooper est une « psychose maniaco-dépressive ». Rien de sérieux, c'est-à-dire que c'est fonctionnel, plutôt qu'organique. J'appuie sur le fait que les hurlements constants d'un chien sont insupportables pour un homme ayant le système nerveux détraqué. Dorcas envoie une convocation à Foley qui arrive chez le substitut ce matin, et je l'y rejoins. Foley prétend que le chien n'a pas hurlé. Dorcas est prêt à faire interner Cartright dans un asile d'aliénés. Je me rebiffe et prétends que Foley ment au sujet du chien. Il offre de nous procurer des témoins pour prouver que le chien n'a pas hurlé. Nous allons chez lui. Sa femme venait d'être malade et alitée. Il y a une gouvernante qui est une fille bien tournée, mais qui essaie de se faire passer pour plus vieille et plus vilaine qu'elle ne l'est. Ils ont un chien policier depuis environ un an. La femme de charge déclare que quelqu'un a tenté d'empoisonner le chien, de bonne heure dans la matinée. Elle lui a donné une poignée de sels, ce qui lui a fait vomir le poison et lui a sauvé la vie, mais il l'a mordue à la main et au bras droits. Elle porte un bandage qui pourrait avoir été mis par un médecin. Il semblerait donc que la morsure soit assez grave, ou bien qu'elle craigne que le chien ne soit enragé. Elle affirme que le chien n'a pas hurlé. Le cuisinier chinetoque dit la même chose. Foley veut parler à sa femme, mais découvre qu'elle est partie. La femme de charge annonce qu'elle a laissé un mot. Foley décachette la lettre et apprend que sa femme ne l'aimait pas vraiment, mais s'était laissé prendre à une sorte de fascination qu'il exerçait sur elle, enfin tout le plat qu'une femme vous sert quand elle vous en préfère un autre. Elle déclare qu'elle s'en va avec le voisin, et que celui-là, elle l'aime réellement.

L'expression amusée de Drake fit place à un sourire narquois :

– Tu veux dire qu'elle a fichu le camp avec le dingo de la maison d'à côté, qui croyait que le chien hurlait ?

– Oui, c'est comme ça que ça s'est passé. Foley prétend que Cartright a inventé de toutes pièces les hurlements du chien pour l'éloigner de chez lui, de façon à avoir le champ libre avec Mme Foley.

Drake ricana :

– Et Foley prétend toujours que Cartright est fou ?

Perry Mason sourit à son tour :

– Pour ça, il en parlait moins quand je suis parti.

– Comment a-t-il pris la chose ?

– C'est ce qui est bizarre. Je jurerais qu'il exagérait sa réaction. Ou bien il n'était pas aussi brisé par le chagrin qu'il voulait le faire croire, ou il voulait camoufler quelque chose. Je crois que la gouvernante a été sa maîtresse, et il me semble que la femme y fait allusion dans sa lettre. En tout cas, il ne lui a pas été fidèle. C'est le type d'homme puissant physiquement, à la voix vibrante, dominateur et doué d'une forte personnalité. Il est équilibré et paraît très maître de ses émotions. Il s'est montré magnanime et tolérant dans le bureau du substitut. Il prétendait ne vouloir faire interner Cartright que parce qu'il croyait que ce dernier avait besoin d'être soigné. Il aurait, paraît-il, supporté pas mal d'espionnage de la part du voisin avant de se plaindre. A mon avis, ce genre d'homme ne réagirait pas comme il l'a fait en apprenant le départ de sa femme. Ce n'est pas l'homme d'une seule femme. Il est prêt à s'amuser avec tout ce qui se présente.

— Peut-être qu'il y a, au sujet de Cartright, quelque chose qui le chiffonne, suggéra Drake.

— C'est exactement le point que je vais aborder. La lettre de la femme laisse entendre que Cartright la connaissait d'avant. Cartright s'est installé dans la maison voisine, il y a environ deux mois. Foley, lui, occupe la sienne depuis un an. Il y a là quelque chose que je ne peux pas comprendre. Sa maison est grande et le quartier est chic. Foley doit avoir de l'argent, et pourtant sa femme et lui se contentaient en tout et pour tout d'un cuisinier et d'une femme de charge. Apparemment, il n'y avait ni majordome, ni valet, ni chauffeur, mais Foley fait construire une annexe à son garage. C'est en ciment armé, et les travaux vont être terminés incessamment. On a coulé le plancher et le reste de l'édifice est fini.

— Eh bien ! que trouves-tu à redire à cela ? demanda Drake. Il a le droit de construire une annexe à son garage, non ?

— Je n'en vois pas la nécessité. Le garage est assez grand pour loger trois voitures. Foley n'en possède que deux, et il n'a pas de chauffeur.

— Il a peut-être l'intention d'acheter une voiture pour sa femme de charge, dit Drake en souriant.

— Peut-être, admit Mason, ou bien il veut avoir un garage indépendant de l'autre.

— Les conjectures ne servent à rien, dit Drake. Qu'est-ce que je viens faire dans cette histoire ?

— Trouve tout ce que tu pourras sur Foley, d'où il vient et pourquoi il est venu ici. La même chose sur Cartright. Tu mettras autant d'hommes à travailler sur l'affaire que tu le jugeras bon. Je veux les renseignements, et rapidement, en avance sur la police, si possible. Je crois que vous allez trouver qu'il y a quelque chose de pas « catholique » dans toute cette affaire. Je pense aussi que vous découvrirez que Cartright connaît Foley, ou l'a connu autrefois ; qu'il est venu dans le voisinage et a loué la maison dans le but bien déterminé de l'espionner. Je veux savoir pourquoi.

Paul Drake se caressa le menton puis, laissant errer son regard sur le visage de l'avocat :

– Allons ! Explique-toi ! A quoi rime cette histoire ?

– Je te l'ai dit, Paul.

– Non, tu ne me l'as pas dit, Perry. Tu représentes un client qui s'est plaint d'un chien qui hurlait. Le client a pris la poudre d'escampette avec une femme mariée. Apparemment, c'est une jolie femme mariée. Tout le monde est heureux, excepté le mari outragé. Il est allé au cabinet du procureur. Tu sais bien qu'il n'en tirera pas grand-chose, à part quelque scène de vaudeville pour l'amuser. Il n'y a pas de raison que tu prennes ça tellement à cœur, à moins que tu ne me caches quelque chose.

– Eh bien ! dit Mason froidement, il se peut que je représente plus d'une personne. Je n'ai pas encore eu le temps de débrouiller clairement la situation, mais il est possible que je représente Mme Foley également.

– Bah ! dit Drake en souriant, elle est comblée, c'est bien ton avis ?

– Je n'en sais rien, dit Perry Mason. Je veux avoir tous les tuyaux possibles et savoir exactement qui sont ces gens et d'où ils viennent.

– As-tu des photos ?

– Non. J'ai essayé d'en avoir, mais n'y ai pas réussi. Il y a une femme de charge qui est sourde chez Cartright, et je t'ai déjà renseigné sur celle de Foley. J'ai essayé de la soudoyer pour avoir des photos, mais tintin ! Elle va le raconter à Foley, pour sûr. Elle est avec lui d'une loyauté à toute épreuve. De plus, juste au moment où j'allais partir, des agents de l'Immigration sont venus arrêter le cuisinier chinois pour le déporter, sous prétexte qu'il n'avait pas de certificat réglementaire, ce qui est probable. C'est un Chinois de quarante ou quarante-cinq ans et, à moins qu'il ne soit né aux Etats-Unis, il est sans doute en route pour la Chine.

– Est-ce que Foley va s'opposer à cette décision ?

– La fille a dit qu'il le ferait.

– Quelle fille ?

– La femme de charge.

– C'est une jeune fille ?

– Mettons une jeune femme.

– Son sex-appeal t'a sérieusement impressionné !

– Elle a quelque chose, répondit lentement Mason, mais je ne sais pas quoi. Elle prend beaucoup de peine pour se donner l'apparence d'une domestique sans beauté. Une femme ne s'enlaidit pas sans raison.

Paul Drake répondit en souriant :

– Les femmes font n'importe quoi et se foutent pas mal du reste.

Sans rien dire, Perry Mason tapotait silencieusement la surface de son bureau, puis il regarda de nouveau Paul Drake.

– La femme de charge prétend que Mme Foley est partie ce matin en taxi. D'un autre côté, Cartright a quitté sa maison hier soir et n'est pas revenu. Il était très pressé, car il m'a envoyé une lettre importante par exprès, que sa gouvernante a mise à la poste. Alors, si tu peux dénicher le taxi qui est venu chercher Mme Foley et savoir où il l'a conduite, tu as des chances de mettre la main sur Cartright, à condition toutefois que la femme de charge ait dit la vérité.

– Et ce n'est pas ton impression ?

– Je ne sais pas. Je veux avoir tous les faits. Je les passerai au crible et les classerai. Cherche qui sont ces gens, où ils ont été autrefois, ce qu'ils font et pourquoi.

– Faut-il coller un ange gardien à Foley ?

– Oui, fais-le suivre partout où il ira, mais discrètement.

Paul Drake se remit sur ses pieds et, d'un pas nonchalant, se dirigea vers la porte.

– Compris, dit-il. Je me mets en route.

Après le départ du détective, Perry Mason appela Della Street.

– Della, dit-il, annulez tous mes rendez-vous et sonnez le branle-bas de combat.

Elle l'observait calmement de ses yeux couleur noisette.

– Vous savez quelque chose ? demanda-t-elle.

– Quasiment rien, mais j'ai l'intuition qu'il va y avoir des surprises.

– Dans l'affaire Cartright ?

Mason fit un signe de tête affirmatif.

– Et l'argent, dit Della Street, voulez-vous qu'il soit déposé à la banque ?

Mason fit encore signe que oui, puis se leva et commença à se promener de long en large dans le bureau.

– Qu'y a-t-il ? dit-elle. Qu'est-ce qui ne va pas ?

– Je ne sais pas, mais ça ne colle pas.

– Ça ne colle pas comment ?

– Les données ne s'ajustent pas les unes aux autres. Tout paraît bien en surface, sauf un ou deux trous, mais ces trous-là sont significatifs. Il y a quelque chose qui ne va pas.

– Mais quoi ?

– Il faut que j'y réfléchisse.

Della sortit du bureau, s'arrêtant un instant à la porte pour lui jeter un coup d'œil plein de sollicitude et de chaude affection.

Perry Mason continuait sa promenade de long en large ; la tête en avant, les yeux fixés sur le tapis.

7

Il était cinq heures moins dix quand Perry Mason appela Pete Dorcas au téléphone.

– Ici, Perry Mason, Pete. Quelle est ma cote avec vous ?

– Pas très élevée, dit Dorcas (mais il y avait une pointe d'humour dans sa voix habituellement rauque et dolente). Vous êtes trop batailleur. Chaque fois qu'un type essaie de vous rendre service, il ne récolte que des ennuis. Vous vous avancez trop pour vos clients.

– Je ne me suis pas avancé, dit Mason. J'ai prétendu seulement que mon client n'était pas fou.

Dorcas se mit à rire.

– Pour ça, vous avez sûrement raison. Cet homme n'était pas fou. Il a manœuvré comme un vieux renard.

– Allez-vous prendre des mesures contre lui ?

– Non, Foley est venu ici tout gonflé. Il aurait voulu qu'on lance des mandats d'arrêt de tous les côtés. Pour un peu, il aurait remué ciel et terre, mais il craint le scandale. Il m'a demandé d'attendre un nouvel avis de sa part avant de faire quoi que ce soit.

– Eh bien ! vous a-t-il donné de ses nouvelles depuis ?

– Oui, il y a environ dix minutes.

– Que vous a-t-il dit ?

– Il m'a dit que sa femme lui avait envoyé un télégramme d'une petite ville – Midwick, je crois –, lui demandant de se tenir tranquille. Le scandale étalé dans les journaux ne servirait de rien et leur serait préjudiciable à tous deux.

– Qu'avez-vous fait ?

– Oh ! j'ai classé l'affaire. Ce n'est rien qu'une femme mariée qui fiche le camp avec quelqu'un d'autre. Ils sont majeurs, libres citoyens de race blanche (1) et savent ce qu'ils font. Naturellement, s'ils affichent des relations immorales dans une autre ville, ce sera un problème à résoudre pour la ville en question, mais nous ne pouvons dépenser ni temps ni argent pour ramener à son mari une femme qui ne veut pas revenir. On pourrait certainement intenter une action civile contre votre client, Cartright. Foley, ce matin, voulait le faire citer pour aliénation de l'affection de sa femme, mais j'ai l'impression qu'il a changé d'avis.

– Eh bien ! dit Mason, je voulais simplement vous faire connaître mon point de vue. J'ai agi loyalement envers vous dès le début. Je vous ai donné l'occasion de faire venir un médecin pour observer Cartright.

– Cet homme n'est pas fou, c'est certain ! Je vous offrirai un cigare la prochaine fois que je vous verrai !

– Non, c'est moi qui vais vous en offrir. Je suis même en train de vous en envoyer une boîte en ce moment. Combien de temps restez-vous encore à votre bureau ?

– Environ un quart d'heure.

– Ne vous éloignez pas. Les cigares vont arriver.

Il raccrocha, alla à la porte et dit à Della Street :

– Appelez le bureau de tabac en face du palais de justice. Dites-leur de faire monter à Pete Dorcas une boîte de cigares d'au moins cinquante *cents* pièce et de la mettre sur mon compte. Il le mérite bien.

– Oui, monsieur. M. Drake a téléphoné pendant que vous parliez à Dorcas. Il avait quelque chose pour vous. Je lui ai dit que vous seriez très désireux de le voir et l'ai prié de venir ici.

– Où était-il ? A son bureau ?

– Oui.

– Bien, faites-le entrer dès qu'il arrivera.

(1) Vieille expression américaine : avant l'abolition de l'esclavage, le fait de ne pas être de race blanche pouvait entraîner certaines restrictions de la liberté et responsabilité d'un individu. *(N.d.T.)*

Perry Mason retourna à son bureau et, au moment où il s'asseyait, la porte s'ouvrit et Drake pénétra dans la pièce de cette allure dégingandée qui masquait l'efficacité de ses mouvements en donnant l'impression qu'il ne se pressait pas, et pourtant il était déjà assis de l'autre côté du bureau de Mason, une cigarette allumée à la bouche, avant que la porte n'ait eu le temps de se refermer.

– Eh bien ! dit Mason, qu'as-tu trouvé ?

– Des tas de choses.

– Alors ? Vas-y ! Raconte-moi tout.

Drake sortit un calepin de sa poche.

– Il y en a tellement qu'il te faille un carnet de notes ?

– En effet, et cela t'a coûté beaucoup d'argent.

– Ça m'est égal ; il me fallait les renseignements.

– Eh bien ! nous les avons, mais il a fallu faire travailler à plein les fils téléphoniques et nous faire aider par nos filiales.

– Passons là-dessus. Donne-moi tes tuyaux.

– Ce n'est pas sa femme, dit Paul Drake.

– Qui ?

– La femme qui vivait avec Foley, au 4889 avenue Milpas, sous le nom d'Evelyn Foley.

– Cela ne me surprend pas beaucoup, et, à dire vrai, Paul, c'est une des raisons pour lesquelles je voulais que tu potasses l'affaire. J'avais dans l'idée qu'elle n'était pas la femme de Foley.

– Qu'est-ce qui te l'a donné à penser ? Quelque chose que Cartright t'avait dit ?

– Dis-moi d'abord ce que tu sais.

– Eh bien ! Evelyn n'est que son second prénom. Le premier est Paula. Elle s'appelle Paula Evelyn Cartright. Elle est la femme légitime de ton client, Arthur Cartright.

Perry Mason approuva lentement d'un signe de tête, et dit :

– Tu ne m'as pas encore étonné, Paul.

– Dans ce cas, je ne te surprendrai probablement

jamais, dit Drake en feuilletant les pages de son calepin. Voilà les tuyaux : Clinton Foley, nom véritable : Clinton Forbes. Lui et sa femme, Bessie Forbes, vivaient à Santa Barbara. Ils fréquentaient Arthur Cartright et Paula, son épouse. L'amitié entre Forbes et Mme Cartright a pris un caractère intime et ils se sont enfuis ensemble. Ni Bessie Forbes ni Arthur Cartright ne savaient où ils étaient partis. Cela a fait un gros scandale à Santa Barbara. Ces gens fréquentaient la haute société, et *la Chronique* s'en est donné à cœur joie. Forbes avait une grosse fortune personnelle, qu'il a réalisée de manière à pouvoir l'emporter sans laisser de traces. Ils sont partis en auto pour une destination inconnue. Cartright, cependant, a réussi à les retrouver, je ne sais comment. Il a suivi la trace de Forbes et a découvert que Clinton Foley était en réalité Clinton Forbes, et que la femme qui se faisait passer pour Evelyn Foley était en réalité Paula Cartright, son épouse.

– Alors, dit Mason lentement, pourquoi est-ce que Cartright a loué la maison voisine et espionné Foley ou Forbes, si tu préfères l'appeler ainsi ?

– Que diable pouvait-il faire ? demanda Drake. Sa femme l'avait quitté volontairement. Elle s'était enfuie de chez lui. Il ne pouvait pas aller la trouver pour lui dire : « Me voilà, ma chérie », en s'attendant à ce qu'elle lui tombe dans les bras.

– Tu n'as pas encore compris, lui dit Mason.

Drake le regarda un moment, et reprit :

– Tu veux dire qu'il ruminait sa vengeance ?

– Oui.

– Alors, dit le détective d'une voix traînante, quand son plan a été au point, il s'est contenté de porter plainte, à cause des hurlements du chien. Ce n'est pas une vengeance bien terrible. Cela me fait penser à l'histoire du mari furieux qui lacérait le parapluie de l'homme qui était en train d'amuser sa femme.

– Attends une minute, dit Perry Mason, je ne plaisante pas. Je suis sérieux.

– Bon. La théorie du substitut est que Cartright s'est plaint du chien hurleur dans le but d'éloigner Foley, et cela afin de pouvoir enlever la femme.

– Eh bien ? demanda le détective.

– Cela paraît illogique. Pourquoi toutes ces dispositions compliquées, simplement pour éloigner Foley ? Ensuite, il a dû y avoir auparavant plusieurs conversations entre Cartright et son épouse. Il devait savoir où elle était et réciproquement. Ces conversations n'ont pu avoir lieu qu'en l'absence de Foley. Puisqu'ils avaient décidé qu'ils retourneraient chez eux ensemble et se raccommoderaient, pourquoi diable est-ce que Cartright n'a pas fait un saut chez Foley pour l'engueuler et reprendre sa femme ?

– Probablement parce qu'il avait les foies, répliqua Drake. Il y a des gens comme ça !

– Bon, dit Mason patiemment. Supposons que tu aies raison sur ce point. Il s'est pourtant adressé à la justice, non ?

– Oui.

– Il aurait été bien plus simple pour lui de faire intervenir les autorités parce que Foley entretenait des relations coupables avec sa femme. Ou bien il aurait pu me prendre pour avoué, auquel cas j'aurais été là-bas et aurais fait sortir la femme de la maison de Foley en un rien de temps. Surtout si elle était consentante. Ou encore, elle aurait pu tout simplement prendre la porte. Après tout, Cartright avait la loi pour lui.

Drake secoua la tête.

– Tout cela te regarde. Tu m'as demandé des renseignements. A toi de les coordonner.

Mason acquiesça d'un signe.

– A ton avis, qu'est-ce qui s'est passé ?

– Je ne sais pas, mais il y a quelque chose qui ne colle pas. Tout ça paraît idiot et, plus nous avançons, plus cela le devient.

– Et tu représentes qui ?

– Là aussi je suis dans le brouillard. Je représente

Cartright et il est possible que je représente sa femme, ou bien encore la femme de Foley. Soit dit en passant, qu'est-elle devenue ?

– Tu veux dire Mme Forbes ?

– Foley ou Forbes, c'est du pareil au même.

– Eh bien ! nous n'avons pas eu de veine jusqu'ici pour trouver la trace de Mme Forbes. Naturellement, elle s'est sentie plutôt mortifiée et elle a quitté Santa Barbara, mais nous ne savons pas où elle est allée. Tu comprends ce qu'une femme doit éprouver quand son mari s'éclipse sans l'avertir en emmenant la femme d'un voisin.

Mason approuva d'un signe de tête et prit son chapeau.

– Je vais aller interviewer Clinton Forbes, alias Clinton Foley.

– Chacun ses goûts. Tu auras peut-être affaire à forte partie. C'est, paraît-il, un client belliqueux et d'humeur aussi affable que le diable en personne. Je tiens ça des renseignements de Santa Barbara.

Mason semblait avoir l'esprit ailleurs.

– En tout cas, remarqua Drake, on ne peut pas dire que tu n'es pas un homme. Tu te donnes du mal pour aller chercher les ennuis.

Mason secoua la tête, attendit un instant puis, se rasseyant à son bureau, décrocha le téléphone.

– Della, dit-il, donnez-moi Clinton Foley au téléphone. Il habite au 4889, avenue Milpas. Je veux lui parler personnellement.

– Qu'est-ce que tu mijotes ? demanda Drake.

– Je vais prendre rendez-vous avec lui. Je n'ai pas l'intention d'aller courir au diable pour m'apercevoir que j'ai simplement fait tourner le compteur d'un taxi.

– S'il sait que tu vas venir, il aura une paire de malabars tout prêts à te flanquer dehors.

– Pas avant que j'aie fini de lui parler, répondit Mason sans rire.

Paul Drake soupira et alluma une cigarette.

– Ce sont les idiots qui cherchent la bagarre, dit-il.

– Je ne la cherche pas, mais tu oublies que je représente des clients. Je suis un gladiateur à gages. Il faut que j'entre dans la lice. C'est pour cela qu'on m'a engagé. Si mes genoux commençaient à flageoler et que je n'aie pas assez de culot pour me jeter dans la mêlée, je deviendrais incapable d'exercer ma profession. Je suis un lutteur. On a retenu mes services pour lutter. Tout ce que j'ai gagné dans la vie, je l'ai gagné en luttant.

Le téléphone sonna et Mason décrocha.

– M. Foley est en ligne, dit Della.

– Bien.

On entendit le cliquetis de la fiche établissant la communication, puis la voix magnétique et tonitruante de Foley qui répétait :

– Oui, allô ! allô !

– Monsieur Foley ! Ici, Perry Mason, l'avocat. J'ai besoin de vous parler.

– Je n'ai absolument rien à vous dire, répondit Foley.

– J'ai besoin de vous parler des affaires d'un de mes clients qui habitait autrefois à Santa Barbara.

Il y eut un silence pendant lequel on n'entendit plus que le bourdonnement de la ligne, puis Foley reprit la parole sur un ton plus bas.

– Et comment s'appelle ce client ?

– Oh ! nous pourrions nous entendre pour l'appeler Forbes, pour le moment.

– Un homme ou une femme ?

– Une femme mariée, abandonnée par son mari.

– Et à quel propos voulez-vous me voir ?

– Je vous l'expliquerai.

– Très bien, quand ?

– Aussitôt que cela vous conviendra.

– Ce soir à huit heures et demie.

– Pouvez-vous plus tôt ?

– Non.

– Très bien. Je serai chez vous à huit heures et demie, dit Mason.

Et il raccrocha.

Paul Drake secoua la tête d'un air lugubre.

– Tu prends de sacrés risques, c'est sûr. Tu ferais mieux de m'emmener.

– Non, dit Mason. J'irai seul.

– Alors, laisse-moi au moins te donner un tuyau. Tu peux te préparer à avoir des désagréments. Cet homme est en ce moment d'humeur dangereuse.

– « Me préparer » ? Comment ?

– Emporte un revolver.

Perry Mason secoua la tête.

– J'emporte mes deux poings et ma cervelle. C'est avec ça que je me bats. Quelquefois j'emporte un revolver, mais je n'en fais pas une habitude ; ce serait un mauvais entraînement, car j'arriverais à compter entièrement dessus. On ne devrait avoir recours à la force qu'en dernier ressort.

– Fais comme tu voudras.

– Et la femme de charge ? Tu ne m'as encore rien dit à son sujet.

– La femme de charge n'a pas changé de nom.

– Tu veux dire qu'elle était avec Forbes avant qu'il devienne Foley ?

– C'est bien ça. Son nom est Mme Thelma Benton. Son mari a été tué dans un accident de voiture. Elle était employée par Forbes en qualité de secrétaire et l'a accompagné jusqu'ici. Mais il y a une chose bizarre : la jeune femme est venue en qualité de femme de charge, et Mme Cartright n'a jamais su qu'elle avait été la secrétaire de Forbes.

– C'est bizarre, tu ne trouves pas ?

– Pas particulièrement. Forbes avait un bureau à Santa Barbara où il traitait ses affaires. Naturellement il était plutôt cachottier à cet égard, car il était en train d'en liquider une grosse partie pour avoir de l'argent. Il est évident que la secrétaire soupçonnait pas mal de choses, aussi n'a-t-il pas voulu la laisser derrière lui, ou bien c'est elle qui n'a pas voulu le quitter. En tout cas, elle est partie avec eux.

– Et le cuisinier chinois ?

– C'est une acquisition nouvelle. Ils l'ont engagé ici.

Perry Mason secoua ses larges épaules.

– Toute cette affaire paraît loufoque mais je t'en dirai beaucoup plus ce soir. Sois à ton bureau, que je puisse t'appeler si j'ai besoin d'un renseignement.

– Des hommes à moi surveilleront la maison. Tu sais que je fais suivre Foley. Je vais simplement doubler le nombre de ses anges gardiens. Alors, si tu as des ennuis, tu n'auras qu'à casser un carreau, et mes hommes entreront.

Perry Mason secoua la tête à la manière d'un boxeur qui chasse une mèche de son front.

– Au diable tout ça, dit-il. Il n'y aura pas d'histoires.

8

La silhouette de la grande maison se profilait sur un ciel étoilé. Une légère brise, soufflant du sud, promettait un ciel nuageux pour plus tard dans la soirée.

Perry Mason regarda le cadran lumineux de sa montre : il était exactement huit heures et demie. En se retournant, il vit le feu arrière de son taxi qui disparaissait à un tournant. Nulle trace des hommes qui devaient veiller. D'un pas décidé, il gravit les marches du perron et s'avança vers la porte. Elle était entrouverte. Perry Mason appuya du pouce sur le bouton de la sonnette. Il n'y eut pas de réponse. Après un moment il resonna, sans plus de résultat. Il regarda sa montre, fronça les sourcils en signe d'impatience, fit quelques pas sur le perron, s'arrêta et revint à la porte qu'il heurta du poing. Toujours pas de réponse. Il traversa le vestibule pour se diriger vers la bibliothèque d'où provenait une lumière. Tournant le bouton il poussa le battant qui buta contre un objet lourd, mais céda cependant un peu à la poussée. Perry Mason, s'étant faufilé par l'ouverture, vit ce qui bloquait la porte. C'était un chien policier couché sur le flanc, tué d'une balle dans la poitrine et d'une autre dans la tête. Du sang provenant des blessures avait coulé sur le plancher, et le corps ayant été déplacé, les taches avaient laissé une trace sur le parquet de chêne. Perry Mason leva la tête et regarda tout autour de lui. Au fond de la pièce, il finit par apercevoir une ombre qui faisait ressortir quelque chose de gris. Un examen plus approfondi lui révéla que c'était la main crispée d'un homme. Perry Mason fit le tour de la table et alluma une des lampes à pied. Clinton Forbes était couché de tout son long, un bras étendu et la main crispée. L'autre bras était replié sous le corps. L'homme était vêtu d'une robe de chambre de flanelle brune et ses pieds nus chaussés de pantoufles. Une mare de sang suintait du cadavre, et la lumière se reflétait sur sa surface visqueuse.

Sans toucher à rien, Perry Mason se pencha. Sous la robe de chambre entrebâillée, on pouvait voir un sous-vêtement comme en portent les athlètes. Un pistolet automatique gisait sur le plancher à deux ou trois mètres du cadavre. En se penchant, Perry Mason vit quelque chose de blanc sur le menton du mort : c'était un peu de crème à raser desséchée. Le côté droit de la figure avait été en partie rasé peu de temps auparavant. Les traces du rasoir étaient parfaitement visibles.

Perry Mason s'en retourna vers le téléphone dont il s'était servi le matin même pour appeler son bureau et composa un numéro. Au bout d'un moment, la voix traînante de Paul Drake se fit entendre.

– Ici Mason, Paul. Je suis chez Foley. Peux-tu toucher les hommes que tu as mis à surveiller la maison ?

– Ils vont m'appeler dans cinq minutes, dit Drake. Ils sont deux. Ils me téléphonent tous les quarts d'heure, à tour de rôle.

– Très bien. Dès qu'ils téléphoneront, dis-leur de se rendre à ton bureau immédiatement.

– Tous les deux ?

– Oui, tous les deux.

– Quelle idée géniale as-tu en tête ?

– Je te le dirai plus tard. Que ces deux hommes quittent leur poste de surveillance et viennent à ton bureau, je veux leur parler. C'est compris ?

– C'est compris. Rien d'autre ?

– Si, il faut redoubler d'efforts pour retrouver M. et Mme Cartright.

– J'ai déjà deux agences qui travaillent là-dessus en ce moment et j'attends un rapport d'une minute à l'autre.

– Très bien. Mets deux agences de plus sur l'affaire. Offre une récompense. N'importe quoi. Maintenant, autre chose : il faut absolument que tu me trouves Mme Forbes.

– Tu veux dire la femme qui a été abandonnée par son mari à Santa Barbara ?

– Oui.

– Je crois que j'ai un tuyau, Perry. Sa piste paraît chaude, et je pense qu'on va la dénicher d'un moment à l'autre. J'ai des gens là-bas qui travaillent sur des indices tout frais.

– Bien, mets encore du monde dessus. Fais tout ce que tu pourras.

– Compris, dit Drake de sa voix nonchalante. Mais à quel propos tout ce branle-bas ? Ton rendez-vous avec Foley était pour huit heures trente. Il est maintenant huit heures trente-huit, et tu téléphones de chez lui. Avez-vous réussi à vous entendre ?

– Non.

– Alors, que s'est-il passé ?

– Suis d'abord mes instructions. Je t'expliquerai plus tard.

– D'accord. Tu viens quand ?

– Je ne sais pas. J'ai quelques formalités à remplir. Il y en a pour un bout de temps, mais ramène les hommes qui surveillaient la maison et mets-les à l'ombre. Enferme-les dans ton bureau si c'est nécessaire. Ne laisse personne les interviewer avant que je sois là. Tu as compris ?

– D'accord, mais je voudrais bien savoir ce qu'il y a dans toute cette histoire.

– Tu le sauras tout à l'heure, mais en attendant, tiens tes deux bonshommes bouclés.

– Je les garderai au frigidaire, promit Drake.

Perry Mason raccrocha puis composa un autre numéro.

– Le commissariat central ?

– Oui.

– Ici Perry Mason, l'avocat. Je vous parle de la maison de Clinton Foley au numéro 4889, avenue Milpas. J'avais un rendez-vous avec M. Foley à huit heures et demie ce soir. En arrivant, j'ai trouvé la porte ouverte. J'ai sonné plusieurs fois sans que personne ne réponde. Je suis entré dans le vestibule et, en arrivant à la bibliothèque, j'ai trouvé Clinton Foley mort. On lui a tiré dessus à bout portant, deux fois ou peut-être davantage, avec un pistolet automatique.

Une voix répondit :

– Quel numéro ? 4889, avenue Milpas ?

– C'est cela.

– Et qui êtes-vous ?

– Perry Mason, l'avocat.

– Qui est avec vous ? Personne ?

– Non.

– Y a-t-il quelqu'un d'autre dans la maison ?

– Pas que je sache.

– Bien, alors, restez où vous êtes, ne touchez à rien et ne laissez entrer personne. S'il y a quelqu'un d'autre dans la maison, retenez-le. Nous envoyons la brigade criminelle immédiatement.

Perry Mason raccrocha, chercha dans sa poche une cigarette, se ravisa, remit l'étui en place et retourna à la bibliothèque qu'il inspecta rapidement à la recherche d'indices. Puis il passa dans une chambre à coucher, où il y avait une lampe allumée et un habit de soirée étalé sur le lit. Traversant la pièce, il pénétra dans la salle de bains. Sur une étagère, au-dessus du lavabo, étaient posés un rasoir, de la crème à raser et un blaireau portant encore des traces de mousse. Il était évident que le rasoir avait servi.

Accrochée à un tuyau allant à la baignoire il y avait une chaîne et à côté, un bol rempli d'eau ; un peu plus loin, un plat vide. Perry Mason s'accroupit et le regarda attentivement. Le fond était graisseux et sur les bords des particules de nourriture provenaient évidemment d'une boîte de conserve d'aliments pour chiens. La chaîne se terminait par une boucle à ressort conçue de telle façon qu'il suffisait d'appuyer sur deux côtés pour libérer le chien.

Mason retourna dans la bibliothèque et, sans prêter attention au mort, il s'approcha du chien. Il avait un collier autour du cou, poli par un long usage, et qui portait une plaque d'argent ainsi gravée : *Prince, Clinton Foley propriétaire, 4889, avenue Milpas.*

Il y avait aussi un anneau au collier.

S'appliquant à ne toucher à rien, Mason se déplaçait prudemment dans toute la pièce. Il revint dans la chambre, la traversa et inspecta de nouveau la salle de bains.

Sous la baignoire, il aperçut une serviette-éponge. Elle était encore humide et sentait la crème à raser.

Au moment où il se relevait et remettait la serviette là où il l'avait trouvée, il entendit la sirène d'une voiture de police.

Il revint par la bibliothèque dans le vestibule et remarqua en passant qu'il arrivait tout juste à se faufiler par la porte, sans pousser davantage le corps du chien sur le plancher de chêne. Il traversa le vestibule jusqu'à la porte d'entrée et y rencontra les policiers qui montaient pesamment l'escalier du perron.

9

De puissantes ampoules projetaient une lumière impitoyable sur le visage de Mason.

À sa droite, assis devant une petite table, un sténographe prenait tout ce qu'il disait.

En face de Mason, un policier, le sergent Holcomb, le fixait avec une expression de rage concentrée. Assis tout autour dans l'ombre, trois hommes de la brigade criminelle.

– Ce n'est pas la peine de sortir vos accessoires grand-guignolesques, dit Perry Mason.

– Quels accessoires ? demanda le sergent Holcomb.

– Vos projecteurs et tout le reste. Si c'est pour me troubler, vous pouvez repasser.

Le sergent respira profondément.

– Mason, dit-il, il y a dans cette affaire quelque chose que vous cachez. Nous voulons savoir quoi. Un meurtre a été commis et on vous trouve en train de fureter dans la place.

– En d'autres termes, vous croyez que c'est moi qui ai tué Clinton Foley ?

– Nous ne savons que penser, dit Holcomb, irrité, mais nous avons appris que vous représentiez un client qui avait tout l'air d'un fou dangereux et qui se trouvait être l'adversaire de Clinton Foley, la victime. Nous ignorons ce que vous faisiez là-bas et comment vous êtes entré dans la maison. Nous ne savons pas exactement qui vous essayez de protéger, mais je suis bien sûr que vous essayez de protéger quelqu'un.

– C'est peut-être bien moi, remarqua Mason.
– Je commence à le croire.
– Cela montre exactement ce que vous valez comme détective. Si vous faisiez usage de votre cervelle, vous comprendriez que le seul fait que je suis l'avocat de la partie adverse aurait incité Clinton Foley à la réserve à mon égard. Il ne m'aurait pas reçu sans façon, en robe de chambre, la figure à moitié rasée.
– L'assassin, dit le sergent Holcomb, s'est introduit subrepticement dans la maison. Le chien, le premier, a entendu l'intrus. Il avait naturellement l'oreille plus fine que son maître. Celui-ci l'a détaché et vous avez été obligé de tirer pour vous défendre. En entendant les coups de revolver, Clinton Foley s'est précipité dans la pièce pour voir ce qui se passait, et vous lui avez réglé son compte.
– Vous êtes satisfait de vos conclusions ? demanda Perry Mason.
– C'est la tournure que semblent prendre les choses.
– Alors, pourquoi ne m'arrêtez-vous pas ?
– Bon Dieu ! c'est bien ce que je vais faire si vous ne vous mettez pas un peu à table. Je n'ai jamais rencontré, dans toute ma carrière, d'homme aussi délicieusement imprécis que vous. Vous dites que vous aviez rendez-vous avec Foley à huit heures et demie, mais vous n'en avancez pas la preuve.
– Quelle sorte de preuve pourrais-je vous donner ?
– Quelqu'un vous a-t-il entendu prendre le rendez-vous ?
– Je ne m'en souviens pas du tout. Je n'y ai pas prêté attention sur le moment. J'ai pris ce rendez-vous sans y penser.
– Et le taxi qui vous a conduit là-bas ?
– C'était un taxi en maraude. Je ne me rappelle même pas quelle sorte de voiture c'était !
– Vous n'avez pas le reçu ?
– Si vous croyez que je m'amuse à collectionner les reçus des taximètres !

– Qu'en avez-vous fait ? L'avez-vous jeté sur le trottoir ?

– Je ne me souviens pas de l'avoir vu.

– Et vous ne vous rappelez pas si le taxi était jaune, peint en échiquier ou avec un toit rouge ?

– Absolument pas. Je vous répète que je ne me rappelle aucun de ces détails. Je ne pouvais pas prévoir que je serais interrogé en justice sur tous mes faits et gestes. Mais je vous dirai autre chose : en tant que détective, vous êtes au-dessous de tout. La façon dont vous reconstituez la scène du meurtre montre que vous ne savez pas comment ça s'est passé.

– Ah ! dit le sergent du ton doucereux de celui qui tend un piège pour amener l'adversaire à une déclaration dangereuse, vous savez donc comment ça s'est passé, vous ?

– J'ai regardé à droite et à gauche, tout comme vous l'avez fait.

– Très bien, dit le sergent d'un ton sarcastique : expliquez-nous donc ce qui est arrivé.

– Premièrement, le chien était attaché quand le meurtrier a pénétré dans la maison. Clinton Foley est sorti de sa chambre pour voir qui était entré et a parlé à cette personne pendant une minute, puis il est retourné détacher le chien. C'est alors que le chien a été tué et Clinton Foley après lui.

– Qu'est-ce qui vous fait dire tout cela ? Vous paraissez bien sûr de vous.

– Auriez-vous par hasard remarqué, dit Perry Mason d'un ton violemment sarcastique, une serviette-éponge par terre, sous la baignoire ?

Le sergent hésita un moment.

– Et alors ?

– Il y avait de la crème à raser sur cette serviette.

– Et après ?

– Clinton Foley a laissé tomber la serviette quand il a détaché le chien. Quand un homme se rase, il ne met pas de crème à raser sur sa serviette. Cela n'arrive que lorsqu'il essuie la mousse sur sa figure. Clinton Foley n'a pas fait cela quand le chien a aboyé pour la première fois et qu'il a perçu une présence étrangère. Il est allé dans l'autre pièce pour voir ce qui faisait aboyer le chien et s'est trouvé face à face avec le meurtrier. Il lui a parlé et, au cours de la conversation, il a essuyé sa figure avec la serviette. Quelque chose alors s'est produit qui l'a incité à retourner dans la salle de bains et à libérer le chien. C'est à ce moment que le visiteur a tiré. Vous pourriez déduire tout cela du fait qu'il y avait de la mousse sur la serviette, si vous vouliez bien employer votre cervelle à raisonner au lieu de me poser toutes ces questions idiotes.

Il y eut un moment de silence dans la pièce et une voix provenant du cercle d'ombre dit :

– Oui, j'ai vu la serviette-éponge.

– Si, vous autres, reprit Perry Mason, vouliez comprendre la signification de cette serviette et la conserver comme pièce à conviction, vous pourriez découvrir les circonstances du crime. Si vous faites analyser la serviette, vous verrez qu'elle est entièrement imprégnée de crème à raser. Foley s'est donc essuyé le visage. Vous remarquerez qu'il est resté un peu de mousse sur son menton. Or, il n'y a pas trace de mousse sur le plancher. Je vous affirme qu'il a enlevé la mousse de sa figure avec cette serviette.

– Je ne vois pas ce qui a pu l'empêcher de s'essuyer la figure avant d'aller voir qui était dans l'autre pièce, protesta le sergent Holcomb, intéressé malgré lui.

– Simplement ceci, dit Perry Mason : il a laissé tomber la serviette au moment où il défaisait la chaîne du chien. S'il l'avait détaché en premier lieu, il n'aurait pas pris le temps de s'essuyer la figure. Il aurait libéré le chien d'abord et serait ensuite sorti de la salle de bains en s'essuyant la figure.

– Bien. Alors, où est Cartright ?

– Je ne sais pas. J'ai essayé de le trouver de bonne

heure ce matin. La femme de charge dit qu'il est parti.

– Thelma Benton a déclaré qu'il était parti en enlevant Mme Foley, remarqua le sergent Holcomb.

– Je sais, elle me l'a dit.

– Et c'est aussi ce que Foley a déclaré à Dorcas.

– A ce qu'il paraît, dit Mason, excédé. Allons-nous ressasser tout cela encore longtemps ?

– Non. Nous n'allons pas le ressasser, dit le sergent d'un ton revêche. Je désire simplement vous dire qu'il est très vraisemblable que votre client, Arthur Cartright, se soit enfui avec Mme Foley, et qu'après le récit des mauvais traitements que lui aurait infligés son mari il soit revenu, décidé à tuer Clinton Foley.

– Et après ? Vous n'avez, pour étayer votre accusation, que le fait que Cartright avait un différend avec Clinton Foley et qu'il s'est enfui avec sa femme. C'est bien tout ?

– C'est largement suffisant pour aller de l'avant.

– Très bien, dit Perry Mason. Je vais maintenant démolir votre théorie. Si cela s'était passé comme vous le dites, et que Cartright soit revenu, ç'aurait été avec l'intention préméditée de tuer Foley, n'est-ce pas ?

– Oui, je suppose.

– Bien. Si Cartright avait agi ainsi, il aurait pénétré dans la maison, vu Clinton Foley, l'aurait visé et fait pan pan tout de suite. Il ne se serait pas attardé à discuter avec Foley pendant que ce dernier s'essuyait la figure. Il ne serait pas resté à attendre que Foley s'en retourne et libère un chien policier féroce. Ce qu'on peut vous reprocher, c'est que lorsque vous découvrez un crime, vous vous empressez de trouver quelqu'un qui ferait un bon suspect. Vous n'examinez pas les faits pour essayer de voir de quel côté il faut orienter les recherches.

– Eh bien ! de quel côté faut-il aller ? demanda le sergent.

– Allez au diable, dit Perry Mason, excédé. Jusqu'ici, je suis le seul à avoir enquêté dans cette affaire. Je n'ai pas l'intention de faire votre boulot. Vous êtes payé pour cela, moi pas.

– D'après ce que nous avons cru apprendre, vous avez été grassement payé pour vous en occuper.

Perry Mason ne chercha pas à étouffer un bâillement.

– Ce sont les avantages de la profession, sergent. Elle présente aussi quelques inconvénients.

– Par exemple ? demanda avec curiosité Holcomb.

– Par exemple : je ne suis payé qu'en fonction de mes capacités, remarqua Mason. Si je suis grassement payé pour ce que je fais, c'est que j'ai donné des preuves de mon savoir-faire. Si les contribuables ne vous donnaient vos appointements mensuels qu'après que vous avez fourni des résultats dans votre travail, vous pourriez peut-être avoir faim pendant quelques mois, à moins de montrer un peu plus d'intelligence que vous n'en avez manifesté jusqu'ici dans cette affaire.

– Ça suffit, dit le sergent Holcomb d'un ton indigné. Ne vous figurez pas que vous pouvez m'insulter. Cela ne vous mènera à rien, Mason, vous feriez aussi bien de vous en rendre compte. Ici, vous n'êtes pas simplement avocat, nom de Dieu ! Vous êtes un suspect !

– C'est bien ce que j'ai compris, dit Mason, et c'est la raison de mes remarques.

– Ecoutez, ou bien vous mentez lorsque vous déclarez avoir été là-bas à huit heures et demie, ou bien vous faites exprès de rester dans le vague pour semer la confusion. On sait que Foley a été tué entre sept heures et demie et huit heures. Quand la brigade criminelle est arrivée, il était mort depuis plus de quarante minutes. Si vous pouvez faire la preuve que vous vous trouviez autre part entre sept heures et demie et huit heures, vous n'êtes plus suspect. Pourquoi diable vous obstinez-vous à nous compliquer la tâche ?

– Je vous répète, dit Mason, que je ne sais pas exactement ce que je faisais à ce moment-là. Je n'ai même pas pris la peine de regarder ma montre. Je suis sorti pour dîner, j'ai fait un petit tour après, j'ai fumé une cigarette. J'ai été ensuite à mon bureau, je me suis promené de nouveau en réfléchissant et en flânant, j'ai arrêté un taxi qui passait et je suis allé à mon rendez-vous.

– Et le rendez-vous était pour huit heures et demie ?

– Le rendez-vous était à huit heures et demie.

– Mais vous ne pouvez pas le prouver.

– Non, naturellement. Je suis avocat et je vois les gens sur rendez-vous. Je prends des tas de rendez-vous dans une journée, et au lieu d'éveiller vos soupçons, mon incapacité de prouver l'heure de mon rendez-vous devrait précisément vous montrer qu'il a été pris dans la routine des affaires ordinaires. Si je pouvais produire une douzaine de témoins pour prouver que j'avais pris rendez-vous avec Foley, vous commenceriez à vous demander tout de suite pourquoi je m'étais donné tant de mal pour établir l'heure de mon rendez-vous. Enfin, c'est ce que vous penseriez si vous aviez un peu de jugeote. Je vais vous dire autre chose maintenant : qui diable m'aurait empêché d'aller à cette maison à sept heures et demie, de tuer Foley, d'arrêter un taxi pour me faire conduire en ville, d'en reprendre un autre et de revenir pour mon rendez-vous de huit heures et demie ?

Il y eut un moment de silence, puis le sergent Holcomb répondit :

– Rien, autant que je puisse en juger.

– C'est ça le hic. C'est seulement si j'avais fait cela que j'aurais été plutôt enclin à prendre le numéro du taxi qui m'aurait conduit à huit heures et demie et à avoir des témoins pour prouver que mon rendez-vous était à huit heures et demie. N'est-ce pas ce que j'aurais fait ?

– Je ne sais pas ce que vous auriez fait, dit le

sergent Holcomb, irrité. Quand vous vous lancez sur une affaire, vous ne faites rien de logique. Vous accumulez les loufoqueries, du début à la fin. Pourquoi diable ne déballez-vous pas ce que vous savez et n'agissez-vous pas franchement avec nous, après quoi vous pourriez aller vous coucher, nous permettant de continuer notre enquête ?

– Je ne vous empêche pas de travailler, dit Perry Mason, et je ne tiens pas particulièrement à avoir ces lumières dans les yeux pendant que vous autres, les flics, vous êtes assis en rond à me dévisager, dans l'espoir que vous allez lire sur mon visage un indice quelconque. Si vous éteigniez les lumières pour réfléchir un moment dans l'obscurité, cela vous ferait bougrement plus de bien que d'être assis en rond à me regarder.

– En tout cas, dit Holcomb, irrité, je n'éprouve pas un attrait irrésistible pour votre figure.

– Et Thelma Benton, demanda Perry Mason, que faisait-elle ?

– Elle a un alibi parfait. Elle peut dire ce qu'elle a fait minute par minute.

– A propos, que faisiez-vous donc vous-même à ce moment, sergent ?

– Moi ?

– Oui, vous.

– Allez-vous essayer de me faire passer pour suspect ?

– Non, je vous demandais simplement ce que vous faisiez.

– J'étais en route pour venir à mon bureau ici... J'étais dans une auto quelque part entre ma maison et le bureau.

– Combien de témoins pourriez-vous amener pour le prouver ?

– Ne plaisantez pas, dit Holcomb.

– Si vous faisiez travailler ce qu'il y a en dessous de votre chapeau, vous verriez que je ne plaisante pas.

Je suis très sérieux, au contraire. Combien de témoins avez-vous ?

– Aucun, naturellement. Je peux prouver à quelle heure j'étais chez moi, et à quelle heure je suis arrivé au bureau.

– C'est bien ça, dit Perry Mason.

– Quoi, « ça » ?

– C'est ce qui devrait vous donner des soupçons au sujet du parfait alibi de Thelma Benton. Chaque fois qu'une personne est en mesure de fournir un alibi increvable, couvrant tout ce qu'elle a fait, minute par minute, on peut en déduire généralement que cette personne a pris beaucoup de peine pour le perfectionner. Celui-là, ou bien a participé au crime, ou bien savait qu'il devait avoir lieu et s'est donné la peine de fabriquer un alibi parfait.

Il y eut un long silence, puis le sergent Holcomb reprit d'un ton presque méditatif :

– Alors, vous pensez que Thelma Benton savait que Clinton Foley allait être assassiné ?

– Je ne sais absolument rien au sujet de ce que Thelma Benton savait ou ne savait pas. Je vous ai seulement dit qu'une personne ayant un alibi parfait a généralement une raison d'en avoir un. Au cours d'une journée ordinaire de travail, aucun individu n'a d'alibi pour chaque minute de son temps et ne peut, pas plus que vous, prouver qu'il se trouvait effectivement à tel ou tel endroit. Je parierais que pas un seul homme dans cette pièce ne pourrait faire constater ce qu'il a fait entre sept heures et demie et huit heures et demie, minute par minute, sans créer des conflits entre ses témoins.

– Il est évident que vous ne le pourriez pas, dit Holcomb d'une voix fatiguée.

– Bien sûr, dit Perry Mason, et si vous n'étiez pas tellement borné, cela constituerait pour vous une preuve de mon innocence, et non un indice de ma culpabilité.

– Et, reprit Holcomb, vous ne pouvez pas prouver

que vous êtes allé là-bas à huit heures et demie. Il n'y a personne qui vous y ait vu, personne ne savait que vous aviez rendez-vous. Personne ne vous a fait entrer. Personne ne vous a vu à huit heures et demie ?

– Oh si ! Je peux prouver que j'y étais à huit heures et demie.

– Comment ?

– J'ai appelé la police peu après huit heures et demie.

– Vous savez bien que ce n'est pas ce que je veux dire. Pouvez-vous prouver que vous n'êtes venu là qu'à huit heures et demie ?

– Certainement non. Nous avons déjà discuté de cela.

– Vous pouvez le dire, déclara le sergent Holcomb. (Il repoussa sa chaise et se leva.) Vous avez gagné, Mason, dit-il. Je vais vous laisser partir. Vous êtes établi assez solidement dans cette ville pour que nous puissions mettre la main sur vous n'importe quand. Je ne crois pas vraiment que ce soit vous qui ayez commis le crime, mais je suis sûr que vous protégez quelqu'un et que ce quelqu'un est votre client, et je peux ajouter qu'au lieu de détourner les soupçons de votre client votre conduite ne fait que confirmer les miens.

– Si vous me disiez exactement pourquoi ?

– Je crois, dit le sergent délibérément, qu'Arthur Cartright s'est enfui avec la femme de Foley ; qu'elle s'est plainte à lui des mauvais traitements qu'il lui aurait fait subir, et que Cartright est revenu pour tuer Foley. Et puis je crois que Cartright vous a téléphoné pour vous dire ce qu'il avait fait, et qu'il avait l'intention de se rendre à la police ; vous lui avez dit de ne pas bouger avant votre arrivée ; vous êtes allé là-bas, avez expédié Cartright quelque part en vitesse et, après avoir attendu quinze ou vingt minutes, vous avez téléphoné à la police. Il n'y a même aucune raison pour que ce ne soit pas vous-même qui ayez essuyé la figure du mort et mis la serviette sous la baignoire, près de la chaîne du chien.

– Que deviendrais-je dans cette histoire ? Complice après la perpétration du crime, ou quelque chose de ce genre ?

– Exactement, dit Holcomb, et si jamais je peux le prouver, je vous passerai quelque chose.

– Je suis heureux de vous l'entendre dire.

– Heureux d'entendre quoi ?

– Que vous me passerez quelque chose si vous pouvez prouver que vous dites vrai. Comme vous avez agi jusqu'ici, j'ai eu l'impression que vous aviez l'intention de me passer à tabac avec ou sans preuve.

Le sergent Holcomb fit un geste, excédé.

– Allez, dit-il, foutez le camp d'ici, et tenez-vous prêt à comparaître pour un nouvel interrogatoire, si nous avons besoin de vous.

– Bon, dit Perry Mason, si tel est votre sentiment et si l'entrevue est terminée, éteignez donc votre sacrée lumière qui m'a donné mal à la tête.

10

Perry Mason était assis dans le bureau de Paul Drake. Celui-ci occupait un vieux fauteuil tournant, derrière un petit bureau miteux. Deux hommes se tenaient inconfortablement sur des chaises à dossier rigide de l'autre côté du bureau.

– Quelle était ton idée ? demanda Drake.

– Mon idée ? s'enquit Mason.

– En me faisant rappeler mes hommes.

– Je n'avais plus besoin de rien, et je ne voulais pas qu'on les trouve dans le voisinage.

– Qu'est-ce qui se passait dans le voisinage ?

– Je ne sais pas. Je ne savais même pas que quelque chose s'y passait, mais j'ai pensé qu'il valait mieux faire rentrer les suiveurs.

– Ecoute, dit Drake d'un ton de reproche, il y a un tas de choses dans cette affaire que tu me caches.

– Vraiment ? dit Perry Mason en allumant une cigarette. Je croyais que c'était toi qui devais trouver des choses et me les rapporter, et non moi. Ces deux hommes sont ceux qui faisaient le travail ?

– Oui. Ce monsieur, à gauche, est Ed Wheeler, et l'autre Georges Doake.

Perry Mason les examina un moment et demanda :

– A quelle heure avez-vous commencé ?

– Six heures.

– Vous étiez tous deux là en même temps, tout le temps ?

– Le plus souvent. L'un de nous allait téléphoner tous les quarts d'heure.

– Où étiez-vous donc, les gars ? Je ne vous ai pas vus en arrivant chez Foley.

– Nous, nous n'avons pas manqué de vous voir, dit Wheeler en grimaçant un sourire.

– Où étiez-vous ? répéta Mason.

– Assez loin, mais dans un endroit où nous pouvions voir tout ce qui se passait. Nous avions des jumelles de nuit et nous tenions cachés. Il y a une maison inhabitée à proximité. Nous nous sommes installés là dans une chambre.

– Ne demande pas comment ils sont entrés, dit Paul Drake, d'une voix traînante. Secret professionnel !

– Très bien, répliqua Mason, chacun de nous gardera son secret professionnel. Ce que je désire, c'est savoir exactement ce qui s'est passé.

Ed Wheeler prit dans la poche de sa veste un calepin à couverture de cuir, feuilleta les pages et déclara :

– Nous avons pris notre surveillance à six heures. A six heures quinze environ, la femme de charge, Thelma Benton, est sortie.

– Par la porte de devant ou par celle de derrière ?

– Par la porte de devant.

– Bien. Où est-elle allée ?

– Un homme est venu la chercher avec une Chevrolet.

– Vous avez relevé le numéro de la voiture ?

– Bien sûr. C'était 6 M 9245.

– Quel style ? Coupé, conduite intérieure, cabriolet ?

– Un coupé.

– Continuez.

– Après cela : le calme. Personne n'est arrivé et personne n'a quitté la maison jusqu'à sept heures vingt-cinq. Il était réellement un peu plus – presque sept heures vingt-six, mais j'ai marqué sept heures vingt-cinq. Un taxi de la Compagnie de l'Echiquier (1) est arrivé devant la maison et une femme en est descendue.

– Avez-vous pu voir son numéro ?

– Je n'ai pas pu voir le numéro de police, mais le numéro du taxi était peint sur le côté de la voiture ; c'était plus facile à voir. Je l'ai relevé.

– Et c'était ?

– 86 C.

– Il n'y a pas d'erreur possible ?

– Aucune. Nous avions tous les deux des jumelles et nous avons vérifié le numéro.

– Bien. Continuez.

– Une femme est descendue du taxi, elle est entrée dans la maison et le taxi est reparti.

– Il n'a pas attendu ?

– Non, il n'a pas attendu, mais il est revenu au bout de douze minutes. Apparemment, la femme avait envoyé le chauffeur faire une commission quelque part, et lui avait dit de revenir.

– Continuez, dit Mason. Et la femme ? De quoi avait-elle l'air ?

– Nous ne pouvons pas le dire exactement, mais

(1) Compagnie dont les taxis ont pour signe distinctif des carreaux d'échiquier peints sur la carrosserie. *(N.d.T.)*

elle était bien habillée et portait un manteau de fourrure.

– Avait-elle des gants ?

– Oui, elle était gantée.

– Avez-vous vu son visage ?

– Pas distinctement. Vous comprenez, il faisait nuit à ce moment-là. Les lumières de la rue éclairaient assez bien le taxi, mais il y avait de l'ombre juste à l'endroit où la femme est descendue. Après cela, elle a longé rapidement le passage conduisant à la maison et est entrée.

– A-t-elle sonné ?

– Oui, elle a sonné.

– A-t-elle attendu longtemps avant d'entrer ?

– Non, elle est entrée au bout d'une minute ou deux.

– Est-ce que Foley paraissait l'attendre ?

– Je ne sais pas. Elle s'est dirigée vers la maison, a attendu une minute à la porte de devant et est entrée.

– Un instant ! dit lentement Mason. Vous dites qu'elle a sonné, mais comment le savez-vous ?

– Je l'ai vue qui se penchait contre la porte. J'en ai conclu que c'est ce qu'elle faisait.

– N'aurait-elle pas pu ouvrir avec une clef ?

– Si, elle aurait pu, dit Wheeler. A la réflexion, c'est même probablement ce qu'elle a fait. J'avais pensé sur le moment qu'elle sonnait, parce que c'était à cela que je m'attendais.

– Y a-t-il une possibilité que ce soit Thelma Benton ?

– Je ne crois pas : quand Thelma Benton est partie, elle avait un autre manteau, tandis que cette femme portait un long manteau de fourrure noire.

– Combien de temps est-elle restée dans la maison ?

– Quinze minutes, peut-être seize. J'ai noté que le taxi est parti aussitôt après qu'elle est entrée, et qu'il est revenu au bout de douze minutes. La femme est sortie à sept heures quarante-deux.

– Avez-vous entendu du bruit, un chien aboyer, ou autre chose ?

– Non, mais nous n'aurions rien pu entendre de toute façon. Vous comprenez, nous étions assez loin sur l'avenue. C'était le meilleur endroit pour exercer notre surveillance. Le patron nous avait dit qu'il voulait être sûr que personne ne nous repérerait. Nous aurions pu nous rapprocher une fois la nuit tombée, mais de jour nous aurions été repérés en une minute si nous nous étions tenus près de la maison. C'est pour ça que nous sommes entrés dans cette maison vide, au bas de l'avenue, et que nous avions les jumelles pour voir ce qui se passait.

– Continuez, dit Perry Mason. Que s'est-il passé ensuite ?

– Après le départ de la femme en taxi, il ne s'est rien passé jusqu'au moment où vous êtes apparu. Vous êtes venu dans un taxi jaune portant le numéro 362. Vous êtes entré à huit heures vingt-neuf d'après ma montre, et nous ne savons pas ce qui s'est passé après. Nous avons téléphoné à Drake, qui nous a dit de quitter le boulot tout de suite et de venir ici au bureau. Au moment où nous partions, nous avons entendu les sirènes, et nous nous sommes demandé ce qui était arrivé.

– Très bien, dit Mason. Ne cherchez pas à comprendre. Ce n'est pas pour cela qu'on vous paie. On vous paie pour surveiller. Comprenez-vous ?

– Oui.

– Dans ce cas, voici ce dont j'ai besoin : allez repérer le chauffeur du taxi de la Compagnie de l'Echiquier numéro 86 C et ramenez-le... Non, après tout, ne l'amenez pas ici. Repérez-le simplement et téléphonez-moi ici. J'irai lui parler moi-même.

– C'est tout ?

– Oui, pour l'instant, dit Perry Mason qui, se tournant vers Paul Drake, ajouta : Tu mets bien tout sens dessus dessous pour trouver les gens dont je t'ai parlé ?

Drake fit un signe affirmatif.

– Je crois que j'ai quelque chose pour toi, Perry, mais débarrassons-nous d'abord de ces deux hommes.

– Vous pouvez aller, leur dit Mason. Trouvez-moi le type qui conduit le 86 C et téléphonez-moi ici aussitôt. A propos, les gars, ce serait aussi bien si vous n'écoutiez pas les bavardages pendant que vous êtes sur cette affaire.

– Que veux-tu dire ? demanda Drake.

– Je veux dire que je ne veux pas que ces deux gars fassent rien d'autre que d'être des policiers privés payés à la journée pour leur travail. Compris ?

– Oui, je crois comprendre, dit Drake. Et vous, les gars ?

– Nous comprenons, dit Wheeler.

– Alors, en route ! dit Mason.

Il suivit du regard les hommes qui sortaient du bureau. Sa figure, qui paraissait taillée dans du granit, était figée dans une expression sévère, mais une lueur surgit dans ses yeux immobiles. Quand la porte se fut refermée, il se tourna vers Paul Drake.

– Paul, un télégramme a été envoyé de Midwick pour Clinton Foley. Soi-disant signé par la femme qui s'est fait passer pour l'épouse de Clinton Foley, il lui demandait de n'intenter aucune action contre Cartright. J'ai besoin d'une photocopie de l'original. Crois-tu pouvoir t'en débrouiller ?

– Ça va être un boulot pas ordinaire.

– Tant pis. Je veux l'avoir.

– Alors, je ferai ce que je pourrai, Perry.

– Occupe-t'en tout de suite.

Drake allongea le bras pour prendre le téléphone puis se ravisa :

– Il vaut mieux que j'aille téléphoner dans un autre bureau. Ne t'en va pas. J'ai quelque chose à te dire.

– Moi aussi, j'ai beaucoup de choses à te raconter, mais je ne peux pas le faire maintenant.

Drake se rendit dans un autre bureau et ferma la porte de communication derrière lui. Après cinq minutes, il revint et dit à Mason :

– Je crois que je peux arranger ça.

– Bien, dis-moi alors ce que tu as trouvé.

Le téléphone sonna. Paul Drake fit un signe pour recommander le silence, prit le récepteur et écouta.

– Vous avez l'adresse ? demanda-t-il enfin.

Il fit un signe de tête et se tourna vers Mason.

– Prends note, veux-tu, Perry ? Il y a du papier là et un crayon.

Mason s'approcha du bureau, prit une feuille et se prépara à écrire, le crayon en l'air.

– Envoie, dit-il.

Paul Drake répéta lentement :

– Hôtel Breedmont, au coin de la 9e Rue et de la rue des Francs-Maçons ; le nom est : Mme C.M. Daugerfield ? Pas d'erreur ?

Il écouta un instant et fit signe à Perry Mason, en disant :

– C'est bien ça. C'est tout, Perry.

Et il raccrocha.

– Qui est-ce ? demanda Perry Mason.

– C'est le nom qu'a donné Mme Bessie Forbes sur le registre d'un hôtel ici même. Veux-tu aller la voir ? Le numéro de la chambre est 767.

Perry Mason poussa un soupir de soulagement, plia le papier et le mit dans sa poche.

– Voilà que ça se précise.

– Tu veux y aller maintenant ?

– Il faut que nous voyions ce chauffeur d'abord, mais je dois le faire venir ici. Je n'ai pas le temps d'aller le trouver.

– Pourquoi ce chauffeur est-il si important ?

– Il faut que je le voie et que je sois le premier à le voir. J'ai besoin aussi d'une sténographe pour prendre la conversation. J'ai dans l'idée que je vais être obligé de faire revenir Della Street au bureau.

– Tu n'as pas besoin de t'en faire à son sujet,

répondit Drake en souriant. Elle y est déjà. Elle a téléphoné, il y a un petit moment, pour savoir si j'avais eu de tes nouvelles, et je lui ai dit que tu avais envoyé un S.O.S. pour retirer les hommes qui surveillaient la maison de Foley et que je croyais qu'il se passait quelque chose. Elle a dit alors qu'elle allait venir au bureau et y resterait un bout de temps.

Perry Mason approuva de la tête.

– C'est une précieuse collaboratrice.

Le téléphone sonna de nouveau. Drake décrocha et, après un moment, s'adressant à Perry Mason :

– Les gars ont déniché le chauffeur, Perry. Ils ne lui ont pas encore parlé, mais ils savent où il est, par le bureau de la compagnie. Il vient de rentrer faire son rapport.

– Dis-leur de prendre son taxi et de se faire conduire à mon bureau. Qu'ils trouvent une excuse pour le faire monter ici en disant par exemple qu'ils ont une malle ou une valise à descendre.

Drake transmit les instructions, raccrocha et regarda Mason.

– Et ensuite ? dit-il. Allons-nous à ton bureau les attendre ?

Perry Mason fit un signe affirmatif.

11

Nerveux et mal à l'aise, le chauffeur, assis sur une chaise, promenait ses yeux tour à tour sur Mason, sur les deux détectives et enfin sur Della Street.

Cette dernière, perchée au bord d'une chaise, les genoux croisés, avait un carnet de notes ouvert devant elle sur le bureau ; elle lui fit un sourire rassurant.

– Qu'est-ce qui se passe ? demanda le chauffeur.

– Nous voulons seulement vous demander quelques renseignements, dit Mason. Nous sommes à la recherche de certains faits au sujet d'une affaire.

– Quelle sorte d'affaire ? demanda le chauffeur.

Mason fit signe à Della Street. Son crayon s'abaissa sur son carnet et commença à déverser un flot de signes cabalistiques.

– Cette affaire, dit Perry Mason lentement, implique une dispute entre voisins au sujet d'un chien qui hurlait. Il semble y avoir eu des complications. Je désire que vous compreniez que les questions que je vais vous poser ne concernent que la querelle de voisinage au sujet du chien et les plaintes qui ont été déposées de part et d'autre.

Le chauffeur se renfonça sur sa chaise.

– Ça me va, dit-il ; mon compteur en bas marche toujours.

– C'est bien, dit Mason. Vous serez payé ce qui sera marqué au compteur et cinq dollars en plus. Etes-vous satisfait comme ça ?

– Je le serai quand je toucherai les cinq dollars.

Mason ouvrit un tiroir de son bureau, y prit un billet de cinq dollars et le passa au chauffeur qui l'empocha avec une grimace de satisfaction.

– Eh bien, alors, dit-il, vous pouvez m'envoyer ça, maintenant.

– A peu près à sept heures quinze, ou peut-être un peu plus tôt, vous avez pris en charge une personne qui vous a dit de la conduire au numéro 4889, avenue Milpas, dit Mason.

– Ah ! c'est ça ? dit le chauffeur.

– Oui, c'est ça.

– Que voulez-vous savoir à ce sujet-là ?

– De quoi avait-elle l'air, cette femme ?

– Oh ! la, la ! c'est difficile à dire, patron ! Je me rappelle qu'elle avait un manteau de fourrure noire et un drôle de parfum. Elle a laissé un mouchoir dans le taxi et je l'ai senti. J'allais le remettre au bureau des objets trouvés si elle ne le réclamait pas.

– Combien mesurait-elle ?

Le chauffeur haussa les épaules.

– Ne pourriez-vous pas nous donner une idée ?

Le chauffeur regarda autour de lui d'un air perdu.

Perry Mason fit signe à Della et la jeune fille se mit debout devant le chauffeur.

– Aussi grande que cette demoiselle ?

– Eh bien, à peu près pareille, dit le chauffeur en inspectant Della d'un air approbateur. Elle n'était pas aussi jolie que cette demoiselle, mais peut-être un peu plus forte.

– Vous vous rappelez la couleur de ses yeux ?

– Non. Je crois qu'ils étaient noirs, mais peut-être qu'ils étaient bruns. Elle avait une voix rauque. Je me rappelle qu'elle parlait d'une drôle de façon, vite et sur un ton aigu.

– Vous ne vous rappelez pas grand-chose à son sujet, alors ?

– Pas trop, patron. C'est ce genre de femme dont on ne se souvient pas. Moi, tout au moins. Vous savez comment cela se passe : il y a beaucoup de filles qui grimpent dans un taxi et commencent tout de suite à vous parler aimablement. Eh bien, elle n'était pas du genre amical. Et puis aussi, il y a des tas de souris qui sont à l'affût de choses plus ou moins régulières, et généralement elles vous sortent une proposition pour une combine quelconque. Cette femme-là ne cherchait pas de combine.

– Avez-vous remarqué ses mains ? Avait-elle des bagues ?

– Elle avait des gants noirs, répondit le chauffeur avec assurance. Je m'en souviens, parce qu'elle avait de la peine à fouiller dans son sac.

– Bien, vous l'avez conduite là, et après ? Qu'avez-vous fait ?

– Je l'ai emmenée là, et elle m'a dit de ne pas m'en aller tant que je ne l'aurais pas vue entrer dans la maison. Ensuite, je devais aller dénicher une cabine téléphonique dans le quartier, appeler un numéro et transmettre un message.

– Continuez. Quel était le numéro et quel était le message ?

– C'était un drôle de message.

– L'avait-elle écrit ?

– Elle me l'a dit et me l'a fait répéter deux fois pour qu'il n'y ait pas d'erreur.

– Bien. Allez-y ! Qu'est-ce que c'était ?

Le chauffeur prit un calepin dans sa poche et dit :

– J'ai écrit le numéro. C'était Parkcrest 62945 ; je devais demander Arthur, et lui dire qu'il ferait bien de venir chez Clint tout de suite, parce que Clint était en train d'avoir une explication définitive au sujet de Paula.

Perry Mason tourna son regard vers Paul Drake dont les yeux devinrent soudain pensifs et se fixèrent sur Perry Mason avec intérêt.

– Très bien. Avez-vous envoyé le message ?

– Non. Je n'ai pu avoir personne au bout du fil. J'ai essayé trois fois et puis je suis revenu. J'ai attendu une minute ou deux, puis la femme est sortie et je l'ai ramenée.

– Où l'aviez-vous prise en charge ?

– J'étais en train de marauder du côté du croisement de la 9e Rue et de la rue des Francs-Maçons ; c'est là que je l'ai prise. Elle m'a demandé de la ramener à l'endroit où je l'avais chargée.

– Comment vous appelez-vous ? demanda Perry Mason.

– Marson. Sam Marson, monsieur, et j'habite au Bellview. C'est un meublé dans la 19e Rue Ouest.

– Vous ne m'avez pas encore remis le mouchoir.

Le chauffeur sortit d'une poche de sa veste un délicat carré de dentelle et en huma le parfum d'un air satisfait.

– Voilà, dit-il.

Perry Mason prit le mouchoir, le sentit et le fit passer à Paul Drake, qui fit de même et haussa les épaules.

– Faites-le sentir à Della, dit Perry Mason. Nous

allons voir si elle peut nous dire ce que c'est que ce parfum.

Drake passa le mouchoir à Della. Elle le sentit à son tour, le rendit à Drake, regarda Mason et dit :

– Je peux vous dire ce que c'est.

– Eh bien ! dites ! fit Drake.

Perry Mason secoua la tête d'une façon presque imperceptible.

Drake hésita un moment puis fourra le mouchoir dans une poche de sa veste :

– Nous gardons le mouchoir, dit-il au chauffeur.

La voix de Perry Mason s'éleva soudain, marquée d'impatience :

– Une minute, Drake ! C'est moi qui dirige les opérations. Rends le mouchoir à cet homme. Il ne t'appartient pas.

Drake jeta sur Mason un regard intrigué.

– Allons, dit l'avocat, rends-le-lui. Il faut qu'il le garde un bout de temps pour voir si elle va venir le réclamer.

– Mais est-ce que je ne dois pas le remettre au bureau des objets trouvés ? demanda le chauffeur en fourrant le mouchoir dans sa poche.

– Non, dit Mason. Pas tout de suite. Gardez-le encore quelques jours. J'ai dans l'idée que cette femme va se manifester pour réclamer son mouchoir. Demandez-lui alors son nom et son adresse, vous comprenez ? Dites-lui que vous êtes obligé de faire un rapport à la compagnie parce que, l'ayant informée de la découverte du mouchoir dans votre voiture, il faut que vous ayez le nom et l'adresse de la personne à qui vous le remettez. Compris ?

– D'accord, je comprends, dit le chauffeur. Est-ce tout ?

– Je crois qu'il n'y a rien d'autre, dit Mason. Nous pourrons vous atteindre si nous avons besoin de vous.

– Vous êtes en train de tout noter ? demanda le chauffeur en regardant le bloc de sténo de Della Street.

– Oui, nous notons les questions et les réponses, dit Mason d'un air indifférent, de façon à pouvoir prouver à mon client que je fais bien mon travail. Cela a son importance, vous savez.

– Bien sûr, dit le chauffeur. Nous avons tous besoin de gagner notre vie. Et pour mon compteur, que faites-vous ?

– Un de ces messieurs va vous accompagner en bas et vous paiera. Ayez bien soin du mouchoir, et n'oubliez pas de demander le nom et l'adresse de la femme qui le réclamera.

– Entendu, dit le chauffeur. C'est facile.

Il sortit du bureau et, sur un geste de Drake, un détective l'accompagna.

Perry Mason se tourna vers Della Street :

– Quel est ce parfum ? demanda-t-il.

– Il se trouve par hasard que je peux vous dire son nom, et aussi que la jeune femme qui s'en sert ne travaille pas pour gagner sa vie, à moins qu'elle ne fasse du cinéma. J'ai une amie au rayon des parfums d'un grand magasin qui m'en a fait sentir un échantillon il y a quelques jours.

– Alors, qu'est-ce que c'est ? demanda Mason.

– C'est « Vol de nuit ».

Perry Mason se leva, commença à se promener de long en large dans le bureau, la tête penchée en avant, les pouces accrochés dans les emmanchures de son gilet. Il se tourna tout d'un coup vers son assistante :

– Bon, dit-il. Allez voir votre amie et procurez-vous un flacon de ce parfum. Ne vous inquiétez pas du prix. Pénétrez dans le magasin par effraction s'il le faut, mais faites aussi vite que possible et revenez au bureau où vous attendrez de mes nouvelles.

– Tu penses à quelque chose ? demanda Drake.

Mason inclina la tête sans dire un mot.

– Je ne voudrais pas te donner de conseils, dit Paul Drake en choisissant soigneusement ses mots, mais il me semble que tu danses sur la corde raide. J'aimerais savoir ce que la police venait faire chez Foley avant de te voir t'enfoncer plus profondément dans cette affaire.

Mason considéra Drake attentivement pendant quelques secondes.

– Alors, tu vas me dire comment je dois m'y prendre pour exercer mon métier d'avocat ?

– Je pourrais te dire comment t'y prendre pour ne pas aller en prison. Je ne connais pas la loi, mais je reconnais une corde raide quand j'en vois une.

– Un avocat, dit Perry Mason délibérément, qui ne prendrait pas de risques pour son client ne serait bon à rien.

– Et si tu te casses la figure ?

– Ecoute : je sais ce que je fais.

Il s'approcha de son bureau et tira une ligne imaginaire avec son index, sur le bureau.

– Voilà la limite de ce qui est autorisé par la loi, dit-il. Je vais l'approcher de si près que je m'y frotterai les coudes, mais je ne veux pas la franchir. C'est pour cela que je prends soin d'avoir des témoins pour tout ce que je fais.

– Que vas-tu faire ?

– Des tas de choses. Prends ton chapeau, nous allons vadrouiller.

– Où ? s'enquit Drake.

– A l'hôtel Breedmont.

12

Le septième étage de l'hôtel Breedmont offrait une large perspective de portes vernies. Le corridor était très large et baigné par une douce lumière provenant de l'éclairage indirect.

– Quel est le numéro de la chambre ? demanda Perry Mason.

– 767, fit Drake, c'est après le tournant.
– Bien.
– Que veux-tu que je fasse ? demanda Drake.
– Ferme tout, excepté tes yeux et tes oreilles, à moins que je ne te fasse signe de te mêler à la conversation.
– Compris. Voici la porte.
Perry Mason frappa.
Pendant quelques secondes, il n'y eut pas de bruit dans la chambre. Mason frappa de nouveau. Il y eut alors un bruissement de pas, le cliquetis d'un verrou, et une voix féminine aiguë, au débit rapide, cria :
– Qui est là ?
La porte s'entrouvrit à peine.
– Un avocat qui veut vous voir pour une affaire importante.
– Je ne veux voir personne, dit la voix.
Et la porte commença à se refermer, mais le pied de Perry Mason la bloqua.
– Allez, viens, Paul, dit-il, écartant la porte de l'épaule.
La femme poussa un hurlement hystérique, lutta un moment, puis la porte s'ouvrit brusquement. Les deux hommes avancèrent dans la pièce pendant que la femme, à demi vêtue, reprenait son équilibre. Elle pâlit, prise de panique, et attrapa vivement un kimono sur le dossier d'une chaise.
– Comment osez-vous ? cria-t-elle.
– Ferme la porte, Paul, dit Perry Mason.
La femme s'enveloppa dans le kimono et marcha résolument vers le téléphone.
– Je vais téléphoner à la police.
– Laissez donc cela, dit Perry Mason. La police sera ici bien assez tôt.
– De quoi parlez-vous ?
– Vous savez bien ce que je veux dire. Vous êtes arrivée à peu près au bout de votre rouleau, madame Bessie Forbes.
En entendant ce nom, la femme se redressa et

regarda fixement les deux hommes avec des yeux obscurcis par la panique.

– Seigneur ! dit-elle.

– Asseyez-vous maintenant, dit Perry Mason, et parlez raisonnablement. Nous n'avons que quelques minutes pour cette conversation et j'ai des tas de choses à vous dire. Il faut que vous m'écoutiez sans faire de chichis.

Elle s'effondra dans un fauteuil et son énervement était tel que son kimono s'ouvrit sans qu'elle s'en aperçût, révélant l'éclat d'une épaule blanche et le reflet d'un bas ultrafin.

Perry Mason était debout, jambes écartées, tête enfoncée dans les épaules et, tourné vers la femme, décochait les mots comme des projectiles.

– Je suis au courant de tout, dit-il. Il est inutile de nier ou d'essayer les attitudes héroïques ou l'hystérie. Vous étiez la femme de Clinton Forbes. Il vous a quittée à Santa Barbara et s'est enfui avec Paula Cartright. Vous avez essayé de les suivre. Je ne sais ce que vous pensiez faire. Je ne vous le demande pas encore. Cartright a trouvé Clinton Forbes avant vous. Forbes habitait dans une maison de l'avenue Milpas sous le nom de Clinton Foley. Cartright a loué la maison voisine, mais ne s'est pas fait connaître. Il était en assez mauvaise santé. Il surveillait la maison constamment, tâchant de se rendre compte si Forbes rendait sa femme heureuse.

» Je ne sais pas exactement quand vous avez découvert la chose, ni comment vous y êtes arrivée, mais il n'y a pas longtemps que vous avez compris la situation.

» Maintenant, voilà ce qui est bizarre. Je suis avocat. Vous avez peut-être entendu parler de moi. J'ai représenté en cour d'assises quelques clients accusés de meurtre, et il y en aura d'autres. Je me suis spécialisé dans les grandes affaires criminelles. Mon nom est Perry Mason.

– Perry Mason ! dit-elle. (L'intérêt de cette révélation lui coupait la respiration.) Vous êtes Perry Mason ?

Il fit un signe affirmatif.

– Oh ! soupira-t-elle, je suis si contente !

– Bon, oubliez tout ça, et rappelez-vous que nous ne sommes pas seuls ici. Je vais vous dire des tas de choses pendant que nous avons un témoin. Vous allez écouter et ne rien faire d'autre. M'avez-vous compris ?

– Oui, dit-elle, je crois comprendre vraiment ce que vous voulez, mais je suis si heureuse de vous voir ! Je voulais...

– Taisez-vous et écoutez-moi.

Elle approuva d'un signe de tête.

– Cartright, dit Perry Mason, est venu à mon bureau. Il s'est conduit d'une façon étrange. Il voulait faire un testament. Je ne vais pas vous parler des termes de ce testament – pas encore. Mais avec le testament, j'ai reçu une lettre et une provision. La lettre me donnait pour instructions de protéger les intérêts de la femme de l'homme qui vivait au 4889, avenue Milpas, sous le nom de Clinton Foley. Ecoutez bien cela, qu'il n'y ait pas d'erreur. Il ne m'a pas dit de protéger la femme qui se faisait appeler Mme Foley au numéro 4889, avenue Milpas, mais bien de protéger l'épouse légitime de l'homme qui se faisait appeler Clinton Foley, à cette adresse.

– Mais est-ce qu'il comprenait exactement ce qu'il faisait ? Il n'aurait pas voulu...

– Taisez-vous ! dit Mason. Le temps est précieux. J'ai un témoin en ce moment pour écouter ce que je vais vous dire, mais je pourrais préférer ne pas avoir de témoin pour ce que vous me direz, car je ne sais pas ce que ce sera. Vous comprenez ? Je suis un avocat qui essaie de vous protéger.

» Donc Cartright m'a envoyé, par la poste, une provision assez importante en me donnant pour instructions d'assurer votre défense et de veiller à la sauvegarde de vos intérêts légaux. J'ai reçu mes honoraires et j'ai l'intention de les gagner effectivement. Si vous ne voulez pas de mes services, vous n'avez qu'à le dire et, dans ce cas, je m'éclipserai immédiatement.

– Non, non ! cria-t-elle de sa voix stridente. J'en ai besoin. Je veux...

– C'est bien ; dans ce cas, pouvez-vous faire ce que je vous dirai ?

– Si ce n'est pas trop compliqué.

– Ce sera difficile, mais pas compliqué.

– Très bien. Qu'est-ce que c'est ?

– Si n'importe qui vous questionne pour savoir où vous étiez ce soir à n'importe quel moment, ou ce que vous faisiez, répondez que vous ne pouvez répondre à aucune question en l'absence de votre avocat et que votre avocat, c'est moi. Pouvez-vous vous rappeler cela ?

– Oui. Ce ne sera pas difficile, je suppose.

– Ça pourrait l'être, et si on vous demande comment je suis devenu votre avocat, comment vous m'avez engagé, ou n'importe quoi d'autre de ce genre, contentez-vous de donner cette réponse.

– La même réponse à toutes les questions ?

– Si on vous demande le temps qu'il fait, ou votre âge, quel genre de crème de beauté vous employez, ou n'importe quoi d'autre, donnez toujours la même réponse. Vous m'avez compris ?

Elle fit un signe de tête affirmatif.

Perry Mason s'approcha soudain de la cheminée et demanda :

– Qu'est-ce qui a brûlé ici ?

– Rien.

Perry Mason se pencha vers le foyer et remua les cendres qui s'y trouvaient.

– Il y a une odeur de tissu brûlé, dit-il.

La femme ne dit rien mais, pâle et silencieuse, ne le quittait pas des yeux.

Perry Mason ramassa un petit morceau de tissu.

C'était de la soie verte sur laquelle un triangle brun était imprimé.

– On dirait un morceau d'écharpe, dit-il.

La femme marcha rapidement vers lui.

– Je ne savais pas... commença-t-elle.

– Taisez-vous ! dit-il en se retournant vers elle brusquement.

Il prit le bout d'étoffe brûlé, le mit dans la poche de son gilet et commença à fourrager dans les cendres. Au bout d'un moment, il se redressa, s'approcha de la coiffeuse, y prit une bouteille de parfum, la sentit et, l'ayant débouchée, s'empressa de la vider dans le lavabo.

La femme eut un haut-le-corps, s'approcha de lui, lui saisit le bras, essayant de s'interposer.

– Arrêtez, le parfum coûte...

Les yeux fulminants, il se retourna brutalement vers elle.

– Il y a des chances pour que cela coûte bigrement cher. Ecoutez-moi bien, et qu'il n'y ait pas de malentendu. Quittez cet hôtel et allez à l'hôtel Broadway, 40e Rue. Inscrivez-vous sous le nom de Bessie Forbes. Faites attention à ce que vous allez emporter et à ce que vous laisserez derrière vous. Achetez un parfum bon marché quelconque et, quand je dis bon marché, c'est bien cela que je veux dire. Répandez-le à profusion sur tout ce que vous avez. M'avez-vous compris ?

Elle fit signe que oui.

– Et après ? demanda-t-elle.

– Après, tenez-vous tranquille et ne répondez à aucune question. Qui que ce soit qui vous interroge sur n'importe quoi, dites que vous ne direz rien en l'absence de votre avocat.

Il fit couler le robinet d'eau chaude, rinça la bouteille de parfum et laissa couler l'eau. Une agréable odeur de parfum s'étant répandue dans la pièce, Perry Mason se retourna vers Paul Drake :

– Tu ferais bien de fumer, dit-il. Un cigare, si tu en as un.

Paul Drake acquiesça d'un signe de tête, tira de sa poche un cigare, en coupa le bout et l'alluma.

Perry Mason traversa la pièce pour ouvrir les fenêtres et dit à la femme :

– Habillez-vous. Mon numéro de téléphone est Broadway 39251. Prenez-en note. Appelez-moi s'il se produit quelque chose. Rappelez-vous que mes services ne vont pas vous coûter un sou. Ils sont déjà payés. Rappelez-vous aussi que vous allez répondre à toutes les questions qui vous seront posées, quelles qu'elles soient, en disant uniquement que vous ne pouvez pas parler sans l'autorisation de votre avocat. Vous avez bien compris ?

– Oui, fit-elle.

– Avez-vous assez de culot pour vous tenir et proclamer à la face du monde entier que vous ne répondrez pas à une seule question, si ce n'est en présence de votre avocat ?

Elle baissa les yeux et parut réfléchir.

– Supposez qu'on me dise que mon silence témoigne contre moi. C'est-à-dire, ne va-t-on pas considérer que faire une réponse de ce genre constitue un aveu de culpabilité ? Ce n'est pas que je sois coupable de rien, mais vous paraissez croire que...

– Je vous en prie, dit Mason, ne discutez pas ; ayez assez de confiance en moi pour faire ce que je vous dis. Le voulez-vous ?

Elle acquiesça d'un signe.

– Très bien. C'est tout. Drake, allons-y.

Mason se retourna pour ouvrir la porte et s'arrêta sur le seuil pour une ultime recommandation.

– Lorsque vous partirez d'ici, ne laissez aucune trace derrière vous. Allez à la gare et achetez un billet pour un endroit quelconque. Changez alors de porteur, prenez un autre taxi, et allez où vous savez, et inscrivez-vous sous le nom que je vous ai indiqué. C'est bien compris ?

– Oui, fit-elle.

– Bien. Allons-y, Paul.

Et la porte claqua derrière eux.

Dans le corridor, Paul Drake se mit à regarder Perry Mason.

– Tu peux croire, dit-il, que tu te tiens du bon côté de la ligne de démarcation. Il me semble, quant à moi, que tu l'as dépassée.

– Tu crois que la mince couche de glace sur laquelle je patinais a craqué, hein, Paul ?

– Tu te fous de moi, explosa Drake ; tu es dans l'eau glacée jusqu'au cou, en ce moment, et tu continues à t'enfoncer.

– Ne t'affole pas. Tu n'as encore rien vu. Voici ce qu'il faut que tu fasses pour moi : je voudrais que tu me dégotes une actrice d'une vingtaine d'années, à peu près de la taille et de la corpulence de cette femme. Tu l'amèneras à mon bureau aussi vite que possible. Elle va se faire trois cents dollars pour un petit travail qui, j'en mettrais ma main au feu, ne tombera pas sous le coup de la loi. Je ne veux pas que tu assistes à l'entretien, ni que tu saches quoi que ce soit à ce sujet. Tu n'as qu'à trouver cette actrice et me l'envoyer. Ce doit être une fille prête à faire n'importe quoi. Tu m'entends bien ? N'importe quoi !

– Combien de temps me donnes-tu ?

– Dix minutes, si tu peux y arriver dans ce temps. Je sais que tu ne le pourras pas, mais il faut agir sans perdre un instant. Tu as chez toi une liste de gens que tu peux appeler pour divers emplois. Tu n'as qu'à consulter ta liste, y trouver la personne qui convient et te mettre en rapport avec elle.

– Je connais une fille, dit Drake après réflexion, qui pourrait faire l'affaire. Elle a travaillé pour la brigade mondaine et elle est à la page. Elle fera n'importe quoi.

– Est-elle blonde ou brune ?

– Pour la taille et le teint, elle est à peu près comme Bessie Forbes. C'est pour cela que j'ai pensé à elle.

– Bon. N'essaie pas de jouer au plus malin avec

moi : cela pourrait aller mal. Tu vas faire l'idiot, et plus idiot tu seras, mieux ça se trouvera. Rappelle-toi que c'est moi qui donne les ordres. Tu les exécutes simplement et tu ne sais encore rien.

– Je commence à soupçonner pas mal de choses.

– Soupçonne tout ce que tu veux, mais ne m'en dis rien et garde tes pensées pour toi, parce que plus tard tu auras envie de les oublier.

– Compris. Va à ton bureau et je m'arrangerai pour t'envoyer la fille. Elle s'appelle Mae Sibley. Avec elle, tu n'as pas besoin d'y aller par quatre chemins.

– D'accord. Au revoir et merci, Paul.

13

Mae Sibley était sympathique et bien balancée.

Perry Mason l'examina de près et se déclara satisfait.

– Donnez-moi ce flacon de parfum, dit-il à Della Street.

Il prit le flacon et le fit passer sous les narines de la jeune femme.

– Avez-vous quelque objection à vous servir de ce parfum ?

– Absolument pas. Je me servirai volontiers de tout ce que vous voudrez bien me donner.

– Très bien, alors mettez-en beaucoup.

– Où ?

– Sur vos vêtements.

– Quel dommage de gaspiller un si bon parfum !

– Ne vous en faites pas pour ça. Mettez-en !

Della Street sourit à la jeune femme et lui dit :

– Je vais vous aider. Vous permettez ?

Et elle répandit généreusement le parfum sur les vêtements de la jeune femme.

– Bien ; maintenant, vous irez trouver un certain

taxi et vous direz au chauffeur que vous avez laissé un mouchoir dans sa voiture, quand il vous a conduite au 4889, avenue Milpas. Vous vous rappellerez ?

– Bien sûr. Qu'est-ce que j'aurai à faire d'autre ? Est-ce tout ?

– C'est tout ; prenez seulement le mouchoir et souriez gentiment au chauffeur.

– Et puis après ?

– Il vous donnera le mouchoir et vous demandera votre adresse en vous expliquant qu'il faut la donner pour qu'il la mette dans son rapport au bureau des objets trouvés.

– Très bien. Qu'est-ce que je fais alors ?

– Vous lui donnez un faux nom et une fausse adresse, et vous vous éclipsez.

– Quel nom et quelle adresse faut-il lui donner ?

– Dites que vous vous appelez Agnès Brownlie et que vous habitez à l'hôtel Breedmont, au coin de la 9e Rue et de la rue des Francs-Maçons, mais ne lui donnez pas de numéro de chambre.

– Qu'est-ce que je ferai du mouchoir ?

– Apportez-le-moi.

– Ce truc-là, c'est du régulier ?

– Ça ne va pas contre les lois, si c'est ce que vous voulez dire !

– Et je recevrai trois cents dollars pour le faire ?

– Trois cents dollars, une fois le boulot terminé.

– Et quand sera-t-il terminé ?

– Il se peut que ce soit tout, mais il faudra que vous restiez en contact avec moi de manière que je puisse vous atteindre à tout instant. Donnez-moi votre numéro de téléphone et arrangez-vous pour que je puisse vous trouver facilement à n'importe quel moment, si j'ai besoin de vous.

– Et comment trouverai-je le chauffeur de taxi ?

– Dans un quart d'heure exactement, lui dit Perry Mason, le chauffeur viendra au coin de la 9e Rue et de la rue des Francs-Maçons pour téléphoner au bureau de sa compagnie et demander s'il y a du travail pour lui. Le taxi que vous recherchez est un Echiquier numéro 86 C. Téléphonez au bureau central de la compagnie. Demandez-leur de vous faire savoir où est le chauffeur, aussitôt qu'il appellera. Laissez-leur votre numéro pour qu'ils puissent vous rappeler. Ils vous rappelleront dans quinze minutes, quand le chauffeur fera son rapport, et ils vous diront qu'il est au coin de la 9e Rue et de la rue des Francs-Maçons. Vous leur direz alors que vous êtes tout près de là et que vous allez chercher l'objet que vous avez oublié dans sa voiture. Vous ferez semblant de reconnaître le chauffeur. Vous pourrez l'identifier par le numéro du taxi. Soyez un peu gentille avec lui.

– D'accord, dit-elle. Rien d'autre ?

– Si, il faudra parler d'un ton de voix particulier.

– Quel ton de voix ?

– Aigu et rapide.

– Comme ceci ? dit-elle en élevant la voix : Je vous demande pardon, mais je crois que j'ai laissé mon mouchoir dans votre taxi.

– Non, répondit Mason. Vous avez parlé d'un ton trop aigu et pas assez précipité. Essayez un peu plus bas et traînez davantage sur la fin des mots.

Mae Sibley l'étudiait attentivement, la tête inclinée, dans l'attitude d'un oiseau écoutant un bruit. Elle ferma les yeux.

– Comme cela ? dit-elle. Je vous demande pardon, mais est-ce que je n'ai pas laissé mon mouchoir dans votre taxi ?

– Ça ressemble un peu plus, mais il faut faire davantage comme ceci. Ecoutez : Je vous demande pardon, mais est-ce que je n'ai pas laissé mon mouchoir dans votre taxi ?

– Je crois que je vous comprends, dit-elle. Le truc est de parler rapidement jusqu'au dernier mot de chaque phrase puis de traîner sur la fin.

– Peut-être bien, dit-il. Essayez, et voyons ce que donne votre truc !

Elle lui décocha soudain un sourire.

– Je vous demande pardon, mais je crois que j'ai oublié mon mouchoir dans votre taxi.

– Ce n'est pas parfait, mais ça va. Préparez-vous à partir. Vous n'avez pas beaucoup de temps. Della, vous avez un manteau de fourrure noire dans le placard. Donnez-le-lui. Bien. Allez. Mettez le manteau, ma mignonne, puis attrapez un taxi et courez à l'hôtel Breedmont. Vous pourrez appeler de là le bureau de la compagnie des taxis. Le chauffeur doit faire son rapport dans dix minutes. Vous avez juste le temps d'arriver. Grouillez-vous !

Il la conduisit à la porte puis, se tournant vers Della, il dit :

– Appelez Paul Drake, qu'il vienne ici tout de suite.

Elle lança l'appel pendant que Perry Mason commençait à se promener de long en large, le visage impassible, le regard fixe.

– Il va venir tout de suite, dit-elle. Qu'est-ce qu'il y a, chef, pouvez-vous me le dire ?

Perry Mason secoua la tête.

– Pas encore, Della. Je ne suis pas certain moi-même de ce qu'il y a exactement.

– Mais qu'est-ce qui est arrivé ?

– Des tas de choses, mais ces choses ne s'accordent pas entre elles. C'est ça le hic.

– Qu'est-ce qui vous tracasse ?

– Je me demande pourquoi ce chien hurlait et pourquoi il a cessé de hurler. Il y a des moments où je crois savoir pourquoi le chien hurlait, mais alors je n'arrive pas à comprendre pourquoi il s'est calmé tout d'un coup. Et quelquefois j'imagine que tout dans cette histoire est fou.

– Il ne faut pas vous attendre à ce que tout concorde, dit-elle avec sympathie. C'est à peine si vous en avez fini d'une grosse affaire et vous voilà plongé en plein dans une autre.

– Je le sais bien, dit-il, ça coince un peu, mais je peux très bien le supporter. Ce n'est pas le diable. Ce qui me tracasse, c'est que les faits ne concordent pas. Ne vous imaginez pas que les faits ne s'harmonisent pas quand vous avez la véritable explication. C'est comme un puzzle. Quand les morceaux sont à leur place, ils s'emboîtent les uns dans les autres exactement.

– Qu'est-ce qui ne s'ajuste pas dans cette affaire ?

– Rien ne correspond à rien, dit-il et, à ce moment, il regarda vers la porte car on entendait frapper. C'est sans doute Paul Drake.

Perry Mason fit quelques pas vers la porte, l'ouvrit et fit entrer le « grand » détective.

– Entre, Paul. Il faut que tu te procures des tuyaux sur l'homme qui est sorti avec Thelma Benton ; celui qui conduisait le coupé Chevrolet 6 M 9245.

Un bon sourire s'épanouit lentement sur la figure de Paul Drake.

– Ne crois pas, dit-il, que tu es le seul qui travaille à plein rendement. Mes hommes s'en sont occupés et j'ai déjà la réponse. Le type en question s'appelle Carl Trask. Ce jeune homme a traîné un peu de tous les côtés et possède un casier judiciaire. Pour le moment, il puise le plus clair de ses ressources dans les jeux de hasard.

– Crois-tu que tu trouveras autre chose ?

– Oui, avec le temps. Nous récoltons des renseignements. Il nous en vient de tous les coins du pays. Nous avons d'autres rapports sur la situation à Santa Barbara. J'ai fait vérifier le passé de tous les habitants de la maison de Foley, y compris le cuisinier chinois.

– Tu as bien fait. Il m'intéresse, ce cuisinier. Que lui est-il arrivé ?

– Les autorités ont transigé avec lui, à condition qu'il accepte d'être déporté. Je ne connais pas au juste les termes de cette transaction. Je crois que Clinton Foley a contacté les autorités fédérales pour savoir pourquoi le Chinois avait été arrêté, et on lui aurait dit que ce gars était certainement entré illégalement aux Etats-Unis. En conséquence, Foley s'est arrangé pour que le Chinois soit déporté tout de suite sans examen ni jugement, et il lui a donné suffisamment d'argent pour qu'il puisse monter un commerce à Canton. Avec nos dollars on peut acheter beaucoup d'argent chinois, au taux actuel du change, et l'argent a beaucoup d'importance en Chine.

– As-tu découvert autre chose sur ce cuisinier ?

– Oui, j'ai trouvé quelque chose de bizarre, à propos du tuyau qui a conduit à son arrestation par les autorités fédérales.

– Quelle sorte de tuyau ?

– Je ne sais pas exactement mais, d'après ce que j'ai appris, un type aurait téléphoné en disant qu'il avait des raisons de croire que Ah Wong était entré aux Etats-Unis sans le certificat réglementaire ; cet homme a refusé de dévoiler son identité mais il a demandé qu'on fasse le nécessaire.

– C'était un Chinois ou un Blanc ?

– Apparemment un Blanc, un type avec de l'instruction, à en juger par la façon dont il parlait.

– Bon, continue.

– C'est tout ce qu'il y a de précis, dit le détective, mais l'employée du bureau de l'Immigration qui a reçu le tuyau a aussi parlé au téléphone avec Foley. Eh bien ! elle a comme une idée que ce serait Foley qui aurait donné le tuyau.

– Pourquoi Foley aurait-il fait cela ?

– Comment veux-tu que je le sache ? répondit le détective. C'est une idée loufoque et qui ne repose sur rien. Je te répète simplement ce que l'employée m'a dit.

Perry Mason sortit de sa poche un paquet de cigarettes, en offrit à Della Street, puis à Paul Drake. Il leur donna du feu et était sur le point d'allumer la sienne avec la même allumette, mais Della Street l'arrêta (1).

(1) D'après une superstition, cela porte malheur d'allumer trois cigarettes avec la même allumette. *(N.d.T.)*

Il fuma en silence pendant quelques minutes.

– Eh bien ! dit Drake, à la fin, pourquoi sommes-nous ici ?

Perry Mason reprit :

– Je voudrais que tu me procures un spécimen de l'écriture de Paula Cartright ; de la femme de charge de Cartright et de Thelma Benton. Je m'occuperai de mon côté de Bessie Forbes.

– Qu'as-tu en tête ?

– Je ne suis pas encore prêt à parler. Je voudrais que tu restes ici un moment, Paul.

Et il se mit à marcher de long en large dans le bureau. Les autres le surveillaient en silence, respectant sa concentration. Ils finirent leurs cigarettes et en écrasèrent le bout. Mason continuait toujours sa marche agitée.

Au bout de dix ou quinze minutes, le téléphone sonna. Della Street, ayant répondu, se tourna vers Perry Mason en écartant l'écouteur.

– C'est Mae Sibley. Elle vous fait dire qu'elle a suivi exactement vos instructions et que tout va bien.

– A-t-elle le mouchoir ?

Della Street fit signe que oui et Perry Mason parut fort satisfait.

– Dites-lui de prendre un taxi et de venir au bureau tout de suite ; qu'elle apporte le mouchoir et qu'elle donne un bon pourboire au chauffeur pour aller plus vite, mais surtout dites-lui de ne pas prendre ce taxi de la Compagnie de l'Echiquier. Qu'elle en prenne un autre.

– Qu'est-ce qui se passe ? demanda Paul Drake.

Perry Mason rit doucement.

– Reste ici à te chauffer les pieds environ dix minutes, et tu verras. Je suis sur le point de soulever le couvercle de la boîte aux surprises !

Paul Drake s'enfonça dans le gros fauteuil de cuir, passa ses longues jambes par-dessus un des bras, mit une cigarette entre ses lèvres et frotta une allumette contre la semelle de son soulier.

– Très bien, dit-il. Je puis tenir le coup, moi aussi. Sans doute que vous autres, les avocats, vous ne dormez jamais.

– Ce n'est pas tellement dur, une fois qu'on en a pris l'habitude, répliqua Mason qui reprit sa marche de long en large, étouffant un ou deux petits rires silencieux.

Ce fut après un de ces rires étouffés que Paul Drake demanda de sa voix traînante :

– Vas-tu me faire savoir ce qui te fait rire, Perry ?

– Je pensais seulement à la surprise délicieuse que le sergent Holcomb va avoir.

– A quel propos ?

– A propos des renseignements que je vais lui donner, répondit Mason en recommençant à arpenter son bureau.

Le bouton de la porte se mit à bouger et on frappa légèrement.

– Allez voir ce que c'est, Della, fit l'avocat.

Cette dernière alla rapidement jusqu'à la porte, l'ouvrit et fit entrer Mae Sibley.

– Avez-vous eu des problèmes ? demanda Perry Mason.

– Pas le moins du monde. Je lui ai raconté exactement ce que vous m'aviez dit de lui dire, et il m'a « reconnue ». Il m'a examinée assez attentivement et m'a posé quelques questions. Alors, il a sorti le mouchoir de sa poche et me l'a donné. Il a eu l'intelligence de respirer tour à tour le parfum du mouchoir et celui de mes vêtements, pour s'assurer que c'était bien le même.

– Félicitations, ma petite, dit Mason, et vous lui avez donné le nom d'Agnès Brownlie ?

– Oui, et l'adresse à l'hôtel Breedmont, exactement comme vous m'aviez dit.

– Très bien, vous allez toucher cent cinquante dollars tout de suite, et vous recevrez les cent cinquante autres un peu plus tard. Vous avez compris qu'il ne faut pas souffler mot de cette affaire ?

– Naturellement !

Perry Mason compta l'argent et le lui remit.

– Voulez-vous que je vous donne un reçu ?

– Non.

– Quand aurai-je le reste ?

– Quand l'affaire sera terminée.

– Qu'est-ce que j'ai à faire d'autre ?

– Rien peut-être, mais il se peut que vous ayez à témoigner au tribunal.

– Aller au tribunal et témoigner ? De quoi ?

– De ce qui s'est passé exactement.

– Sans dire de mensonges ?

– Certainement pas !

– Dans combien de temps saurez-vous si j'ai à témoigner ?

– Probablement dans une quinzaine de jours. Il faut que vous restiez en contact avec moi. C'est tout. Il vaut mieux que vous vous en alliez maintenant, parce que je ne veux pas qu'on vous voie rôder par ici autour de mon bureau.

Elle tendit la main.

– Merci bien pour ce travail, monsieur Mason, dit-elle. J'apprécie.

– Vous ne pouvez pas savoir combien j'apprécie, moi aussi, ce que vous avez fait, répondit-il.

Il était évident qu'un grand changement s'était produit dans les manières de l'avocat, dont l'attitude manifestait un certain soulagement. Comme la porte se refermait sur Mae Sibley, il se tourna vers Della Street :

– Appelez le commissariat central et demandez le sergent Holcomb au téléphone.

Elle lui fit observer qu'il était bien tard.

– Cela ne fait rien. Il travaille la nuit, répliqua-t-il.

Della Street établit la communication et, se tournant vers l'avocat, annonça :

– Le sergent Holcomb est au bout du fil.

Perry Mason s'approcha du téléphone et, avec un sourire, prit le récepteur.

– Ecoutez, sergent, j'ai quelques renseignements à vous donner. Je ne peux pas vous les communiquer en totalité, mais je peux vous en confier une partie... Oui, il y en a qui m'ont été donnés en confidence, et le secret professionnel m'interdit de vous les révéler. Je crois comprendre ce que sont les droits et les devoirs d'un avocat. Un avocat doit garder secrètes les confidences que lui font ses clients, mais il ne doit pas se faire complice d'un crime. Il ne doit pas non plus supprimer de pièces à conviction. Il peut garder pour lui tout ce que son client lui dit personnellement, si c'est nécessaire pour la préparation de l'affaire qu'il a en main...

Mason s'arrêta de parler quelques minutes et fronça les sourcils pendant que le récepteur faisait entendre des croassements. Puis il dit d'un ton conciliant :

– C'est d'accord, sergent. Ne montez pas sur vos grands chevaux. Je ne vous fais pas une dissertation sur la loi ; ce que je vous en dis, c'est simplement pour que vous compreniez ce qui va suivre... Il se trouve que je viens de découvrir qu'un taxi de la Compagnie de l'Echiquier, numéro 86 C, a conduit une femme chez Clinton Foley à sept heures vingt-cinq environ. Cette femme est restée là-bas quinze à vingt minutes, et elle a laissé un mouchoir dans le taxi. Ce mouchoir, sans aucun doute, est une pièce à conviction, et il est maintenant en ma possession. Je ne suis pas libre d'expliquer comment il y est venu, mais il est ici, et je vais l'envoyer au commissariat central... Très bien. Vous pouvez l'envoyer chercher si vous voulez. Je ne serai pas ici quand on viendra, mais ma secrétaire, Della Street, y sera et vous le donnera... Oui, le chauffeur peut certainement l'identifier. Ce que je peux vous dire, c'est que la femme qui a pris le taxi l'a perdu ou l'a laissé tomber dans la voiture. Le chauffeur l'a trouvé, et plus tard, le mouchoir est venu en ma possession. Je ne peux pas vous dire comment. Non, bon Dieu ! je ne peux pas vous dire ça. Non, je ne vous le dirai pas... Je me fous de ce que vous pensez. Je connais mes droits. Ce mouchoir est une pièce à conviction, et vous avez le droit de l'avoir, mais tout ce qui est venu à ma connaissance par les confidences de mon client est couvert par le secret professionnel, et aucune citation au monde ne pourra me l'arracher.

Il raccrocha violemment et jeta le mouchoir à Della Street.

– Quand les agents viendront, donnez-leur ça avec un charmant sourire, et rien d'autre. Gardez pour vous tous les renseignements que vous avez.

– Qu'est-ce qui est arrivé ? dit-elle.

Perry Mason la regarda fixement sans broncher.

– Si vous insistez pour le savoir, Clinton Foley a été assassiné hier soir entre sept heures et demie et huit heures.

Paul Drake plissa les lèvres comme s'il allait siffler.

– D'un certain côté, dit-il, tu ne m'as pas surpris, et d'un autre, tu y as réussi. Quand j'ai eu vent de ces sirènes, je me suis douté de ce qui était arrivé. Et puis, quand j'ai vu ce que tu manigançais, je me suis dit que même Perry Mason ne prendrait pas de tels risques quand il y a une condamnation pour meurtre à la clef.

Les yeux de Della Street ne se tournèrent pas vers Perry Mason, mais vers Paul Drake.

– Est-ce grave, Paul ?

Le détective voulut dire quelque chose, mais il retint son souffle et resta silencieux.

Della Street s'approcha alors de Perry Mason et, levant les yeux vers lui :

– Chef ! Y a-t-il quelque chose que je peux faire ?

Le regard de Mason s'adoucit à son intention.

– C'est un problème que je dois résoudre seul.

– Allez-vous parler à la police de cet homme qui voulait savoir si son testament serait annulé, au cas où on le condamnerait à mort pour homicide ?

– Nous ne dirons rien d'autre à la police que ce que nous lui avons déjà dit.

Paul Drake intervint avec une véhémence inaccoutumée :

– Tu prends trop de risques dans cette affaire, Perry. Si l'assassin de Clinton Foley t'a consulté avant, tu dois aller à la police et...

– Moins tu en sauras là-dessus, interrompit Mason, moins tu courras de risques.

La voix du détective devint lugubre :

– J'en sais déjà beaucoup trop, dit-il.

Mason se tourna vers Della Street.

– Je nec nera pas qu'ils vous questionneront, dit-il pensivement. Dites-leur que je vous ai laissé le mouchoir et que vous ne savez rien d'autre.

– Ne vous en faites pas pour moi, chef. Je peux me débrouiller, mais vous, qu'allez-vous faire ?

– Je m'en vais, et tout de suite.

Il gagna la porte, mais s'arrêta, la main posée sur le bouton, et regarda ses deux interlocuteurs.

– Les choses que j'ai faites ont leur raison d'être. Elles vont, en tout cas, provoquer des réactions. Il faut que je coure des risques, mais je ne veux pas que vous en couriez ni l'un ni l'autre. Je sais exactement jusqu'où je peux aller, mais pas vous. Par conséquent, bornez-vous à suivre mes instructions et tenez-vous-en là.

La voix de Della Street tremblait d'anxiété.

– Etes-vous bien sûr de savoir où il faut vous arrêter ?

– Oh ! Bon Dieu ! cria Paul Drake d'un ton fâché, il n'en a pas la moindre idée.

Perry Mason ouvrit la porte brusquement.

– Où vas-tu de ce pas ? demanda le détective.

Mason lui adressa un sourire dont la sérénité n'était en rien troublée.

– Il vaut mieux que tu ne le saches pas, répondit-il.

Et la porte claqua derrière lui.

14

Perry Mason arrêta un taxi en maraude devant son bureau.

– Conduisez-moi à l'hôtel Broadway, 40e Rue, et en vitesse.

Il s'enfonça confortablement dans les coussins et ferma les yeux pendant que le taxi roulait dans les rues maintenant à peu près désertes. Quand il s'arrêta devant l'hôtel Broadway, Perry Mason jeta négligemment un billet au chauffeur et se dirigea vers les ascenseurs, de l'air de quelqu'un occupé par une importante affaire. Il sortit de l'ascenseur à l'entresol et appela l'employé de la réception :

– Voulez-vous me donner le numéro de la chambre de Mme Bessie Forbes ?

– Huit, quatre-vingt-seize, répondit l'employé.

– Merci, dit Mason.

Il raccrocha, reprit un ascenseur, se fit monter au huitième étage, marcha jusqu'à la chambre 896, et frappa à la porte.

– Qui est là ? demanda la voix effrayée de Bessie Forbes.

– Mason, dit celui-ci tout bas. Ouvrez !

Un verrou cliqueta et la porte s'ouvrit. Mme Forbes, vêtue d'une tenue de ville, le regarda avec des yeux effarés.

Perry Mason entra et referma la porte.

– Bien, dit-il, je suis votre avocat. Racontez-moi maintenant ce qui est arrivé ce soir.

– Que voulez-vous dire ?

– Je veux parler de la visite que vous avez faite à votre mari.

Elle fut prise d'un frisson, regarda autour d'elle et invita Perry Mason à s'asseoir sur un canapé. Elle vint s'installer à côté de lui et commença à triturer un mouchoir. Les effluves d'un parfum bon marché se dégageaient de sa personne.

– Comment avez-vous su que j'étais allée là-bas ? demanda-t-elle.

– Je l'ai deviné. Je me suis dit que le moment allait venir où vous entreriez en scène. J'ai pensé aussi qu'aucune autre femme répondant à votre signalement n'irait voir Clinton Foley comme vous l'avez fait. Enfin, la description donnée par le chauffeur de la personne qu'il avait transportée vous allait comme un gant.

– Oui, dit-elle lentement. Je suis allée là-bas.

– Je le sais, dit Perry Mason impatiemment. Dites-moi ce qui s'est passé.

– Quand je suis arrivée, continua-t-elle toujours lentement, la porte était fermée. J'avais un passe et je suis entrée. Je voulais voir Clint sans lui donner le temps de se préparer à ma visite.

– Bien. Vous êtes entrée, et qu'est-il arrivé ?

– Je suis entrée et je l'ai trouvé mort.

– Et le chien ?

– Mort.

– Je suppose que vous n'avez aucun moyen de prouver que ce n'est pas vous qui avez tué ?

– Ils étaient tous les deux morts quand je suis arrivée.

– Qu'avez-vous fait alors ?

– J'étais si faible que je me suis assise sur une chaise. Tout d'abord, je n'ai pensé qu'à m'enfuir. Et puis, je me suis rappelé que je devais faire attention. Je savais qu'on pourrait me soupçonner d'avoir tiré.

– Le revolver était par terre ?

– Oui.

– Il n'était pas à vous ?

– Non.

– Avez-vous jamais possédé un revolver de ce genre ?

– Non.

– Vous ne l'aviez jamais vu auparavant ?

– Non, je vous dis que je n'ai rien eu à faire dans tout cela. Mon Dieu ! Vous ne voulez pas me croire ! Pour rien au monde je ne voudrais mentir. Je vous dis la vérité.

– Bon. Passons. Vous me dites la vérité, c'est entendu. Alors, qu'avez-vous fait ?

– Je me suis souvenue que j'avais envoyé le chauffeur téléphoner à Arthur Cartright. J'ai pensé qu'il viendrait et qu'il saurait quoi faire.

– Vous est-il venu à l'idée que ce pouvait être Arthur Cartright qui avait tiré ?

– Oui, naturellement, mais je savais qu'il ne viendrait pas, si c'était lui.

– S'il était venu, il aurait pu vous accuser.

– Non, Arthur n'est pas homme à faire cela.

– D'accord. Vous vous êtes assise en attendant Cartright. Qu'est-il arrivé ?

– Au bout d'un moment, j'ai entendu le taxi qui revenait. Je ne sais pas exactement quand. J'avais perdu toute notion du temps. J'étais complètement effondrée.

– Bien. Continuez. Après cela ?

– Je suis sortie, ai pris le taxi et me suis fait conduire à proximité de mon hôtel. Quand j'ai quitté le taxi, je me figurais que personne ne pourrait retrouver ma trace. Je ne comprends pas comment vous avez pu découvrir ce que vous savez.

– Vous êtes-vous aperçue que vous aviez laissé tomber un mouchoir dans le taxi ?

Elle regarda l'avocat avec des yeux démesurément agrandis par la frayeur.

– Mon Dieu ! dit-elle, ce n'est pas possible !

– Si, on l'a trouvé.

– Où est ce mouchoir ?

– Entre les mains de la police.

– Comment l'ont-ils eu ?

– C'est moi qui le leur ai donné.

– Qu'est-ce que vous dites ?

– Je le leur ai donné. Ce mouchoir est une pièce à

conviction. La police cherche à m'épingler dans cette affaire, et ils seraient ravis s'ils pouvaient me convaincre de complicité. Ils n'auront pas ce plaisir, mais il va falloir que vous exerciez votre intelligence pour vous sortir de la mélasse. Alors, voici ce que vous ferez : la police va venir ici. Ils vous poseront toutes sortes de questions. Vous leur direz que vous ne répondrez pas tant que votre avocat ne sera pas présent. Dites-leur que votre avocat vous a conseillé de ne pas parler. Ne répondez à aucune espèce de question. Comprenez-vous ?

– Oui, c'est ce que vous m'avez déjà dit.

– Vous pensez que vous pourrez le faire ?

– Oui, je le pense.

– Il le faut absolument. Il y a pas mal de choses dans cette affaire qui ne collent pas et que je ne peux pas vérifier. Je ne veux pas que vous disiez quoi que ce soit avant que je connaisse toute l'histoire et de quelle manière les faits viennent s'y intégrer.

– Mais cela va jeter le discrédit sur moi. Les journaux diront que je ne veux pas parler.

Perry Mason sourit :

– Voilà que vous commencez à comprendre, dit-il. C'est pour ça que je suis venu vous voir. Ne confiez rien à la police. Ne confiez rien aux journaux. Dites-leur à tous que vous voulez parler, mais que c'est moi qui vous en empêche. Dites-leur que je vous ai ordonné de ne pas ouvrir la bouche, mais que vous, vous voudriez bien ; que vous voudriez donner des explications. Dites-leur encore que vous avez envie de me téléphoner et que vous croyez que vous pourriez alors m'arracher la permission de parler, et toutes sortes de choses dans ce goût-là. Ils vous donneront un téléphone et vous demanderont de parler. Vous me supplierez de vous permettre de parler... Dites-moi que vous aimeriez tout au moins expliquer ce que vous faites dans cette ville ; ce qui s'est passé à Santa Barbara ; et ce que vous avez l'intention de faire. Implorez-moi, plaidez, avec des larmes dans la voix.

Faites tout ce que vous voudrez. Mais je resterai insensible et sans pitié et je vous dirai que si vous dites jamais quoi que ce soit à qui que ce soit, vous pourrez vous chercher un autre avocat. C'est bien entendu ?

– Pensez-vous que cela marchera comme cela ?

– Bien sûr que cela marchera. Les journaux ont besoin de quelque chose pour en faire une histoire. Ils essaieront d'obtenir des renseignements par ailleurs. Mais s'ils n'y parviennent pas, ils ramasseront ça et étaleront en première page que vous voulez parler mais que je vous en empêche.

– Et la police ? Est-ce qu'elle me relâchera ?

– Je ne sais pas.

– Ciel ! Vous ne voulez pas dire que je vais être arrêtée ? Mon Dieu ! vous n'allez pas m'exposer à ça ? Je pourrais probablement supporter un interrogatoire, s'il avait lieu ici, dans ma chambre, mais s'ils me conduisent pour m'interroger à la prison du commissariat central de police, je deviendrai folle ! Je ne pourrais tout bonnement rien supporter de ce genre, et je ne veux pas courir le risque de comparaître devant un tribunal. Est-ce possible ?

– Allons, dit-il en se levant et en la regardant avec insistance. Inutile de me parler comme cela ; ça ne vous servira à rien. Vous êtes coincée et vous le savez bien. Vous avez pénétré dans la maison de votre mari en vous servant d'un passe. Vous l'avez trouvé mort sur le plancher et vous vous êtes rendu compte qu'il avait été assassiné. Il y avait un revolver là, mais vous n'avez pas averti la police et vous vous êtes inscrite sous une fausse identité dans un hôtel. Si vous croyez que vous pouvez jouer des tours pareils sans être conduite au commissariat central, vous êtes folle.

Elle se mit à pleurer.

– Les larmes ne vous serviront à rien, lui dit-il avec une franchise brutale. Si vous voulez vous en sortir, faites travailler vos méninges et suivez les instructions que je vous donne. N'admettez jamais que vous êtes descendue à l'hôtel Breedmont, et que vous vous êtes inscrite où que ce soit sous un faux nom. N'admettez rien ; excepté que vous m'avez choisi comme avocat ; dites que vous ne répondrez à aucune question, ni ne ferez aucune déclaration à moins que je ne sois présent et ne vous conseille de le faire. Vous vous plaindrez aux journalistes et leur ferez comprendre que vous voudriez raconter votre histoire, mais que moi, je vous en empêche. C'est bien d'accord ?

Elle acquiesça.

– Bon. Ceci règle les préliminaires. Il y a maintenant autre chose...

On frappait énergiquement à la porte.

– Quelqu'un sait-il que vous êtes ici ? demanda Perry Mason.

– Personne, à part vous.

Perry Mason lui fit signe de garder le silence et resta à contempler la porte, les sourcils froncés.

Cette fois, on frappa plus fort et d'une manière impérative.

Perry Mason dit à voix basse :

– Reprenez votre sang-froid. Rappelez-vous que la façon dont vous serez traitée dépend entièrement de vous-même. Si vous ne vous affolez pas, je pourrai vous aider.

Il s'avança vers la porte, tourna le verrou et ouvrit. Le sergent Holcomb, flanqué de deux hommes, regarda Perry Mason avec stupéfaction.

– Vous ! dit-il. Que faites-vous ici ?

– Je suis en conversation avec ma cliente, Mme Bessie Forbes, veuve de Clinton Forbes qui vivait au numéro 4889, avenue Milpas sous le nom de Clinton Foley. Ceci répond-il à votre question ?

Le sergent pénétra dans la pièce.

– Oui, dit-il, cela y répond bougrement, et je sais maintenant où vous avez eu ce mouchoir. Madame Forbes, nous venons vous arrêter pour le meurtre de

Clinton Foley, et je dois vous prévenir que tout ce que vous direz pourra être employé contre vous.

Perry Mason tourna vers le sergent une figure hostile et sévère.

– C'est entendu, elle ne dira rien.

15

Rasé de frais, les yeux clairs, le pas élastique, Perry Mason entra dans son bureau où il trouva Della Street plongée dans la lecture des journaux du matin.

– Alors, Della, quelles sont les nouvelles ?

Elle le regarda d'un air à la fois mécontent et embarrassé :

– Allez-vous laisser faire ça ? dit-elle.

– Faire quoi ?

– Arrêter Mme Forbes.

– Je ne peux pas l'empêcher. C'est déjà fait.

– Vous savez ce que je veux dire. Allez-vous la laisser accuser de meurtre et garder en prison pendant l'instruction de l'affaire ?

– Je n'y peux rien.

– Si, vous pouvez y remédier et vous le savez bien.

– Comment ?

– Vous savez aussi bien que moi, dit-elle en se levant et en repoussant le journal sur son bureau, que c'est Arthur Cartright qui a tué Clinton Foley, ou Clinton Forbes, si vous voulez l'appeler par son vrai nom.

– Ah ! oui, dit Perry Mason en souriant, et comment le savez-vous donc ?

– Je le sais si bien que ce n'est même pas la peine d'en parler.

– Alors, pourquoi en parlez-vous ?

– Voyons, chef, j'ai confiance en vous et en votre honnêteté. Vous pouvez débiter tous les sophismes que vous voudrez, mais vous ne me convaincrez pas. Il est injuste de laisser cette femme en prison dans le seul but de permettre à Arthur Cartright de prendre une bonne avance sur la police. On le saura tôt ou tard. Pourquoi ne pas traiter cette femme équitablement et dévoiler dès à présent ce que vous savez ? Cartright a eu une avance suffisante et, après tout, vous vous rendez presque complice de l'assassin.

– De quelle manière ?

– En cachant à la police les renseignements que vous avez sur M. Cartright. Vous savez fort bien qu'il avait l'intention d'assassiner Clinton Foley.

– Cela ne veut rien dire, dit Perry Mason lentement. Il pouvait avoir l'intention de l'assassiner, mais ça ne prouve pas qu'il l'ait fait. Vous ne pouvez pas accuser un homme sans preuve.

– Quelle preuve voulez-vous de plus ? Cet homme est venu ici et vous a clairement déclaré qu'il avait l'intention de tuer quelqu'un. Et puis, il vous a envoyé une lettre d'où l'on peut déduire qu'il avait mis ses plans au point et qu'il se disposait à agir. Après cela, il disparaît complètement et l'individu dont il avait à se plaindre est assassiné.

– Ne mettez pas la charrue avant les bœufs, dit Perry Mason. Ne devriez-vous pas dire qu'il a assassiné son homme et qu'il a disparu après, si vous vouliez faire de cela un bon argument contre lui ? N'est-il pas plutôt étrange qu'il ait disparu, et puis que son ennemi ait été assassiné après sa disparition, et non avant ?

– Ce serait très bien, si vous parliez comme cela devant un jury, mais avec moi, cela ne prend pas. Le fait que Cartright a rédigé son testament et vous a envoyé l'argent montre qu'il avait l'intention de mettre un point final à son plan de campagne, et ce point final, vous le connaissez aussi bien que moi. Il avait surveillé et espionné l'homme qui avait détruit son ménage, en attendant une occasion de faire connaître sa présence à sa femme. L'occasion s'est présentée. Il a enlevé la femme et l'a mise en lieu sûr. Puis il est revenu faire son travail et a rejoint la femme.

– Vous oubliez, dit Perry Mason, que, pour tout ce que je sais et pour les confidences de Cartright en particulier, je suis lié par le secret professionnel.

– C'est bien possible, mais vous n'êtes pas obligé de laisser accuser d'un crime une femme innocente.

– Je ne la laisse pas accuser d'un crime.

– Mais si. Vous lui avez conseillé de ne pas parler. Elle voudrait raconter son histoire, mais elle ne l'ose pas parce que vous le lui avez interdit. Vous la représentez, mais vous laissez s'accomplir une injustice, simplement pour permettre à un autre de vos clients de s'échapper.

Perry Mason soupira, sourit et secoua la tête.

– Si nous parlions du temps qu'il fait ? C'est un sujet plus concret.

Elle s'approcha de lui, les yeux brillant d'indignation.

– Perry Mason, je vous admire énormément. Vous avez plus d'intelligence et de capacités qu'aucun homme que je connaisse. Vous avez fait des choses tout simplement merveilleuses, mais maintenant, vous êtes en train de commettre une mauvaise action. Vous mettez une femme dans le pétrin pour protéger les intérêts de Cartright. On le rattrapera tôt ou tard, on le jugera ; et vous vous figurez que si, en attendant, vous réussissez à lancer la police sur une fausse piste, cela améliorera la défense de Cartright ?

– Me croiriez-vous, dit-il, si je vous disais que vous vous mettez le doigt dans l'œil jusqu'au coude ?

– Non, parce que je sais que je ne me trompe pas.

Il était debout, la dominant, le menton agressivement dirigé en avant, les yeux brillants :

– Della, la police aurait pu amasser contre Cartright les éléments d'une forte accusation basée sur des preuves indirectes, si elle en savait autant que nous ; mais ne soyez pas assez naïve pour vous imaginer qu'elle ne peut pas également étoffer l'accusation contre Bessie Forbes par des preuves indirectes.

– Mais, dit-elle, vous ne parlez toujours que théoriquement. En fait, Arthur Cartright est coupable, et Bessie Forbes innocente.

Il secoua la tête patiemment, obstinément.

– Ecoutez-moi, Della, vous allez trop loin en ce moment. Je ne suis ni juge ni membre du jury. Je suis avocat, un point, c'est tout. Mon rôle se borne à défendre de mon mieux les intérêts de mes clients. C'est, en tout cas, ce qu'on attend de moi.

» Si vous prenez le temps d'analyser le système de défense que nous avons élaboré petit à petit, vous verrez qu'il n'y a pas autre chose à faire pour un avocat. Il arrive souvent que l'avocat de la défense soit un peu trop habile et qu'on l'en blâme. On oublie que le procureur est le plus habile avocat de l'Etat et que seule l'habileté est en mesure de contrebalancer la vigueur de l'accusation.

– Je sais tout cela, dit-elle, et je sais bien que l'homme ordinaire, qui n'est pas du métier, a souvent des idées fausses sur ces questions. Il ne comprend pas exactement ce que l'avocat est censé faire, ni pourquoi il est si nécessaire qu'il le fasse. Mais cela ne résout pas la difficulté dans cette affaire-ci.

Perry Mason étendit sa main droite et ferma le poing.

– Della, dit-il, je tiens dans cette main l'arme qui brisera les chaînes qu'on a mises aux poignets de Bessie Forbes et qui lui permettra de revenir libre dans le monde, mais il est nécessaire que j'emploie cette arme d'une certaine manière. Il faudra que je frappe au bon endroit. Sinon, je ne ferai qu'émousser le tranchant de mon arme, et je laisserai cette femme dans une situation pire que maintenant.

Della Street le regarda, avec dans les yeux une lueur d'admiration.

– J'aime vous entendre parler comme ça.

– Bien, dit-il, gardez cela pour vous. Je n'avais pas l'intention de vous le dire, mais maintenant, vous le savez.

– Et vous promettez que vous emploierez cette arme ?

– Naturellement, je vais m'en servir ! Je représente Bessie Forbes, et je compte bien faire pour elle tout ce qui est en mon pouvoir.

– Mais pourquoi ne pas frapper maintenant ? N'est-ce pas plus facile de démolir une accusation pendant qu'elle s'élabore ?

Il secoua la tête patiemment.

– Pas dans ce cas, Della. Les préventions contre elle sont plus fortes qu'on ne le croit encore. C'est-à-dire qu'un homme habile peut faire de l'accusation quelque chose d'énorme, et je n'ose pas frapper avant de connaître la force de l'accusation. Je ne pourrai frapper qu'une fois. Il faudra que je le fasse d'une façon si dramatique qu'un seul coup soit suffisant. Mais il est indispensable, d'abord, que j'éveille chez le public de l'intérêt pour Bessie Forbes. Il faut que je crée un courant de sympathie.

» Savez-vous ce que cela signifie : créer un courant de sympathie pour une femme accusée de meurtre ?... Si vous partez du mauvais pied, les journaux envoient des reporters spécialisés qui doivent l'interviewer en la représentant comme une tigresse ou une lionne. Ils écrivent des colonnes d'inepties au sujet de la grâce féline de ses mouvements, de la lueur sauvage de ses yeux, de la férocité qui se cache sous son apparence de douceur. En ce moment, j'essaie de canaliser l'intérêt du public ; j'essaie de créer dans le public un courant de sympathie. Je veux que le public, en lisant les journaux, se rende compte qu'une femme raffinée a été jetée en prison, accusée de meurtre ; qu'elle pourrait prouver son innocence, et voudrait le faire, mais qu'elle en est empêchée par la volonté de son avocat.

– Cela va, en effet, lui attirer des sympathies, mais

vous fera apparaître sous un mauvais jour. Le public croira que vous jouez la comédie pour toucher de gros honoraires.

– C'est bien ce que je veux que les gens pensent.

– Cela va nuire à votre réputation.

Il se mit à rire du bout des lèvres.

– Della, il y a un petit moment, vous m'attrapiez parce que je n'en faisais pas assez pour cette femme. Vous tournez casaque maintenant, et vous m'attrapez parce que j'en fais trop.

– Non, ce n'est pas ça. Vous pouvez le faire d'une autre manière. Vous n'avez pas besoin de sacrifier votre réputation pour la protéger.

Il se dirigea vers son propre bureau.

– Dieu sait que je voudrais que cela ne soit pas nécessaire, mais il n'y a pas d'autre moyen. Appelez-moi Paul Drake et dites-lui de venir ici ; j'ai besoin de le voir.

Della Street fit un signe d'acquiescement, mais attendit que Perry Mason eût fermé la porte de son bureau avant de s'approcher du standard. Elle prit alors le téléphone.

Perry Mason jeta son chapeau sur un meuble et commença à se promener de long en large. Il arpentait encore la pièce lorsque Della Street ouvrit la porte pour annoncer Paul Drake.

– Faites-le entrer, dit Mason.

En regardant Perry Mason, les yeux de Paul Drake eurent leur habituel clignement paresseux :

– Bon Dieu, tu ne dors donc jamais ?

– Pourquoi ?

– J'ai traversé ta piste de retour la nuit dernière, ou plutôt mes hommes l'ont fait.

– J'ai dormi environ deux heures ; après cela, un bain turc et je me suis fait raser. C'est tout ce dont j'ai besoin quand je suis sur une affaire.

– Enfin, dit Drake en se laissant tomber dans un fauteuil, donne-moi une cigarette et raconte-moi les nouvelles.

Mason lui tendit un paquet de cigarettes et du feu.

– Le service de Monsieur est bien compliqué, dit-il.

– Et le tien ! remarqua Drake. Tu as réussi à faire bouillir d'agitation toutes les agences des Etats-Unis. J'ai reçu plus de télégrammes contenant des renseignements erronés ou sans valeur que tu ne pourrais en digérer en une semaine.

– As-tu retrouvé la trace d'Arthur Cartright et de Paula Cartright ?

– Aucune. Ils ont disparu de la surface du globe et, de plus, nous avons visité toutes les agences de taxis de la ville, parlé à tous les chauffeurs, et nous n'avons trouvé personne qui ait été au 4889, avenue Milpas, le matin où Mme Cartright a quitté la maison de Foley.

– Tu ne sais pas quelle espèce de taxi c'était ?

– Non ; Thelma Benton dit que c'était un taxi. Elle en est certaine, mais nous ne parvenons pas à le retrouver. Il y a peut-être un chauffeur qui ment.

– Peut-être, mais c'est peu vraisemblable.

Mason s'assit à son bureau et, suivant son habitude, commença à tapoter dessus.

– Paul, dit-il, je peux démolir l'accusation contre Bessie Forbes.

– Naturellement, tu le peux, dit Drake. Tu n'as pour cela qu'à lui laisser raconter son histoire. Qu'est-ce qui te prend de la faire taire ? C'est une échappatoire que les coupables ou les criminels endurcis sont les seuls à employer.

– Je veux être sûr que tes hommes ne peuvent pas trouver Cartright, avant de lui permettre de raconter son histoire.

– Pourquoi ? demanda Drake. Tu crois que Cartright est coupable et tu veux être sûr qu'il est là où les policiers ne peuvent pas le trouver, avant de laisser l'attention de la police se détourner de Bessie Forbes ?

Perry Mason ne répondit pas à cette question et resta assis, silencieux. Au bout d'un moment, il commença à frapper doucement avec son poing droit sur le bureau.

– Paul, dit-il, je peux dégonfler complètement l'accusation, mais pour le faire, il faut que je frappe au moment psychologique. Il faut que je suscite de l'intérêt dans le public et que je provoque une tension dramatique. A ce moment-là, il me faudra agir assez vite pour que le procureur n'ait pas le temps de riposter avant que le jury ait rendu son verdict.

– Tu veux dire que la femme va être jugée ?

– Il *faut* qu'elle passe en jugement.

– Mais le procureur ne le désire nullement. Il n'est pas certain de la solidité de son accusation. Il veut qu'elle raconte son histoire ; c'est tout.

Perry Mason se mit à parler lentement, avec emphase :

– Cette femme doit être jugée, et naturellement, il faut qu'elle soit acquittée ; mais cela ne sera pas facile.

– Tu disais, il me semble, que tu pouvais dégonfler l'accusation.

– Sans doute, si je peux frapper au bon moment et de la bonne manière, mais il faudra que je m'arrange pour que ce soit spectaculaire.

– Pourquoi ne pas essayer de la faire relâcher au cours de l'enquête ?

– Non, je vais consentir à ce qu'elle passe en jugement et je demanderai que cela ait lieu tout de suite.

Paul Drake soufflait des nuages de fumée. Une vive curiosité se lisait sur son visage.

– Quelle est cette arme que tu as en réserve ?

– Tu ne penserais pas qu'elle vaille grand-chose, si je te la révélais.

– Tu peux toujours essayer.

– C'est ce que je vais faire, parce que j'y suis obligé. Cette arme, c'est le chien hurleur.

Dans un geste brusque, Paul Drake arracha la cigarette de sa bouche et fixa sur Perry Mason un regard qui avait perdu son expression nonchalante et amusée.

– Pour l'amour du ciel ! Tu en es encore à cette histoire de chien hurleur !

– Oui.

– Mais, bon sang ! il est rayé de l'affaire depuis longtemps. Le chien est mort et il ne hurlait pas.

– Je veux prouver qu'il a vraiment hurlé, dit Perry Mason avec obstination.

– Mais quelle différence cela fait-il ?

– Une différence énorme.

– De toute façon, ce n'est qu'une superstition idiote, dit Paul Drake ; il faut vraiment avoir l'esprit dérangé comme ce pauvre Cartright pour s'en inquiéter.

– Je dois prouver, répéta obstinément Perry Mason, que ce chien a vraiment hurlé. Il me faut un témoignage et le seul qu'il me soit permis d'espérer est celui de Ah Wong, le cuisinier chinois.

– Mais Wong a affirmé que le chien n'avait pas hurlé.

– Il faudra que Wong dise la vérité. Est-ce qu'on l'a déjà déporté ?

– On doit le faire partir aujourd'hui.

– Très bien, je vais le faire citer comme témoin, ce qui l'obligera à rester. Ensuite, je voudrais que tu me trouves un interprète chinois dégourdi et que tu le pénètres bien de l'idée qu'il est indispensable de faire admettre par Wong que le chien a hurlé.

– Comment ? Tu voudrais qu'il prétende que le chien a hurlé, à tort ou à raison ?

– Non. Je désire que Wong dise la vérité. Le chien a hurlé, et je veux le prouver. Mais, comprends-moi bien : si le chien n'a pas hurlé, il faut que Ah Wong le dise. Je suis convaincu, cependant, que le chien a hurlé, et je le prouverai.

– Bien, dit Drake. Je crois que je peux m'en occuper. Je connais quelques types au bureau de l'Immigration.

– Autre chose, ajouta Perry Mason. Je pense qu'il serait utile que l'on apprenne carrément à Ah Wong que Clinton Foley ou Forbes, comme tu voudras l'appeler, est le responsable de son arrestation. Je crois que ce serait une bonne chose de bien faire entrer ce renseignement dans sa tête d'Oriental.

– Entendu. Je n'ai pas la moindre idée de ce que tu mijotes, mais peu importe. Que veux-tu d'autre ?

– Je veux, dit Perry Mason, réfléchissant, des renseignements complémentaires au sujet de ce chien.

– Que veux-tu dire ?

– Je désire savoir depuis combien de temps cet animal était chez Clinton Forbes et quelles étaient ses habitudes. Je voudrais que tu remontes dans le passé de ce chien pour savoir s'il a jamais hurlé la nuit. Quand Clinton Forbes s'est installé pour la première fois au 4889, avenue Milpas, il avait ce chien policier. Trouve-moi depuis combien de temps il était à lui ; où il se l'était procuré et quel âge il avait. Rapporte-moi tout ce que tu pourras récolter à son sujet, et surtout ce qui a trait aux hurlements.

– J'ai déjà quelques-uns de ces renseignements, dit le détective. Forbes avait le chien depuis des années. Quand il est parti de Santa Barbara, il a emmené le chien. C'était l'une des choses dont il ne pouvait se séparer. Il aimait bien son chien, et sa femme l'aimait aussi, soit dit en passant.

– Très bien, dit Mason. Je veux avoir des témoignages au sujet du chien, des gens qui l'aient connu quand il n'était encore qu'un chiot. Va à Santa Barbara te renseigner et si les voisins ont entendu le chien hurler la nuit, obtiens d'eux une déclaration sous serment. Nous en ferons venir quelques-uns comme témoins. Ne regarde pas à la dépense.

– Tout cela pour un chien ?

– Oui, tout cela pour un chien qui ne hurlait pas à Santa Barbara, mais qui hurlait ici.

– Le chien est mort, répéta le détective.

– Cela ne change rien à la valeur des témoignages.

Le téléphone sonna à ce moment et Mason prit l'appareil.

– Un des détectives de M. Drake est en ligne et veut lui faire son rapport tout de suite. Il dit que c'est important, annonça Della Street.

Perry Mason tendit le récepteur à Drake.

– C'est un de tes hommes qui a des renseignements, Paul.

Drake se redressa un peu sur son fauteuil, souleva le récepteur, et, de son ton nonchalant :

– Allô !

Le récepteur émettait des sons métalliques rapides, et une expression d'incrédulité apparut sur la figure de Drake.

– Vous en êtes sûr ? demanda-t-il enfin.

Des bruits continuèrent à sortir du récepteur.

– Eh bien, fit Drake en raccrochant, et il regarda Mason, l'air extrêmement surpris. Tu sais qui c'était ?

– Un de tes hommes, sans doute.

– Oui, un de mes hommes qui « fait » le commissariat central de police pour récolter des tuyaux de reporters et ce genre de renseignements. Sais-tu ce qu'il m'a dit ?

– Naturellement non, dit Perry Mason.

– La police a identifié le revolver trouvé dans la maison de Foley – celui qui l'a tué, ainsi que le chien.

– Continue, dit Mason. Comment l'ont-ils identifié ?

– Par son numéro et en consultant le registre de vente de l'armurier. Ils savent maintenant qui l'a acheté. Le revolver, fit Paul Drake en pesant sur les mots et en scrutant attentivement la figure de Perry Mason, a été acheté à Santa Barbara par Bessie Forbes deux jours avant la fuite de son mari avec Paula Cartright.

La figure de Perry Mason se figea et il regarda fixement son interlocuteur pendant plusieurs secondes.

– Eh bien, dit Drake, qu'en dis-tu ?

– Je n'en dis rien, mais je vais rétracter quelque chose que j'ai avancé.

– Quoi ?

– Qu'au moment voulu je serai en mesure de dégonfler complètement l'accusation contre Bessie Forbes.

– Pour ma part, dit Paul Drake, je reviens sur pas mal de mes idées.

– Enfin, reprit lentement Perry Mason, je crois que je pourrai encore démolir l'accusation, mais je n'en suis plus si sûr.

Il prit le téléphone et, d'un geste délibéré, appliqua le récepteur à son oreille. Lorsqu'il entendit la voix de sa secrétaire, il dit :

– Della, appelez-moi Alex Bostweek, le rédacteur en chef de *la Chronique*. Je veux l'avoir en personne. J'attendrai.

L'expression de surprise disparut graduellement des yeux de Drake et sa figure reprit son expression de bonne humeur.

– Eh bien ! dit-il, je n'en reviens pas. Je commence à croire que tu en sais plus sur cette affaire que je ne pensais, ou bien que tu es plus fort qu'un vieux renard. C'était peut-être aussi bien que Mme Forbes ne se hâte pas de donner des explications à la police.

– Peut-être, dit Perry Mason, doucement, puis se tournant vers le téléphone : Allô ! Allô ! C'est vous Bostweek ? Allô ! Alex ? Ici Perry Mason. J'ai un tuyau important à vous refiler. Vous dites toujours que je ne vous donne jamais d'informations permettant à vos gens de déterrer quelque chose de sensationnel avant les concurrents. Eh bien ! en voici un qui est de taille. Envoyez un reporter au numéro 4893, avenue Milpas. Il y trouvera une femme de charge qui est sourde et pas commode. Elle s'appelle Elizabeth Walker. Si notre reporter arrive à la faire parler, il apprendra qu'elle sait qui a tué Clinton Foley... ou Clinton Forbes qui habitait au numéro 4889, avenue Milpas, sous le nom de Clinton Foley... Oui, elle sait qui l'a tué... Faites-la parler... Bien. Si vous insistez, elle vous dira que c'est Arthur Cartright, son patron, qui a disparu mystérieusement. C'est tout. Au revoir.

Perry Mason raccrocha le récepteur et, se tournant vers Paul Drake :

– Bon Dieu, Paul, il m'est très désagréable de faire des trucs de ce genre-là !

16

La salle de la prison réservée aux entrevues des avocats et de leurs clients ne contenait qu'une table occupant toute la longueur de la pièce, avec des chaises de chaque côté. Au milieu de la table courait un fort treillis métallique, qui s'étendait en dessous jusqu'au plancher et à environ un mètre cinquante au-dessus. L'avocat et son client pouvaient se voir et s'entendre sans difficulté, mais il leur était impossible de se toucher ou de se passer un objet à travers le treillis. La salle avait trois portes. L'une d'elles faisait communiquer le bureau du geôlier avec le côté réservé aux avocats ; l'autre s'ouvrait sur le quartier des détenus, et la troisième permettait d'accéder à la prison.

Perry Mason s'assit sur une chaise devant la longue table et attendit impatiemment. Ses doigts tambourinaient nerveusement sur la surface usée de la table.

Au bout d'un moment, la porte de la prison s'ouvrit et une surveillante entra avec Mme Forbes qui lui donnait le bras.

Bessie Forbes était pâle, mais calme. Ses yeux paraissaient hantés par la terreur, mais ses lèvres étaient serrées, ce qui lui donnait un air déterminé. Elle jeta un regard dans la salle et aperçut Perry Mason qui se leva pour la saluer.

– Bonjour, répondit-elle d'une voix ferme en s'approchant de la table.

– Asseyez-vous en face de moi, dit Perry Mason.

Elle s'assit et essaya de sourire. La surveillante s'en alla par la porte conduisant à la prison. Le garde jeta un regard curieux dans la salle puis se détourna. Il était hors de portée de la voix. L'avocat et sa cliente étaient seuls.

– Pourquoi, dit Perry Mason, m'avez-vous menti au sujet du revolver ?

Elle regarda autour d'elle comme si elle se sentait traquée, puis humecta ses lèvres du bout de sa langue.

– Je n'ai pas menti. J'avais simplement oublié.

– Oublié quoi ?

– Oublié l'achat du revolver.

– Bien. Alors, racontez-moi ça.

Elle parla lentement, comme si elle choisissait ses mots :

– Deux jours avant le départ de mon mari de Santa Barbara, j'ai découvert sa liaison avec Paula Cartright. J'ai obtenu des autorités un permis pour avoir un revolver dans la maison et j'ai acheté un pistolet automatique dans un magasin d'articles de sport.

– Qu'aviez-vous l'intention d'en faire ?

– Je ne sais pas.

– Vous vouliez vous en servir contre votre mari ?

– Je ne sais pas.

– Contre Paula Cartright ?

– Je vous dis que je ne sais pas. J'ai agi par impulsion. Je crois que j'avais seulement l'intention de leur faire peur.

– Bien. Qu'est devenu le revolver ?

– Mon mari me l'a pris.

– Vous le lui aviez montré, alors ?

– Oui.

– Comment est-ce arrivé ?

– Il m'avait mise en colère.

– Et alors, vous l'avez menacé avec le revolver ?

– Oui, si vous voulez. J'ai sorti le revolver de mon sac, et lui ai dit que j'aimerais mieux me tuer que me trouver dans la situation d'une femme abandonnée qui n'a pas su retenir son mari.

– Etiez-vous sincère ? demanda Perry Mason en la regardant patiemment, sans rien laisser voir de ses sentiments.

– Oui, j'étais sincère.

– Mais vous ne vous êtes pas tuée ?

– Non.

– Pourquoi ?

– Je n'avais plus le revolver quand c'est arrivé.

– Pourquoi ne l'aviez-vous plus ?

– Mon mari me l'avait pris, je viens de vous le dire.

– Oui, vous me l'avez dit, mais je pensais qu'il vous l'avait peut-être rendu.

– Non. Il l'a pris et je ne l'ai plus jamais revu.

– Vous avez renoncé à vous suicider parce que vous n'aviez plus de revolver ?

– C'est exact.

Mason tambourina sur la table du bout de ses doigts.

– Il y a d'autres façons de se suicider, dit-il.

– Pas des façons bien faciles.

– Il y a beaucoup d'océan autour de Santa Barbara.

– Je n'aimerais pas me noyer.

– Mais un coup de revolver vous plairait bien !

– Ne soyez pas sarcastique, je vous en prie. Vous ne pouvez pas me croire ?

– Je considère cela du point de vue des jurés.

– Les jurés ne me poseraient pas ces questions, dit-elle d'un ton agacé.

– Non, mais un procureur le ferait, répliqua Mason pensivement, et les jurés écouteraient.

– Eh bien ! je n'y peux rien. Je vous ai dit la vérité.

– Alors, votre mari a emporté ce revolver en partant ?

– Je le suppose. Je ne l'ai plus jamais revu.

– Vous pensez donc que quelqu'un a volé ce

revolver à votre mari et s'en est servi pour tuer le chien policier et son maître ?

– Non.

– Que pensez-vous, alors ?

– Une personne ayant accès aux effets de mon mari s'est emparée du revolver et a attendu une bonne occasion pour le tuer.

– Qui croyez-vous que c'est ?

– Soit Paula Cartright, soit Arthur Cartright.

– Et Thelma Benton ? dit Perry Mason lentement. Elle me paraît être du genre émotif.

– Pourquoi Thelma Benton l'aurait-elle tué ?

– Je ne sais pas. Pourquoi aussi Paula Cartright l'aurait-elle tué, après avoir vécu si longtemps avec lui ?

– Elle pouvait avoir ses raisons.

– Si l'on admettait cette théorie, elle se serait d'abord enfuie avec son mari et serait revenue pour tuer Forbes.

– Oui.

– Je crois, reprit lentement Perry Mason, qu'il serait préférable de s'en tenir à la culpabilité d'Arthur Cartright ou de Thelma Benton. Plus je vais, plus je suis enclin à me concentrer sur Thelma Benton.

– Pourquoi ?

– Parce qu'elle va témoigner contre vous, et que c'est toujours une bonne manœuvre que de montrer qu'un témoin du ministère public peut être en train d'essayer de faire endosser le crime à quelqu'un d'autre.

– Vous ne paraissez pas croire ce que je vous ai dit au sujet du revolver.

– Je ne crois jamais ce que je ne serais pas capable de faire admettre à un jury, et cette histoire de revolver est dure à avaler quand on sait que vous avez été chez votre mari en taxi, que vous avez vu le cadavre de votre mari étendu sur le plancher et qu'au lieu d'avertir la police vous vous êtes enfuie de la scène du meurtre et avez essayé de cacher votre identité en louant une chambre sous le nom de Mme C.-M. Daugerfield.

– Je ne voulais pas que mon mari sache que j'étais ici.

– Pourquoi ?

– Il était méchant et entièrement dénué de scrupules.

Perry Mason se leva et fit signe au geôlier que l'entrevue était terminée.

– Bien, dit-il ; je vais y réfléchir. En attendant, écrivez-moi une lettre dans laquelle vous me direz que vous désirez raconter votre histoire aux journalistes.

– Mais je leur ai déjà dit cela.

– Ça ne fait rien, et Perry Mason ajouta au moment où la surveillante apparaissait à la porte conduisant à la prison : Je désire que vous me l'envoyiez.

– Ma lettre sera censurée avant de sortir de la prison ?

– Bien entendu. Au revoir.

Elle resta debout à le regarder sortir du compartiment des visiteurs avec une expression où l'incompréhension se mêlait à l'affolement.

La surveillante lui donna une tape sur le bras.

– Venez !

– Oh ! soupira Bessie Forbes, il ne me croit pas !

– Qu'est-ce que vous dites ? demanda la surveillante.

– Rien, répondit Mme Forbes en pinçant ses lèvres qui dessinèrent une ligne ferme et droite.

Perry Mason entra dans une cabine téléphonique, introduisit une pièce de monnaie dans l'appareil et forma le numéro de Paul Drake.

– Paul, dit-il, ici, Perry Mason. Je vais changer un peu mes batteries dans cette affaire de meurtre.

– Tu n'as pas besoin de rien changer. Tu es en excellente position.

– Tu n'as encore rien vu, remarqua Mason, et

je voudrais que tu te concentres sur Thelma Benton. Elle a un alibi pour chaque minute, du moment où elle a quitté la maison jusqu'à celui où elle y est revenue. Je voudrais trouver une faille dans cet alibi, si possible.

– Je ne crois pas que cela soit possible. Je l'ai vérifié assez soigneusement et il paraît tenir. Mais j'ai de mauvaises nouvelles à t'annoncer. Le procureur a eu vent des deux détectives qui surveillaient la maison de Foley, Ed Wheeler et Georges Doake. On a mis des inspecteurs à leur recherche.

– C'est le chauffeur de taxi qui a dû parler, observa Mason.

– Je le suppose.

– Est-ce que les inspecteurs les ont trouvés ?

– Non.

– Y a-t-il des chances qu'on les trouve ?

– Pas à moins que tu ne le désires.

– Non, je ne le désire pas. Rejoins-moi à mon bureau dans dix minutes et apporte tout ce que tu détiens sur Thelma Benton.

Il entendit Paul Drake qui soupirait dans le téléphone.

– Tu es en train de tout brouiller dans cette affaire, mon coco, dit Drake.

Perry Mason eut un rire sarcastique.

– C'est comme cela que je le veux, dit-il, et il raccrocha.

Il retourna en taxi à son bureau où Paul Drake l'attendait avec une liasse de papiers.

Mason fit un signe à Della Street et, prenant le bras de Drake, le conduisit dans son bureau.

– Alors, Paul, qu'as-tu trouvé ?

– Il n'y a qu'un seul point faible dans l'alibi, dit le détective.

– Qu'est-ce que c'est ?

– C'est ce type, Carl Trask, le joueur professionnel, qui est venu dans une Chevrolet prendre Thelma Benton à la maison. Elle a été avec lui dans différents endroits jusqu'à huit heures. J'ai vérifié partout l'heure à laquelle on les a vus. Il y a un trou entre sept heures et demie et sept heures cinquante. Après cela, ils ont été dans un caboulot où ils ont bu quelque chose. Trask est parti peu après huit heures, tandis que la fille a dîné toute seule dans un box. Le garçon se souvient d'elle parfaitement. Elle a quitté le restaurant vers huit heures et demie, a rencontré une amie et est allée au cinéma. Son alibi entre sept heures et demie et sept heures cinquante dépendra du témoignage de Trask et, après huit heures et demie, de celui de son amie. Mais peu nous importe ce qu'elle a fait après huit heures et demie. Nous devons nous concentrer sur son emploi du temps entre sept heures trente et sept heures cinquante. Pour autant que je le sache, cela va dépendre du témoignage de Trask et, naturellement, de celui de Thelma Benton elle-même.

– Où prétend-elle avoir été ?

– Elle dit qu'elle se trouvait dans un autre bar où elle prenait un cocktail ; mais à cet endroit personne ne se souvient d'elle, tout au moins jusqu'à présent.

– Si elle peut trouver là quelqu'un qui se rappelle l'avoir vue, dit Mason, cela lui donnerait un assez bon alibi.

Paul Drake signifia son approbation mais ne dit rien.

– Mais dans le cas contraire, ajouta Perry Mason, ce sera un point faible, si nous pouvons récuser Carl Trask d'une manière ou d'une autre. Tu dis que c'est un pilier de tripot ?

– Oui.

– A-t-il un casier judiciaire chargé ?

– Nous sommes en train de faire des recherches sur ce point. Nous savons déjà qu'il a eu des histoires d'importance secondaire.

– Très bien. Fouille son passé. Tâche de trouver quelque chose de sérieux contre lui. Sinon, relève les broutilles.

– Je vais voir, dit Drake.

– Et les inspecteurs recherchent Wheeler et Doake ?

– Oui.

– A propos, dit Perry Mason d'un ton indifférent, où sont passés ces deux oiseaux ?

Paul Drake regarda Perry Mason d'un air innocent.

– J'avais une enquête à faire en Floride, dit-il, alors j'ai embarqué mes deux zèbres dans un avion et les ai envoyés faire le boulot.

– Quelqu'un sait qu'ils sont partis ?

– Non, c'est une affaire confidentielle et leurs billets leur ont été délivrés sous de faux noms.

Perry Mason fit un geste d'approbation.

– Voilà du bon travail, Paul.

Il tambourina du bout de ses doigts sur son bureau, puis brusquement :

– Où est-ce que je pourrais mettre la main sur Thelma Benton ?

– Elle habite dans les appartements de Riverview.

– Elle y est sous son nom ?

– Oui.

– Tu la fais suivre ?

– Oui.

– Que fait-elle ?

– Elle est fort occupée avec les flics. Elle a fait trois voyages au commissariat central, et deux au bureau du procureur.

– Pour y être interrogée ?

– Je ne sais pas si elle y est allée sur un appel téléphonique, mais ils ne sont venus la chercher qu'une fois. Les autres fois, elle y est allée toute seule.

– Comment va sa main ?

– Je ne sais pas. Elle est toujours couverte par un bandage. J'ai cavalé après le toubib qui l'a traitée. Il s'appelle Phil Morton ; il a son cabinet à la maison de la Médecine. On l'a appelé avenue Milpas. Il dit que la main était assez sérieusement déchirée.

– Déchirée ?
– Oui, c'est ce qu'il dit.
– Et la main est toujours bandée ?
– Oui.

Brusquement, Perry Mason décrocha le téléphone.

– Della, sonnez les appartements de Riverview et demandez Thelma Benton. Dites-lui que c'est le journal *la Chronique* qui lui parle et que le rédacteur en chef voudrait lui parler. Quand elle se sera pénétrée de ça, branchez-la sur ma ligne.

Il raccrocha.

Drake le regarda d'un air dénué de toute expression et dit lentement :

– Tu me fais l'effet de patiner sur une bien mince couche de glace.

– J'y suis obligé, dit Perry Mason d'un air sombre.

– Et ta ligne de démarcation ? Es-tu toujours du bon côté ?

L'avocat secoua nerveusement les épaules, comme pour se débarrasser d'une sensation désagréable :

– Je l'espère, dit-il.

Le téléphone sonna.

Perry Mason prit le récepteur et, élevant la voix, dit brusquement :

– Ici, le rédacteur en chef de *la Chronique*.

Le récepteur émit des sons métalliques et Perry Mason parla rapidement sur un ton aigu :

– Miss Benton, il semble que l'assassinat de Forbes soit appelé à avoir un retentissement considérable. Vous avez vécu avec les parties en cause depuis le début. Avez-vous écrit vos Mémoires ?

Une fois de plus, le récepteur fit entendre des bruits métalliques et un sourire s'épanouit lentement sur la figure de Perry Mason.

– Nous serions disposés à payer dix mille dollars pour le droit exclusif d'utiliser vos souvenirs. Est-ce que cela vous intéresserait ?... Oui ?... Avez-vous tenu vos Mémoires à jour ? Voulez-vous le faire jusqu'au bout ? Ne parlez de cette offre à personne. J'enverrai un de mes reporters vous contacter, au moment voulu. Je ne peux pas vous fixer le prix avant d'en avoir référé à la direction. Elle voudrait examiner votre journal, mais je suis prêt à recommander son achat à ce taux, pourvu que nous en ayons les droits exclusifs. C'est tout. Au revoir.

Mason raccrocha brusquement.

– Crois-tu qu'elle va essayer de contrôler d'où vient cet appel ? demanda le détective.

– Elle ne le pourra pas, et elle n'est pas assez intelligente pour se méfier. Elle a avalé mon appât comme un poisson qui engouffre du même coup l'hameçon, le plomb et la ligne.

– Elle tient un journal ?

– Je ne sais pas.

– Elle ne t'a pas dit qu'elle en avait un ?

Perry Mason se mit à rire :

– Si, naturellement. De la façon dont je lui ai fait mon offre, elle va s'empresser d'en fabriquer un. N'importe quelle fille est capable d'écrire un tas de choses pour gagner dix mille dollars.

– Qu'as-tu en tête ?

– Oh ! rien qu'un pressentiment. Maintenant, nous allons vérifier les spécimens d'écriture. Tu as bien tout apporté ?

– Je n'en ai pas de Mme Bessie Forbes, mais j'ai un spécimen de l'écriture de Paula Cartright, quelque chose écrit par Thelma Benton, et une lettre de la main d'Elizabeth Walker, la femme de charge de Cartright.

– Les as-tu comparés avec la lettre que Paula Cartright a laissée quand elle a quitté Forbes ?

– Non, c'est le procureur qui l'a ; mais j'ai une photocopie du télégramme envoyé de Midwick et l'écriture n'est pas la même.

– Quelle écriture n'est pas la même ?

– Toutes sont différentes.

– A ton avis, est-ce que le télégramme a été écrit par une femme ?

Drake fit un signe affirmatif, chercha dans son dossier et en retira la photocopie du télégramme.

Mason l'étudia soigneusement.

– Est-ce que l'employé du télégraphe se souvient de quelque chose ?

– Il se rappelle seulement qu'une femme lui a tendu le télégramme, avec exactement la somme d'argent nécessaire pour l'envoyer. Elle paraissait très pressée. Le télégraphiste était en train de compter les mots, quand elle est partie. Il lui a dit d'attendre qu'il ait vérifié le coût du télégramme, mais c'est à peine si elle s'est retournée pour dire qu'elle était sûre du montant.

– Est-ce qu'il la reconnaîtrait, s'il la voyait ?

– J'en doute. Il n'est pas très intelligent et, en outre, il n'y a pas prêté une attention particulière. Elle portait un chapeau à large bord, c'est tout ce dont il se souvient. Quand elle a tendu son télégramme, elle avait la tête inclinée et le bord du chapeau lui cachait la figure ; dès que le télégraphiste a commencé à compter les mots, elle s'est éclipsée.

Mason, qui contemplait toujours la copie du message, regarda soudain Drake.

– Comment les journalistes sont-ils arrivés à connaître le fond de cette affaire ?

– Quel fond ?

– Tout ce qui concerne l'homme qui vivait sous le nom de Clinton Foley, mais était en réalité Clinton Forbes. Le fait qu'il s'était enfui avec Paula Cartright, et tout le scandale à Santa Barbara ?

– Tu me fais rire ! Rien de plus facile. Nous l'avons bien trouvé, nous autres, et tu peux parier que les journaux sont pour le moins aussi bien organisés que nous. Ils ont des correspondants à Santa Barbara et n'ont eu qu'à fouiller dans les collections de journaux de l'époque pour en tirer une histoire pathétique. Et puis, tu connais le procureur : il aime à faire commenter ses affaires dans la presse. Il a donné en pâture aux journaux tout ce qu'il a pu découvrir.

Perry Mason approuva d'un air songeur.

– Drake, dit-il, je crois que je suis à peu près en mesure de demander que l'affaire passe en jugement.

Le détective le regarda, marquant une certaine surprise :

– L'affaire ne sera pas jugée pendant quelque temps encore, même si tu essaies de la faire passer tout de suite.

– C'est comme cela, dit Mason, qu'on doit préparer une affaire criminelle : il faut que l'avocat fasse tous les préparatifs et arrête le plan complet de sa défense avant que le procureur ne découvre réellement ce dont il s'agit – après, il est trop tard.

17

L'atmosphère du tribunal était lourde des émanations psychiques qui se dégagent quand les émotions d'un grand nombre de personnes se trouvent portées à leur paroxysme.

Le juge Markham, vétéran de la cour d'assises, et qui avait présidé bien des procès criminels, se tenait assis derrière une tribune d'acajou massif, l'air complètement détaché. Il aurait fallu un observateur bien fin pour déceler chez lui la vigilance, toujours en éveil, qui présidait au filtrage des débats dans son esprit.

Claude Drumm, premier substitut du procureur, homme de grande taille, bien habillé, mondain, était très à son aise. Perry Mason avait infligé des défaites cuisantes en d'autres occasions au ministère public, mais dans cette affaire, l'accusation était sûre d'obtenir une condamnation.

Perry Mason, assis à la table des avocats, avait un air nonchalant et apathique et semblait manifester une indifférence complète pour toute l'affaire. Son attitude contrastait avec celle des avocats de la défense qui, en général, se font une règle de lutter vigoureusement à chaque épisode des débats.

Claude Drumm était en train de récuser son deuxième juré, qui quitta la tribune du jury. Le greffier appela un autre homme, et un individu grand et maigre, aux pommettes saillantes et aux yeux éteints, s'avança, leva la main droite, prêta serment et vint s'asseoir au banc des jurés.

– Vous pouvez interroger le juré, dit le juge Markham à Perry Mason.

– Votre nom ? demanda ce dernier.

– Georges Smith.

– Vous avez lu ce qui a été publié sur cette affaire ?

– Oui.

– Vous êtes-vous formé une opinion d'après ce que vous avez lu, et l'avez-vous exprimée ?

– Non.

– Savez-vous quelque chose au sujet de cette affaire ?

– Rien, en dehors de ce que j'ai lu dans les journaux.

– Si vous étiez choisi comme juré, pourriez-vous en toute équité et vérité juger l'accusée et rendre un juste verdict ?

– Je le pourrais.

– Le feriez-vous ?

– Je le ferais.

Perry Mason se leva lentement. Son examen des jurés avait étonné par sa brièveté. Il se tourna vers cette dernière recrue pour le banc des jurés et la regarda, les sourcils froncés :

– Comprenez-vous, dit-il, que vous devez agir en tant que juge des faits, si vous êtes choisi comme juré, mais que, pour la sentence, vous devez accepter la loi telle qu'elle sera indiquée dans les instructions que la cour vous donnera ?

– Oui, je le comprends, dit le juré.

– En supposant que la cour vous donnât pour instructions, dit Perry Mason lentement et solennellement, que, en vertu de la loi de cet Etat, pour qu'un juré puisse rendre consciencieusement un verdict de culpabilité, il incombe à l'accusation de prouver que l'accusée est coupable – sans qu'il puisse subsister le moindre doute à ce sujet – et qu'en conséquence il n'est pas nécessaire que l'accusée témoigne en sa propre faveur, mais qu'elle peut rester muette, se reposant sur le fait que l'accusation n'a pas réussi à prouver sa culpabilité sans laisser subsister de doute, pourriez-vous et voudriez-vous accepter les instructions données par la cour comme étant la loi ?

Le juré inclina la tête :

– Oui, dit-il, je le pourrais si c'est la loi.

– Et au cas où la cour vous donnerait pour instructions complémentaires que le refus de l'accusée de témoigner, pour nier les accusations portées contre elle, ne doit en aucune manière être pris en considération par le jury pour former son verdict et ne doit pas faire le sujet de commentaires, pourriez-vous et voudriez-vous suivre ces instructions ?

– Oui, je le suppose.

Perry Mason retomba dans son fauteuil en faisant un geste indifférent :

– Accepté, dit-il.

Claude Drumm posa la terrible question qui a fait se récuser plus d'un juré :

– Avez-vous des scrupules de conscience contre un verdict qui entraînerait la peine de mort pour l'accusée ?

– Aucun, dit l'homme.

– Si vous faisiez partie du jury qui va juger cette affaire, auriez-vous des scrupules de conscience qui vous empêcheraient de rendre un verdict de culpabilité, au cas où il serait prouvé que l'accusée est coupable sans aucun doute possible ?

– Non.

– Accepté, dit Claude Drumm.

– Le droit de récusation péremptoire est à la défense, dit le juge Markham.

– Je n'en ferai pas usage, dit Perry Mason.

Le juge Markham se tourna vers Claude Drumm.

– Que le jury prête serment, dit ce dernier.

Le juge s'adressa alors au jury :

– Messieurs, levez-vous et prêtez serment ; et qu'il me soit permis de féliciter la défense pour la façon expéditive avec laquelle ce jury a été choisi.

Le jury prêta serment. Claude Drumm fit un exposé initial et bref, puissant et bien en rapport avec les faits. Il semblait s'être approprié la tactique de Perry Mason et vouloir négliger les préliminaires afin de se concentrer pour un coup décisif.

– Messieurs les jurés, dit-il, je me propose de vous prouver que dans la soirée du 17 octobre de cette année, Clinton Forbes a été tué à coups de revolver par l'accusée. Je ne tenterai pas de vous cacher qu'elle avait lieu de se plaindre du défunt. Je n'essaierai pas non plus de minimiser ses griefs. Je vais vous présenter les faits librement, ouvertement, franchement. Je me propose de prouver que le défunt était le mari de l'accusée ; qu'ils vivaient tous les deux à Santa Barbara jusqu'à environ un an avant la date de la mort du défunt ; que le défunt est alors parti subrepticement sans aviser l'accusée de ses intentions et qu'il a emmené avec lui une certaine Paula Cartright, la femme d'un ami du ménage. Ces deux personnes, Clinton Forbes et Paula Cartright, arrivèrent dans notre ville, et Forbes y prit résidence au numéro 4889, avenue Milpas, sous le nom de Clinton Foley, tandis que Paula Cartright se faisait passer pour Evelyn Foley, épouse du défunt. Je me propose de prouver encore que l'accusée a acheté un revolver automatique Colt, calibre 38 ; qu'elle a passé plus d'un an en recherches laborieuses pour retrouver le défunt ; que peu de temps avant la date du meurtre, elle a découvert sa résidence ; elle est arrivée dans notre ville et a pris une chambre dans un hôtel du centre sous le nom de Mme C.-M. Daugerfield.

» Je vais vous prouver que dans la soirée du 17 octobre, à environ sept heures vingt-cinq, l'accusée est arrivée à la maison qu'occupait son mari. Elle a utilisé un passe pour forcer la serrure de la porte d'entrée et a pénétré dans le corridor ; elle a vu son mari et l'a abattu froidement, à coups de revolver. Elle a alors quitté la maison en taxi et s'est fait déposer dans le voisinage de l'hôtel Breedmont où elle s'était inscrite sous le nom de Daugerfield. Je me propose toujours de prouver que, lorsqu'elle descendit du taxi, elle y laissa un mouchoir ; de prouver que ce mouchoir est sans contestation la propriété de l'accusée ; que l'accusée, se rendant compte du danger de laisser derrière elle un indice tellement compromettant, a recherché le chauffeur du taxi et s'est fait remettre le mouchoir.

» Je me propose enfin de prouver que l'arme achetée par l'accusée, et pour laquelle elle a signé sur le registre des armes à feu d'une maison d'articles de sport, à Santa Barbara, Californie, est l'arme avec laquelle les coups mortels furent tirés. Me fondant sur ces preuves, je demanderai au jury de rendre un verdict d'homicide avec préméditation.

Pendant son discours, Claude Drumm n'éleva à aucun moment la voix, mais parla avec une conviction vibrante qui força l'attention des jurés. Quand il eut fini, il alla s'asseoir à la table des avocats.

– Désirez-vous faire votre déclaration préliminaire maintenant ou réserver votre droit ? demanda le juge Markham à Perry Mason.

– Je la ferai plus tard.

– Votre Honneur, dit Drumm en se levant, en général, il faut plusieurs jours, ou en tout cas une journée entière, pour constituer le jury dans une affaire criminelle. Le jury vient d'être choisi très rapidement. Je suis un peu pris au dépourvu. Puis-je demander l'ajournement à demain ?

Le juge Markham secoua la tête en souriant :

– Non, maître, la cour va continuer à entendre les débats. Nous savons que l'avocat de la défense a pour habitude de hâter considérablement la procédure. La cour est d'avis qu'il est inutile de gaspiller le reste de la journée.

– Très bien, dit Claude Drumm, calme et digne. Je vais m'appliquer à prouver la matérialité du crime en appelant Thelma Benton. Je voudrais qu'il soit bien entendu que je ne l'appelle en ce moment que dans ce but. Je l'interrogerai plus en détail par la suite.

– Très bien, dit le juge Markham. C'est entendu.

Thelma Benton s'avança, leva la main droite et prêta serment. Ayant pris place à la barre des témoins, elle déclara se nommer Thelma Benton, être âgée de vingt-huit ans ; domiciliée aux appartements de Riverview. Elle affirma qu'elle connaissait Clinton Forbes depuis plus de trois ans ; avait été employée par lui en qualité de secrétaire à Santa Barbara, et l'avait accompagné quand il avait quitté Santa Barbara pour élire domicile au 4889, avenue Milpas, où elle était devenue sa femme de charge.

Claude Drumm fit un signe d'approbation et lui demanda :

– Avez-vous eu l'occasion, dans la soirée du 17 octobre de cette année, de voir un cadavre dans la maison au numéro 4889, avenue Milpas ?

– Oui.

– Quel était ce cadavre ?

– C'était le cadavre de Clinton Forbes.

– Il avait loué la maison sous le nom de Clinton Foley ?

– Oui.

– Et qui habitait avec lui ?

– Mme Paula Cartright, qui avait pris le nom d'Evelyn Foley et se faisait passer pour sa femme ; Ah Wong, un cuisinier chinois, et moi-même.

– Il y avait aussi un chien policier ?

– Oui.

– Comment s'appelait-il ?
– Prince.
– Depuis combien de temps M. Forbes était-il en possession de ce chien ?
– Depuis quatre ans environ.
– Vous aviez connu le chien à Santa Barbara ?
– Oui.
– Et le chien vous a accompagnée jusqu'à cette ville ?
– Oui.
– Et vous ? Vous avez aussi accompagné M. Forbes et Mme Cartright ?
– Oui.
– Lorsque vous avez vu le cadavre de Clinton Forbes, avez-vous vu aussi celui du chien ?
– Oui, je l'ai vu.
– Où était le chien policier ?
– Dans la même pièce.
– Dans quel état était-il ?
– Il était mort.
– Avez-vous remarqué quoi que ce soit qui pouvait indiquer comment il était mort ?
– Oui, on avait tiré sur le chien et sur M. Forbes. J'ai vu un revolver automatique Colt sur le plancher, et aussi quatre douilles vides par terre, où elles avaient été rejetées par le mécanisme automatique de l'arme.
– Quand avez-vous vu en vie, pour la dernière fois, M. Clinton Forbes ?
– Dans la soirée du 17 octobre.
– Approximativement à quelle heure ?
– Approximativement à six heures quinze du soir.
– Etiez-vous dans la maison après cette heure ?
– Non, au moment où je suis sortie, M. Clinton Forbes était vivant et en bonne santé. Quand je l'ai revu, il était mort.
– Qu'avez-vous remarqué au sujet du corps ?
– Voulez-vous dire au sujet de sa barbe ?
– Oui.

– Il était évident qu'il venait de se raser. Il y avait eu de la mousse de savon à barbe sur sa figure, et il en restait encore un peu. Il se trouvait dans la bibliothèque ; une chambre à coucher communique avec la bibliothèque, et une salle de bains avec la chambre à coucher.

– Où tenait-on le chien ?

– Le chien était enchaîné dans la salle de bains, depuis qu'un voisin s'était plaint à son sujet.

– Je crois, dit Claude Drumm à Perry Mason, que vous pouvez procéder à votre contre-interrogatoire sur les faits probants révélés jusqu'ici.

Perry Mason fit un signe d'assentiment nonchalant et les yeux des jurés se tournèrent vers lui. Sa voix résonnait profondément, mais sans emphase, et ne s'élevait pas :

– On s'est plaint que le chien hurlait ? demanda-t-il presque sur le ton de la conversation.

– Oui.

– C'est l'occupant de la maison voisine qui s'est plaint ?

– Oui.

– Et ce voisin était M. Arthur Cartright, le mari de la femme qui se faisait passer pour l'épouse de Clinton Forbes ?

– Oui.

– Est-ce que Mme Cartright était dans la maison au moment du meurtre ?

– Non.

– Où était-elle, si vous le savez ?

– Je ne sais pas.

– Quand l'avez-vous vue pour la dernière fois ?

Claude Drumm se leva :

– Votre Honneur, dit-il, il est évident que ceci fait partie des arguments que la défense emploiera plus tard, mais en ce moment cela sort des limites d'un contre-interrogatoire.

– Objection rejetée, dit le juge Markham. Je permettrai que la question soit posée, parce que, dans votre interrogatoire, vous avez demandé quelles personnes étaient dans la maison. J'estime que la question est pertinente.

– Répondez à ma question, dit Perry Mason.

Thelma Benton éleva un peu la voix et son débit devint plus rapide.

– Paula Cartright a quitté la maison dans la matinée du 17 octobre. Elle a laissé un mot disant que...

– Nous objectons, dit Claude Drumm, à ce que le témoin donne son témoignage au sujet du contenu de cette lettre. En premier lieu, cela ne répond pas à la question et, en second lieu, cela ne constitue pas la meilleure preuve du contenu de la lettre.

– En effet, dit le juge Markham, cela n'est pas la meilleure preuve de son contenu.

– Où *est* donc la lettre ? demanda Perry Mason.

Il y eut un moment de silence embarrassé. Thelma Benton regarda dans la direction du premier substitut.

– Je l'ai, dit Claude Drumm, et j'ai l'intention de l'introduire plus tard dans les débats.

– Je suis d'opinion, dit le juge Markham, que le contre-interrogatoire sur ce point est allé assez loin. La question au sujet du contenu de la lettre ne sera donc pas autorisée.

– Très bien, dit Perry Mason. Je crois que c'est tout pour le moment.

– Appelez Sam Marson, dit Claude Drumm.

Sam Marson prêta serment, s'installa à la barre des témoins et déclara qu'il s'appelait Sam Marson, âgé de trente-deux ans ; qu'il était chauffeur de taxi et travaillait en cette qualité le 17 octobre de cette année.

– Avez-vous vu l'accusée à cette date ? demanda Claude Drumm.

Marson se pencha pour dévisager Bessie Forbes, qui était assise sur une chaise derrière Perry Mason, à côté d'un policier.

– Oui, dit-il, je l'ai vue.
– Quand l'avez-vous vue pour la première fois ?
– A sept heures dix, à peu près.
– Où ?
– Près du croisement de la 9e Rue et de la rue des Francs-Maçons.
– Qu'a-t-elle fait ?
– Elle m'a fait signe et je me suis rangé au bord du trottoir. Elle m'a dit qu'elle voulait aller au 4889, avenue Milpas. Je l'ai conduite là-bas et puis elle m'a dit d'aller appeler Parkcrest 62945, de demander Arthur, et de lui dire de venir tout de suite chez Clint parce qu'il était en train d'avoir une explication définitive au sujet de Paula.
– Très bien ! Qu'avez-vous fait ? demanda Claude Drumm.
– J'ai été téléphoner comme elle me l'avait dit, et puis je suis revenu.
– Et après ? Qu'est-il arrivé ?
– Alors, elle est sortie de la maison et je l'ai reconduite à un endroit près de l'hôtel Breedmont et elle est descendue.
– L'avez-vous revue, cette nuit-là ?
– Oui.
– Quand ?
– Je ne sais pas. Aux environs de minuit. Elle est venue me trouver à la station de taxis et m'a dit qu'elle croyait avoir laissé un mouchoir dans la voiture. Je lui ai dit que c'était exact et je le lui ai rendu.
– Elle l'a pris ?
– Oui.
– Et c'était la même personne que vous aviez conduite à la maison du numéro 4889, avenue Milpas ?
– Oui, c'était elle.
– Et vous dites bien que c'était l'accusée, ici présente ?
– Oui, c'est elle.
Claude Drumm se retourna vers Perry Mason :

– Vous pouvez interroger contradictoirement, dit-il.
Perry Mason éleva un tout petit peu la voix :
– L'accusée a laissé un mouchoir dans votre taxi ?
– Oui.
– Qu'en avez-vous fait ?
– Je vous l'ai montré et vous m'avez dit de le garder.
Claude Drumm se mit à rire ironiquement.
– Un moment ! dit Perry Mason. Vous n'avez pas besoin de parler de moi à ce propos.
– Alors, restez vous-même en dehors de ça, répliqua Claude Drumm.
Le juge Markham frappa son pupitre d'un coup de marteau.
– Maître, désirez-vous demander que cette réponse soit rayée du procès-verbal ?
– Oui, dit Mason, je propose qu'elle soit exclue pour le motif qu'elle ne répond pas à la question.
– Votre proposition est rejetée, dit le juge Markham sévèrement. L'opinion de la cour est que c'était une réponse convenable à la question.
Un large sourire s'épanouit sur la figure du substitut.
– Est-ce que le substitut vous a dit ce que vous aviez à dire en témoignage dans cette affaire ? demanda Perry Mason.
– Non, monsieur.
– Ne vous a-t-il pas dit que si je vous en donnais la moindre occasion, vous deviez témoigner que vous m'aviez donné le mouchoir ?
Le témoin se trémoussa, gêné.
Claude Drumm se leva pour protester véhémentement. Le juge Markham rejeta sa protestation et Sam Marson reprit la parole lentement :
– Eh bien ! il m'a dit qu'il ne pouvait pas me demander ce que vous m'aviez dit, mais que si l'occasion s'en présentait, il n'y avait pas d'inconvénient à en parler au jury.
– Et vous a-t-il dit aussi que lorsqu'il vous deman-

derait si l'accusée est la personne qui a pris votre taxi dans la soirée du 17 octobre, il faudrait vous pencher pour la regarder, de manière que le jury puisse voir que vous scrutiez son visage ?

– Oui, il m'a dit de le faire.

– Vous avez, en fait, vu l'accusée en plusieurs occasions avant de témoigner ici. Les agents vous l'ont montrée et vous l'avez vue aussi à la prison. Vous saviez depuis quelque temps déjà qu'elle était la personne qui avait pris votre taxi le soir en question, n'est-ce pas vrai ?

– Je le suppose, oui.

– Vous n'aviez donc aucunement besoin de vous pencher et de dévisager l'accusée avant de répondre à la question.

Marson, mal à son aise, répondit :

– C'est ce qu'on m'avait dit de faire.

Le sourire avait quitté la figure de Claude Drumm, remplacé par un froncement irrité des sourcils.

Perry Mason se leva lentement et resta un long moment à dévisager le témoin :

– Etes-vous absolument certain que c'est l'accusée dans cette affaire qui a emprunté votre taxi ?

– Oui, monsieur.

– Et absolument certain que c'est elle qui est venue vous trouver plus tard, le même soir, pour vous réclamer le mouchoir ?

– Oui, monsieur.

– N'est-il pas vrai que vous n'en étiez pas certain sur le moment, mais que ce sentiment de certitude a été consolidé dans votre esprit après les entrevues que vous avez eues avec les autorités ?

– Non, je ne le crois pas ; je l'ai reconnue.

– Vous êtes certain que c'était l'accusée dans les deux cas ?

– Oui, c'était la même personne.

Perry Mason se tourna brusquement vers la foule amassée au fond de la salle et fit un geste rapide et théâtral de la main :

– Mae Sibley, dit-il, levez-vous !

Il y eut un léger brouhaha et Mae Sibley se leva.

– Regardez cette personne, dit Perry Mason au chauffeur, et dites-moi si vous l'avez jamais vue.

Claude Drumm se leva soudainement :

– Votre Honneur, je proteste contre cette manière d'éprouver la mémoire du témoin. Ce n'est pas une épreuve convenable et ce n'est pas non plus acceptable dans un contre-interrogatoire.

– Avez-vous l'intention de relier ceci à l'affaire, maître ? demanda le juge Markham à Perry Mason.

– Je vais faire mieux. Je retire ma question sous la forme où elle a été posée, et vous demande, Sam Marson, si cette femme qui est debout dans la salle n'est pas celle qui est venue chercher le mouchoir dans la nuit du 17 octobre, et celle à qui vous avez donné le mouchoir laissé dans le taxi ?

– Non, monsieur, c'était celle-là, répondit Sam Marson en montrant l'accusée.

– Il n'y a aucune possibilité que vous vous trompiez ?

– Non, monsieur.

– Et si vous vous trompiez au sujet de l'identité de la femme qui réclama le mouchoir, vous pourriez aussi vous tromper sur l'identité de celle qui s'est fait conduire par vous avenue Milpas ?

– Je ne me trompe pas pour les deux, mais si je me trompais pour l'une, je pourrais me tromper pour l'autre, dit Marson.

Perry Mason eut un sourire de triomphe.

– C'est tout, dit-il.

Claude Drumm se leva.

– Votre Honneur, puis-je demander un ajournement jusqu'à demain matin ?

Le juge Markham fronça les sourcils et approuva lentement d'un signe de tête.

– Oui, la cour se retire jusqu'à demain matin, dix heures. Pendant l'ajournement, les jurés sont avertis qu'ils ne doivent pas parler de l'affaire entre eux, ni permettre qu'on en discute en leur présence.

Le juge Markham frappa le pupitre de son marteau, se leva et se dirigea avec dignité vers son cabinet, derrière la salle d'audience.

Perry Mason remarqua que, sur un signe de Claude Drumm, deux agents s'étaient frayé un chemin à travers la foule jusqu'à Mae Sibley. Il fit aussitôt de même en manœuvrant des épaules, le menton projeté en avant, et il arriva près de la jeune femme presque au même moment que les agents.

– Le juge Markham, dit-il, veut vous voir tous les trois dans son cabinet. (Les agents parurent surpris.) Par ici, dit Perry Mason. (Il commença à se frayer un chemin vers l'intérieur du tribunal.) Ho ! Drumm ! appela-t-il en haussant la voix.

Claude Drumm, qui était sur le point de quitter la salle, s'arrêta.

– Cela vous ennuierait-il de venir avec moi dans le cabinet du juge Markham ?

Claude Drumm hésita un moment et finit par acquiescer. Les deux avocats entrèrent ensemble dans le cabinet, suivis par les deux agents et Mae Sibley.

Les murs du cabinet du juge étaient tapissés de livres. Un énorme bureau, au milieu de la pièce, était couvert de papiers bien rangés et de livres de droit ouverts. Le juge leva les yeux.

– Monsieur le juge, dit Perry Mason, cette jeune femme est un témoin de la défense, et je l'ai assignée à comparaître. J'ai remarqué que, sur un signe du substitut, deux agents se sont approchés d'elle. Puis-je demander à la cour de faire savoir au témoin qu'elle n'est obligée de parler à personne jusqu'au moment où elle sera appelée à témoigner et d'ordonner aux agents de ne pas la molester ?

Le sang monta à la figure de Claude Drumm, qui fit un pas en arrière pour fermer la porte d'un coup de pied.

– Eh bien ! puisque vous avez entamé ce sujet et

que la cour ne siège pas, nous allons régler cette affaire ici même et maintenant, dit-il.

Perry Mason le fixa d'un regard hostile.

– Très bien, continuez et réglez-la !

– Ce que j'avais l'intention de faire, dit Claude Drumm, était de demander à cette jeune femme si on l'avait payée pour se faire passer pour l'accusée. Je voulais découvrir si on s'était entendu avec elle pour qu'elle vienne trouver le chauffeur de taxi et prétende qu'elle était la personne qui avait loué le taxi plus tôt dans la journée et laissé un mouchoir dans la voiture.

– Très bien, dit Perry Mason, supposons qu'elle dise oui à tout cela, qu'aurez-vous alors l'intention de faire ?

– J'avais l'intention de découvrir l'identité de la personne qui l'avait payée pour s'être faussement présentée ainsi, et d'obtenir un mandat pour son arrestation, dit Claude Drumm.

– Parfait, dit Perry Mason en mâchant ses mots d'un ton menaçant : je suis cette personne et j'ai fait cela. Qu'allez-vous faire maintenant ?

– Messieurs, dit le juge Markham, il me semble que la discussion s'écarte plutôt du sujet.

– Pas du tout, répliqua Mason. Je savais que cela devait arriver, et je désire que cette question soit réglée ici même et maintenant. Il n'y a pas de loi qui défende à une femme de se faire passer pour une autre. Ce n'est pas un crime que de prétendre être le propriétaire d'un objet perdu, si ce n'est pas pour en obtenir la possession.

– C'est exactement ce qui a été le but de cette comédie, cria Claude Drumm.

Perry Mason sourit :

– Vous vous rappellerez, Drumm, que j'ai téléphoné aux autorités et leur ai remis le mouchoir immédiatement après l'avoir reçu ; et miss Sibley aussi me l'a donné immédiatement après l'avoir obtenu du chauffeur. Je savais bien que, quand vous auriez fini d'endoctriner le chauffeur, il serait sûr de l'identité de l'accusée et qu'aucun contre-interrogatoire ne l'en ferait démordre. J'ai effectué mon contre-interrogatoire par une épreuve objective, plutôt que par des questions. J'étais dans la limite de mes droits.

Le juge Markham regarda Mason et il y eut un éclair de malice dans ses yeux :

– Eh bien ! dit-il, la cour en ce moment n'a pas à émettre de jugement sur le côté moral et professionnel de cette question, ni à juger s'il y a eu vol du mouchoir. La cour a seulement à statuer sur votre demande, maître Mason. Qu'il soit permis à vos témoins d'apporter leur témoignage au tribunal et que la police n'essaie pas de les intimider.

– Je ne demande rien d'autre, dit Perry Mason, et les yeux fixés sur Claude Drumm, il ajouta : Je sais ce que je fais, j'en suis responsable, et je ne voudrais pas qu'une femme soit terrorisée par un tas de brutes.

– Ce que vous avez fait là vous obligera à comparaître devant le conseil de l'ordre des avocats, cria Claude Drumm.

– C'est très bien. Je serai trop heureux de discuter de cette question-là avec vous, mais en attendant, laissez mes témoins tranquilles.

– Messieurs ! messieurs ! dit vivement le juge Markham en se levant, je vais insister pour un peu plus de tenue de votre part. Me Mason a présenté une requête. Vous devriez savoir, maître Drumm, qu'elle est justifiée. Si cette personne est un témoin assigné par la défense, vous vous abstiendrez d'essayer de l'intimider.

Claude Drumm avala sa salive et rougit visiblement :

– Très bien, dit-il.

– Par ici, dit Perry Mason à Mae Sibley et, prenant son bras, il la conduisit hors du cabinet du juge.

Au moment où il ouvrait la porte du tribunal, il y eut un éclair. La jeune femme poussa un grand cri et se cacha la figure.

– Ne vous inquiétez pas, dit Perry Mason. Ce ne sont que les photographes de presse qui font leur travail.

Claude Drumm se fraya un chemin jusqu'à Mason. Sa figure était blanche et ses yeux brillaient de colère :

– Vous avez délibérément manigancé cette mise en scène, dans le seul but d'alimenter la première page des journaux avec une histoire dramatique.

Perry Mason lui adressa un sourire narquois :

– Y voyez-vous une objection ?

– Certainement ! rugit Claude Drumm.

– Très bien, répliqua Perry Mason lentement d'un ton menaçant. Faites seulement très attention à la façon dont vous vous y prendrez pour la formuler.

Les deux hommes se dévisagèrent pendant un long moment. Claude Drumm, pâle de fureur, mais impuissant devant la force de son adversaire, sut qu'il avait perdu la partie, tourna les talons et s'éloigna.

Perry Mason, s'adressa à Mae Sibley :

– Je ne voulais pas que vous parliez aux agents, mais rien ne vous empêche de parler aux reporters.

– Qu'est-ce que je leur dirai ?

– Dites-leur n'importe quoi sur ce que vous savez et, lui tirant son chapeau, il s'en alla.

Arrivé au seuil de la salle des débats, il se retourna : une demi-douzaine de reporters assiégeaient Mae Sibley et lui posaient frénétiquement des questions. Toujours souriant, Perry Mason poussa le battant de la porte et s'engagea dans le corridor.

18

Arrivé à son bureau, Perry Mason regarda sa montre. Dehors, la bourrasque soufflait et la nuit était froide. Aussi, le bruit de la vapeur dans les radiateurs donnait-il une agréable impression de confort. Il était exactement huit heures quarante-cinq.

L'avocat alluma une lampe et posa un coffret en cuir sur le bureau de Della Street. Il enleva le couvercle, découvrant une machine à écrire portative. Dans une poche de son pardessus, il prit une paire de gants qu'il enfila, retira d'une serviette plusieurs feuilles de papier et une enveloppe timbrée. Il venait de placer le tout sur le bureau quand Della Street entra.

– Avez-vous vu les journaux ? demanda-t-elle en enlevant son manteau de fourrure.

– Oui, dit-il en souriant.

– Dites-moi, avez-vous arrangé toute cette affaire pour pouvoir porter un coup théâtral à la fin des débats ?

– Bien sûr ! Pourquoi pas ?

– N'avez-vous pas été bien près de violer la loi ? Est-ce qu'on pourra vous faire des ennuis au conseil de l'ordre ?

– J'en doute, c'était un contre-interrogatoire légitime.

– Un contre-interrogatoire ? Que voulez-vous dire ?

– J'aurais fort bien pu présenter une rangée de femmes et demander à Marson de désigner parmi elles celle qui avait laissé le mouchoir dans son taxi. Il m'était également loisible de lui indiquer une de ces femmes en lui disant que je croyais que c'était elle ; ou encore, la présenter en lui déclarant qu'elle était la femme en question.

– Eh bien ?

– Je n'ai fait qu'un pas de plus. Je me suis rendu compte qu'il n'était pas sûr de l'identité de cette femme. J'ai utilisé cette incertitude tant que j'ai pu, voilà tout. J'ai pris une femme, l'ai habillée à peu près comme Mme Forbes, l'ai aspergée du même parfum, et lui ai fait dire au chauffeur qu'elle avait laissé son mouchoir dans son taxi. Naturellement, il n'a pas mis sa parole en doute, parce qu'il n'avait pas de souvenir bien précis de la cliente qui avait réellement laissé le mouchoir dans sa voiture.

» Je savais que, lorsque les autorités en auraient fini avec lui, il serait sûr de son identification. Elles ont pour principe de travailler un témoin pendant un certain temps, pour que la certitude s'établisse de plus en plus dans son esprit. Ils lui ont montré Bessie Forbes au moins une douzaine de fois, en diverses occasions. Ils l'ont fait comme par hasard, de façon qu'il ne se rende pas compte qu'on était en train de le suggestionner. Ils la lui ont montrée d'abord en lui disant que c'était celle qui avait pris sa voiture. Ensuite, ils l'ont fait venir, l'ont confronté avec la femme en disant à cette dernière qu'il l'avait identifiée. Elle n'a rien dit et a refusé de répondre, ce qui a augmenté la certitude de Marson. Petit à petit, ils ont échafaudé son témoignage jusqu'à ce qu'il devienne absolument certain de ce qu'on lui inculquait. Voilà comment le ministère public prépare toutes ses affaires. Il en résulte que les témoins sont beaucoup plus positifs dans leur identification de l'accusé.

– Je sais cela, dit-elle, mais le mouchoir ? Que va-t-il en résulter ?

– Pour qu'il y ait vol, au point de vue de la loi, il faut qu'il y ait eu réellement l'intention de s'approprier le bien d'autrui. Or, dans ce cas, cette intention n'existait pas. La femme devait se procurer le mouchoir afin de me le confier, et moi, je ne le prenais que pour le remettre aux autorités. Je le leur ai donné plus tôt qu'elles n'auraient pu le trouver eux-mêmes, et les ai renseignés en même temps.

Della Street fronça les sourcils et secoua la tête :

– Peut-être, mais ce tour de passe-passe était bien risqué.

– Naturellement, c'était risqué, et j'ai fait vite. C'est pour cela qu'on me paie. J'ai simplement fait mon contre-examen d'une manière pas très orthodoxe, sans laisser au procureur le temps d'empoisonner l'esprit de Marson avec ses idées préconçues, voilà tout... N'ôtez pas vos gants, Della ; gardez-les !

– Pourquoi ? demanda-t-elle en regardant les longs gants noirs qui couvraient ses mains et ses bras.

– Parce que nous allons faire en vitesse un autre tour de passe-passe, et je ne veux pas que nous laissions – ni vous ni moi – des empreintes digitales sur le papier.

Elle le dévisagea une minute avant de demander :

– Jusqu'à quel point cela va-t-il être légal ?

– Rien à craindre, on ne nous attrapera pas.

Il alla fermer la porte à clef.

– Prenez cette feuille de papier et insérez-la dans la machine.

– Je n'aime pas les machines portatives. Je préfère ma machine de bureau.

– D'accord, mais il y a autant d'individualité dans une machine à écrire que dans une écriture. Un expert peut dire sur quelle sorte de machine un document a été tapé et identifier la machine, s'il a la possibilité de la voir.

– Cette machine est neuve.

– Exactement ! Mais je vais déranger un peu l'alignement des caractères pour qu'elle paraisse moins neuve.

Il s'empara de la machine et commença à plier légèrement les barres de frappe.

– Qu'avez-vous en tête ? demanda Della Street.

– Nous allons écrire une confession.

– Quelle espèce de confession ?

– Une confession du meurtre de Paula Cartright.

Elle le regarda fixement, les yeux grands ouverts par la surprise.

– Ciel ! Et que ferez-vous de cette confession ?

– Nous allons l'envoyer par la poste au rédacteur en chef de *la Chronique*.

Elle resta sans mouvement, le dévisageant avec appréhension, puis après avoir respiré profondément, alla s'asseoir et introduisit quelques feuilles de papier dans la machine.

– Vous avez peur, Della ?

– Non. Si vous me dites de le faire, je le ferai.

– Je crois que là nous patinons sur une bien mince couche de glace, mais, si quelque chose arrive, je crois pouvoir vous en tirer.

– Cela va très bien ainsi, dit-elle. Je ferais n'importe quoi pour vous. Allez-y, et dites-moi ce que vous voulez écrire.

– Je vais vous dicter, dit-il en réfléchissant, et vous taperez directement à la machine.

Il s'approcha de son épaule et, parlant bas :

– Ecrivez ceci au rédacteur en chef de *la Chronique* :

« Monsieur, je remarque que, dans votre journal, vous avez fait paraître une interview d'Elizabeth Walker au cours de laquelle elle a déclaré qu'en plusieurs occasions j'ai manifesté l'intention de mourir sur l'échafaud ; que je passais la plus grande partie de mon temps à examiner avec des jumelles la maison occupée par Clinton Forbes, qui se faisait appeler alors Clinton Foley. Tout ceci est exact.

» Je remarque aussi que vous avez publié un éditorial demandant aux autorités mon arrestation, et celle de Paula Cartright, ma femme, avant que l'on continue à juger Bessie Forbes, ce qui implique que j'ai tué Clinton Forbes. Or, cette accusation est injuste et fausse. Je n'ai pas tué Clinton Forbes, mais bien Paula Cartright.

» Vu les circonstances, j'estime que le public a le droit de savoir exactement ce qui s'est passé. »

Perry Mason fit une pause jusqu'au moment où l'arrêt du cliquetis de la machine indiqua que Della Street avait rattrapé sa dictée. Il attendit qu'elle eût les yeux levés vers lui :

– Vous commencez à avoir peur, Della ?

– Non, continuez.

– Je vous préviens que c'est chargé de dynamite !

– Cela m'est égal. Du moment que vous pouvez courir le risque, je peux le courir aussi.

– Bien, alors continuons : « J'habitais Santa Barbara avec ma femme et j'étais heureux. J'étais en relation d'amitié avec Clinton Forbes et sa femme, mais savais que Clinton Forbes, au point de vue moral, ne valait pas grand-chose. Il m'était quand même sympathique. Je n'ignorais pas qu'il avait des liaisons avec une demi-douzaine de femmes, mais je n'ai jamais soupçonné que ma femme était du nombre. Brusquement, et sans y avoir été préparé, j'ai appris la vérité. Mon existence s'est trouvée ruinée, mon bonheur et mon intérieur détruits. J'ai pris alors la résolution de suivre à la piste Clinton Forbes et de le tuer comme un chien.

» Il m'a fallu dix mois pour le retrouver. Il vivait, avenue Milpas, sous le nom de Clinton Foley. La maison voisine était à louer, meublée ; je m'y installai et je pris exprès une femme de charge absolument sourde, afin qu'elle ne pût pas bavarder dans le voisinage. Avant de tuer Clinton Forbes, j'ai voulu savoir quelles étaient ses habitudes, comment il traitait Paula Cartright et si elle était heureuse. Dans ce but, je passai presque tout mon temps à surveiller la maison avec des jumelles. Ce fut une entreprise longue et pénible. Quelquefois, l'occasion se présentait de jeter un coup d'œil sur la vie intime de l'homme que j'espionnais. Mais des jours se passaient aussi sans que je pusse rien voir. A la fin, je me convainquis que Paula était désespérément malheureuse. Et pourtant, malgré tous mes plans, je n'ai pas abouti. J'attendis une nuit sombre qui favorisât mes intentions et me glissai furtivement dans le parc, vers la maison de mon ennemi. J'avais l'intention de le tuer et de reprendre ma femme. Je donnai une lettre à ma femme de charge pour mon avocat, lui remettant mon testament. Au cas où il m'arriverait quelque chose, je voulais être sûr que mes affaires seraient en ordre.

» Je trouvai la porte de derrière non verrouillée. Clinton Foley avait un chien policier, Prince, qui lui servait de chien de garde ; mais Prince me connaissait, car j'avais été l'ami de son maître à Santa Barbara. Au lieu, donc, d'aboyer après moi, le chien fut content de me voir. Il sauta sur moi et me lécha les mains. Comme je traversais la bibliothèque, je rencontrai soudain ma femme. Elle me regarda, épouvantée, et se mit à crier. Je la saisis et menaçai de l'étrangler si elle ne se tenait pas tranquille. Elle s'évanouit presque de terreur. Je la fis asseoir et lui parlai. Elle me dit que Clinton Forbes et Thelma Benton avaient une liaison clandestine depuis des années ; que cette liaison avait commencé même avant la sienne ; que Forbes était sorti avec Thelma Benton, et qu'elle était seule dans la maison, le cuisinier chinois, Ah Wong, étant sorti lui aussi pour passer la soirée avec des amis chinois, selon son habitude.

» Je lui dis que j'avais l'intention de tuer Forbes et que je voulais qu'elle partît avec moi. Elle me répondit qu'elle avait cessé de m'aimer et ne pourrait jamais être heureuse avec moi. Elle menaça d'appeler la police et de lui révéler mes intentions. Elle se dirigea vers le téléphone. Je voulus l'en empêcher ; elle se mit à crier. Je l'étranglai.

» Comment pourrais-je jamais expliquer mes émotions à ce moment ? Je l'aimais passionnément, mais je savais qu'elle ne m'aimait plus. Elle se débattait contre moi pour sauver l'homme qui m'avait trahi et que je haïssais. Quand je suis revenu suffisamment à la raison pour me rendre compte de ce que je faisais, elle était morte. Je l'avais étranglée.

» Clinton Forbes faisait agrandir son garage. Les travaux de charpente étaient terminés et on allait couler le plancher en ciment. J'allai au garage où je trouvai une pelle et une pioche. Je creusai le sol à l'endroit où le plancher devait être coulé, y enterrai ma femme peu profondément et transportai la terre que j'avais enlevée dans une brouette pour la décharger derrière le parc de la maison. J'aurais voulu attendre Clinton Forbes mais n'en ai pas eu le courage. Ce que j'avais fait m'avait brisé les nerfs et je tremblais comme une feuille. Je me rendais compte que mon tempérament emporté m'avait trahi en me faisant tuer la femme que j'aimais, mais je savais aussi que je ne risquais pas d'être découvert. Les entrepreneurs étaient sur le point de couler le plancher en ciment dans l'annexe du garage et cela cacherait la preuve de mon crime. Je m'en allai dans une autre partie de la ville où je louai une chambre sous un faux nom. Je me suis créé ainsi une seconde identité et je n'ai pas cessé d'habiter là depuis les événements.

» J'écris cette confession parce que je considère que c'est juste. J'ai tué ma femme. Je n'ai pas tué Clinton Forbes et regrette seulement de ne pas l'avoir fait. Il méritait la mort, mais je ne l'ai pas tué. Je suis à l'abri des recherches. Personne ne pénétrera jamais le secret de ma présente identité. Bien sincèrement... »

Perry Mason attendit que la jeune fille eût fini de taper et prit la feuille de papier qu'il lut avec attention.

– Cela fera l'affaire, dit-il.

Pâle, les traits tirés, Della le dévisageait :

– Qu'allez-vous en faire ?

– Je vais me servir du testament comme modèle et imiter sa signature sur ce document.

Elle continua à le dévisager un moment en silence puis alla chercher sur une table, à l'autre bout de la pièce, une plume et de l'encre, trempa la plume dans l'encrier et la lui tendit. Sans mot dire, elle alla au coffre-fort, tourna les boutons de la combinaison, prit le testament et le remit à Perry Mason. Celui-ci s'assit à une table et s'appliqua soigneusement, en silence, à imiter la signature sur un bout de papier ; puis il apposa laborieusement la signature de Cartright au bas de la confession. Il plia la lettre et tendit à Della l'enveloppe timbrée.

– Adressez cela, dit-il, au rédacteur en chef de *la Chronique*.

Il remit le couvercle sur la machine portative.

– Qu'allez-vous faire, maintenant ? demanda Della Street.

– Je vais mettre la lettre à la poste et faire le nécessaire pour que cette machine soit placée dans un endroit où les autorités ne la retrouveront jamais. Prenez un taxi et rentrez chez vous.

Elle le regarda fixement pendant un moment puis se dirigea vers la porte. Se ravisant, elle s'approcha de lui.

– Chef, dit-elle, je voudrais que vous ne fassiez pas ça.

– Quoi ?

– Courir ces risques.

– Il le faut.

– Ce n'est pas bien.

– Ce sera bien, si le résultat est bon.

– Quel résultat essayez-vous d'obtenir ?

– Je voudrais que le plancher en ciment du nouveau garage soit démoli et qu'on cherche soigneusement en dessous.

– Dans ce cas, pourquoi ne pas aller trouver les autorités et leur demander de le faire ?

Il eut un rire sarcastique.

– Elles n'en feraient rien. Elles ne peuvent pas me sentir, et elles essaient d'obtenir la condamnation de Bessie Forbes. Elles ne prendraient pas une mesure qui risquerait d'affaiblir leur accusation devant le jury. Leur théorie est que Bessie Forbes est coupable et qu'il n'y a pas besoin de chercher ailleurs. Elles n'écouteront rien d'autre, et si je leur demandais quoi que ce soit, elles penseraient naturellement que je suis en train de leur jouer un mauvais tour.

– Qu'est-ce qui va arriver quand vous aurez envoyé cette lettre à *la Chronique* ?

– C'est réglé d'avance : on démolira le plancher du garage.
– Comment pourra-t-on faire cela ?
– On le fera, tout simplement.
– Est-ce qu'on demandera la permission à quelqu'un ?
– Ne faites pas l'idiote. Forbes avait acheté la propriété. Il est mort. Bessie Forbes est sa femme. Si elle est acquittée de ce meurtre, elle héritera de la propriété.
– Et si elle n'est pas acquittée ?
– Elle le sera, dit Perry Mason d'un ton déterminé.
– Qu'est-ce qui vous fait penser qu'il y a un cadavre là-dessous ?
– Ecoutez-moi bien. Considérons cette affaire d'un point de vue raisonnable, et ne laissons pas notre attention s'éparpiller de tous les côtés à cause d'un tas de faits qui ne riment à rien. Vous vous rappelez quand Arthur Cartright est venu nous voir ?
– Oui, bien sûr.
– Vous vous rappelez ce qu'il a dit ? Il voulait faire un testament d'après lequel ses biens seraient légués à la femme qui passait à ce moment-là pour l'épouse de Clinton Foley, dans la maison de l'avenue Milpas.
– Oui.
– Très bien. Il a fait alors un testament et me l'a envoyé, mais ce testament n'était pas rédigé comme il semblait l'avoir voulu.
– Pourquoi avait-il fait ce changement ?
– Parce qu'il savait qu'il était inutile de léguer sa fortune à une femme qui était déjà morte ; c'est donc qu'il avait découvert, d'une manière ou d'une autre, la mort de sa femme.
– Alors, ce n'est pas lui qui l'a assassinée ?
– Ce n'est pas ce que je dis, mais je ne le pense pas.
– Mais n'est-on pas coupable d'un délit quand on forge de toutes pièces une confession de ce genre ?
– Dans certaines circonstances, peut-être.

– Je ne vois pas dans quelles circonstances cela n'en serait pas un.

– Nous nous occuperons de ça quand il le faudra. A chaque jour suffit sa peine !

– Et vous croyez qu'Arthur Cartright savait que sa femme était morte ?

– Oui, il l'aimait beaucoup, et l'avait cherchée pendant des mois. Il avait vécu ensuite à quelques pas d'elle pendant deux mois, espionnant l'homme qu'il haïssait et tâchant de découvrir si sa femme était heureuse. Il était résolu à tuer Clinton Forbes. Sachant qu'il serait exécuté pour ce meurtre, il voulait léguer sa fortune à sa femme, Paula Cartright, pas à celle de Forbes ; mais il ne voulait pas faire son testament en faveur de Paula avant d'avoir commis le meurtre, parce qu'il pensait que cela amènerait une enquête. En conséquence, il fit son testament, ou voulut le faire de façon à léguer ses biens à la femme qui était connue sous le nom d'Evelyn Foley.

» Vous pouvez comprendre ce qu'il avait en tête : il voulait étouffer tout scandale, mais avait l'intention de tuer Clinton Forbes et d'avouer son crime, ce qui l'aurait fait exécuter. Il pensait faire rédiger son testament de manière que sa fortune aille à la femme qui, apparemment, serait la veuve de l'homme qu'il aurait tué et il voulait le faire de telle manière que des questions ne soient pas posées et que la véritable identité de Mme Clinton Foley ne soit jamais connue. Il aurait voulu faire cela pour lui éviter l'opprobre qui aurait rejailli sur elle si tout avait été révélé au grand jour.

Della Street restait immobile, la tête inclinée, à contempler ses chaussures.

– Oui, dit-elle, je crois comprendre.

– Et alors, quelque chose est survenu qui a obligé Arthur Cartright à changer ses projets. Il a su que cela ne servirait à rien de laisser sa fortune à sa femme Paula ; mais il a voulu la léguer à quelqu'un d'autre, car il ne s'attendait pas à rester en vie. Il avait été certainement en contact avec Bessie Forbes et savait qu'elle était en ville ; c'est pourquoi il a fait son testament en sa faveur.

– Qu'est-ce qui vous fait dire qu'il avait été en contact avec Bessie Forbes ?

– La déclaration du chauffeur : Bessie Forbes lui avait demandé de téléphoner à Parkcrest 62945, qui était le numéro de Cartright, pour lui dire d'aller à côté, chez Clint. Ceci montre qu'elle savait où était Cartright, et que ce dernier savait aussi qu'elle le savait.

– Je comprends, dit Della, et après quelques secondes de silence, elle demanda : Etes-vous sûr que Mme Cartright ne s'est pas enfuie avec Arthur Cartright, tout comme elle s'était enfuie de Santa Barbara ?

– Oui, je suis à peu près certain qu'elle n'a pas fait cela.

– Qu'est-ce qui vous le fait croire ?

– La lettre d'adieux n'était pas de l'écriture de Paula Cartright.

– Vous en êtes sûr ?

– Presque. C'est à peu de chose près la même écriture que celle de la formule du télégramme, expédié de Midwick. Je me suis fait envoyer de Santa Barbara des spécimens de l'écriture de Mme Cartright. Les deux écritures ne concordent pas.

– Est-ce que le bureau du procureur le sait ?

– Je ne le crois pas.

Della Street, plongée dans ses pensées, regardait fixement Perry Mason.

– Etait-ce l'écriture de Thelma Benton ?

– J'ai obtenu plusieurs spécimens de l'écriture de Thelma Benton. Ils diffèrent de l'écriture de la formule télégraphique.

– Et Mme Forbes ?

– Ce n'est pas son écriture non plus. Je lui avais demandé de m'écrire une lettre de la prison, pour comparer.

– Avez-vous lu l'éditorial de *la Chronique* ?

– Non. Pourquoi ?

– Il dit qu'après avoir récusé par un coup de théâtre le témoignage du chauffeur de taxi vous avez le grave et solennel devoir de faire témoigner votre cliente afin qu'elle explique ses relations avec cette affaire. Le rédacteur en chef prétend que cet air de mystère peut convenir à la défense d'un criminel endurci, jugé pour un crime dont il est reconnu coupable par tout le monde, et qui veut se prévaloir de ses droits constitutionnels, mais que cela ne convient pas à une femme comme Mme Forbes.

– Je n'ai pas vu cet éditorial, dit Perry Mason.

– Cela va-t-il changer vos plans ?

– Certainement pas. C'est moi l'avocat de la défense. J'agis suivant mon jugement, au mieux des intérêts de ma cliente et non d'après les impressions d'un rédacteur en chef.

– Tous les journaux du soir commentent l'habileté consommée avec laquelle vous avez manœuvré pour amener un dénouement dramatique en fin d'audience, et le fait que vous avez réussi à récuser le témoignage du chauffeur avant même que le substitut ait pu échafauder son accusation.

– Il n'y a pas eu d'habileté particulière de ma part. Claude Drumm a cherché lui-même ce qui est arrivé. Il a commencé à molester mon témoin, ce que je n'ai pas toléré. J'ai pris Mae Sibley par le bras et l'ai conduite dans le cabinet du juge pour protester. Je savais que Drumm allait prétendre que je m'étais rendu coupable d'infraction à la morale professionnelle et je voulais liquider la question avec lui immédiatement, devant le juge.

– Qu'en a pensé le juge Markham ?

– Je ne sais pas, et je m'en fiche. Je connais mes droits et je les ai affirmés. Je lutte pour protéger ma cliente.

Della s'approcha de lui brusquement et posa une main sur son épaule.

– Chef, dit-elle, j'ai eu une fois des doutes sur vous. Je veux seulement que vous sachiez que cela n'arrivera plus jamais. Je suis avec vous, à tort ou à raison.

Il sourit et lui tapota l'épaule.

– Bien ! Prenez un taxi et rentrez chez vous. Si quelqu'un me demande, vous ne savez pas où me trouver.

Della Street fit un signe de tête, marcha vers la porte et cette fois sortit sans hésiter.

Perry Mason attendit qu'elle ait eu le temps de descendre par l'ascenseur. Il éteignit alors les lumières, endossa son pardessus, ferma la lettre, prit la machine à écrire portative et monta dans sa voiture.

Il alla dans un autre quartier de la ville jeter la missive dans une boîte aux lettres et s'engagea ensuite sur une route sinueuse qui conduisait à un réservoir situé sur les collines derrière la ville. Suivant le bord du réservoir, il ralentit, prit la machine et la jeta dans l'eau. Le geyser en miniature produit par la chute s'était à peine élevé que le pied de Perry Mason appuyait déjà sur l'accélérateur.

19

Les radiateurs sifflaient toujours confortablement sous la pression de la vapeur quand Perry Mason s'assit dans son bureau avec Paul Drake.

– Paul, il me faut un homme qui consente à prendre un risque.

– J'en ai des tas, dit Drake. Qu'est-ce que tu veux ?

– Je voudrais que cet homme appelle Thelma Benton au téléphone pour lui dire qu'il est un reporter de *la Chronique,* que la direction a donné son autorisation pour que dix mille dollars lui soient payés pour les droits exclusifs de la publication de ses Mémoires, s'ils sont bien comme elle a dit. Il faudra qu'il prenne un rendez-vous avec elle pour examiner les Mémoires. Il est possible qu'elle ait quelqu'un avec elle, mais peut-être sera-t-elle seule. Je ne pense pas qu'elle consente à remettre ses Mémoires, mais elle laissera ton homme les regarder. Il faudra alors qu'il cherche la page marquée « 18 octobre » et qu'il l'arrache du carnet.

– Qu'est-ce qu'il y a sur cette page, que tu veux savoir ?

– Je ne sais pas.

– Elle va en faire du foin, la petite dame !

– Bien entendu.

– A quoi le type s'expose-t-il ?

– A pas grand-chose. On essaiera de lui flanquer la frousse, mais c'est à peu près tout ce qu'on peut lui faire.

– Ne pourrait-elle intenter un procès en dommages et intérêts, si la chose devient publique ?

– Je ne vais pas la rendre publique. Je lui ferai seulement savoir que j'ai la feuille.

– Ecoute-moi bien, dit Drake ; tout ça, ce ne sont pas mes oignons et tu n'as certainement pas besoin que je te dise comment exercer ton métier d'homme de loi, mais tu es en train de patiner sur de la glace qui pourrait bien casser. Je te l'ai déjà dit, et je te le répète.

– Je sais que c'est risqué, répliqua Mason d'un ton morose, mais il n'y a rien dans tout cela sur quoi ils puissent m'accrocher. Je prétends être dans mon droit. Les journaux font des choses bien pires, tous les jours que Dieu fait, et personne ne leur dit rien.

– Tu n'es pas journaliste.

– Je le sais bien, dit Mason, mais je suis avocat et je représente une cliente qui a le droit d'être jugée équitablement et, nom de Dieu ! je veillerai à ce qu'elle le soit.

– Est-ce que cette mise en scène à grand spectacle correspond à ta conception d'un jugement équitable ?

– Oui, ma conception d'un jugement équitable consiste à faire éclater au grand jour tous les faits. C'est ce que je vais faire !

– Tous les faits, ou seulement ceux qui sont favorables à ta cliente ?

– Oh ! pour ça, dit Perry Mason en souriant, je ne vais pas plaider pour le procureur, si c'est ce que tu veux dire. Chacun son affaire !

Paul Drake repoussa sa chaise pour se lever :

– Tu nous défendras, si nous nous trouvons coincés au cours de cette affaire ?

– Certainement, je ne t'embarquerais pas dans quelque chose que je ne pourrais régler moi-même.

– L'ennui, avec toi, c'est que tu t'embarques dans beaucoup trop de choses. A part ça, tu es en train de te faire une réputation de magicien du barreau.

– Magicien ? Comment ?

– On dit que tu peux faire sortir un verdict d'un chapeau comme un prestidigitateur un lapin. Tu emploies des moyens discutables, mais dramatiques et efficaces à coup sûr.

– En Amérique, nous sommes des gens à effets spectaculaires – pas comme les Anglais, qui veulent de la tenue et de la dignité. Nous autres, nous avons une préférence pour ce qui est théâtrale. C'est un besoin national intense. Nous sommes réglés pour penser rapidement, et nous voulons que les choses se déroulent comme au théâtre.

– C'est bien ce que tu fais, dit Drake en se levant. Le tour que tu leur as joué cet après-midi était habile. Grâce à toi, tous nos journaux mettent en vedette, non pas l'accusation contre Bessie Forbes, mais la façon irréfutable dont le témoignage du chauffeur de taxi a été discrédité. Tous les journaux sans exception tiennent pour acquis que tout le témoignage du chauffeur est sans valeur.

– C'est bien le cas.

– Et pourtant, dit Drake, tu sais aussi bien que moi que Bessie Forbes a pris ce taxi et qu'elle est la femme qui s'est rendue dans la maison de l'avenue Milpas.

– Ça, dit l'avocat, c'est une chose qui appartient au domaine des conjectures et spéculations, à moins que le substitut ne présente quelque preuve à l'appui.

– Où va-t-il obtenir ses preuves, maintenant que le chauffeur est discrédité ?

– C'est au substitut à s'en inquiéter.

– Bien. Je m'en vais. As-tu besoin d'autre chose ?

– Je crois, dit Perry Mason en réfléchissant, que ce sera tout pour quelque temps.

– Dieu sait qu'il y en a assez comme ça ! dit Drake en prenant la porte.

Perry Mason fit basculer en arrière son fauteuil tournant et ferma les yeux. Il resta ainsi sans bouger, à l'exception du bout de ses doigts qui tambourinaient légèrement sur les bras du fauteuil. Il était dans cette position lorsque le bruit d'une clef se fit entendre dans la serrure de la porte d'entrée et Frank Everly fit irruption dans le bureau. Frank Everly était le stagiaire qui faisait des recherches juridiques pour Perry Mason et qui siégeait à côté de lui au cours des procès. Il était jeune, ardent, ambitieux et plein d'enthousiasme.

– Puis-je vous parler, chef ? demanda-t-il.

Perry Mason ouvrit les yeux et fronça les sourcils.

– Oui, entrez. Que voulez-vous ?

Frank Everly s'assit au bord d'une chaise. Il paraissait mal à l'aise.

– Allons ! dit Perry Mason. Qu'est-ce qu'il y a ?

– Je voulais vous demander comme un service personnel d'autoriser Bessie Forbes à parler.

– Quelle est votre idée ? demanda Perry Mason, intrigué.

– J'ai entendu pas mal de réflexions, pas des bavardages ordinaires, mais des réflexions venant d'avocats, de juges et de journalistes.

Mason sourit patiemment.

– Très bien, Everly. Alors ? Qu'avez-vous entendu ?

– Si vous ne faites pas témoigner cette femme, et si elle est condamnée, vous perdrez votre réputation.

– Bon, alors, je la perdrai, dit Mason.

– Mais ne comprenez-vous pas ? Elle est innocente et tout le monde le sait maintenant. L'accusation portée contre elle est entièrement basée sur des indices qui paraissent l'incriminer. Il n'y a plus besoin maintenant que d'un démenti et d'une explication de sa part. Le jury rendra alors un verdict de non-culpabilité comme une conclusion indiscutable.

– C'est ce que vous croyez réellement ? demanda Perry Mason avec curiosité.

– Naturellement ; c'est comme cela que je vois la chose.

– Et vous trouvez déplorable que je ne lui permette pas de venir à la barre raconter son histoire ?

– A mon avis, c'est une responsabilité que vous n'avez pas le droit d'assumer, monsieur. Comprenez-moi bien, je vous en prie. Je vous parle en confrère. Vous avez des devoirs envers votre cliente, envers votre profession et envers vous-même.

– Supposez, rétorqua Perry Mason, qu'elle vienne à la barre pour raconter son histoire et qu'elle soit condamnée ?

– Mais elle ne peut pas l'être. Tout le monde a de la sympathie pour elle, et maintenant que la preuve que constituait le taxi a été démolie, il ne reste plus rien.

Perry Mason regarda fixement le stagiaire.

– Frank, je ne connais rien qui m'ait davantage encouragé que cette conversation avec vous.

– Vous voulez dire que vous allez la faire témoigner ?

– Non, je ne la ferai témoigner en aucune circonstance.

– Et pourquoi donc ?

– Parce que vous croyez maintenant qu'elle est innocente, et que tout le monde le croit aussi. Si je la fais venir à la barre, je ne pourrai pas convaincre davantage le jury de son innocence. Si, par contre, je ne la fais pas témoigner, ils pourront penser qu'elle a un piètre avocat, mais ils l'acquitteront.

» Je vais maintenant vous dire quelque chose, jeune homme : il y a bien des manières de conduire la défense, dans un procès. Il y a la lente et fatigante manière qui plaît aux avocats qui n'ont aucun plan de campagne particulier, si ce n'est de venir au tribunal pour discuter des objections, marchander des points techniques de jurisprudence, et étirer les faits de façon telle que personne, en fin de compte, ne sait plus de quoi il s'agit. Il y a aussi la méthode dramatique. C'est celle que j'essaie d'appliquer. A un point quelconque du procès, le substitut va présenter ses arguments. J'essaierai alors de brouiller la situation de manière que toutes les sympathies du jury aillent à l'accusée. A ce moment précis, je jetterai, pour ainsi dire, l'affaire dans les bras du jury. Et, si tout va bien, il rendra son verdict sans même prendre le temps de réfléchir.

– Et si cela va mal ?

– Si cela va mal, je perdrai probablement ma réputation d'avocat de cour d'assises.

– Mais vous n'avez pas le droit de courir un tel risque !

– Je m'en fous, dit Perry Mason. Au contraire, je n'ai pas le droit de ne pas courir ce risque. (Il se leva et éteignit les lumières.) Allons, fils ! Venez, et rentrons chez nous !

20

En revenant à l'attaque le lendemain matin, Claude Drumm manifestait d'une façon trop évidente son ressentiment pour sa défaite spectaculaire de la veille. Son attitude était froide, formaliste, farouche. Il continua cyniquement d'exposer les sanglants détails de l'affaire, dans le but évident d'impressionner les jurés, arguant qu'un assassinat avait été commis – un assassinat où l'on avait fait irruption dans la maison du défunt pour le tuer de sang-froid à coups de revolver, alors qu'il était en train de se raser.

Les témoins se succédèrent à la barre pour répondre à des questions aussi brèves qu'incisives. Chacun ajouta un peu au sentiment d'horreur qui envahissait peu à peu la salle du tribunal. Ces témoins étaient les agents de police qui avaient fait le constat sur le lieu du crime. Ils décrivirent ce qu'ils avaient vu dans la bibliothèque : la position du cadavre, le chien fidèle tué sans pitié au moment où il essayait de défendre son maître.

Un photographe de la police produisit une collection complète de clichés qui montraient la maison, les pièces, le cadavre effrayant et grotesque, allongé sur le plancher de la somptueuse bibliothèque. Il y avait même une photo en gros plan du chien, où l'on voyait ses yeux vitreux, sa langue pendante et l'inévitable mare de sang qui avait coulé du cadavre.

Il y eut le témoignage du médecin légiste qui avait fait l'autopsie : il décrivit en détail la trajectoire des balles, la distance d'où elles avaient été tirées, prouvée par des traces de brûlure sur la peau du défunt et les poils roussis du chien.

De temps en temps, Perry Mason s'aventura à contre-interroger un témoin avec précaution, lui posant timidement des questions, dans le but de révéler quelque fait que le témoin avait négligé, ou pour obtenir qu'il développât une de ses déclarations. Le duel d'intelligence auquel les spectateurs s'attendaient n'eut lieu d'aucune manière, pas plus que les brillantes et fulgurantes reparties qui caractérisaient d'habitude Perry Mason, le théâtral avocat de cour d'assises.

Un grand nombre de personnes étaient venues pour voir un spectacle. Elles arrivaient avec des sourires d'anticipation et, se poussant du coude, se désignaient le grand avocat. Les sourires d'anticipation s'effacèrent lentement de leurs visages. Ils furent remplacés par des froncements de sourcils et des regards désapprobateurs dirigés contre le défenseur. Cette affaire était grave. Il s'agissait d'un meurtre et quelqu'un devait payer pour ça.

Les jurés avaient repris leurs places dans la matinée en faisant au passage des gestes cordiaux à Mason et en regardant l'accusée avec intérêt. Quand arriva midi, par contre, ils évitaient les yeux de Mason et se penchaient pour ne rien perdre des détails horribles qui tombaient des lèvres des témoins.

Frank Everly déjeuna avec Perry Mason et il était évident qu'une grande émotion l'étreignait. Il toucha à peine à sa soupe, avala quelques bouchées de viande et refusa le dessert.

– Puis-je vous dire quelque chose, monsieur ? demanda-t-il à Perry Mason quand celui-ci se carra confortablement sur sa chaise, une cigarette aux lèvres.

Perry Mason le regarda avec un air d'indulgence patiente.

– Mais certainement.

– Cette affaire est en train de vous glisser entre les doigts, dit-il sans ambages.

– Vraiment ?

– J'ai entendu des commentaires au tribunal. Ce matin, vous auriez pu faire relâcher la femme sans difficulté. Maintenant, elle ne s'en tirera plus, à moins qu'elle ne puisse produire un alibi. Le jury commence à se rendre compte de l'horreur de la situation et du fait qu'il s'agit d'un meurtre commis de sang-froid. Réfléchissez à l'argument que Drumm va tirer du chien fidèle qui a donné sa vie pour sauver son maître. Lorsque le médecin légiste a mentionné le fait que le revolver n'était qu'à quelques centimètres de sa poitrine quand on a tiré, et à moins de soixante centimètres de Clinton Forbes lorsque celui-ci a été tué, j'ai remarqué que les jurés échangeaient des regards significatifs.

Perry Mason demeurait calme.

– Oui, dit-il. Les constatations sont plutôt frappantes, mais le coup le plus dur viendra cet après-midi, sitôt après la reprise de l'audience.

– Que voulez-vous dire ?

– Si je ne me trompe fort, le premier témoin après déjeuner sera l'homme qu'on a fait venir de Santa Barbara et qui a le registre des armes à feu. Il y montrera l'enregistrement de l'arme du crime, la date de sa réception et de la vente, et il identifiera Mme Forbes comme étant la personne à qui le revolver a été vendu. Comme preuve, il produira la signature de Mme Forbes. Cela, venant après les témoignages de ce matin, finira d'aliéner toute sympathie envers l'accusée.

– Mais ne pouvez-vous pas l'empêcher d'une manière ou d'une autre ? demanda Everly. Vous pourriez faire des objections continuelles, vous mettre en vedette et empêcher que tout cela paraisse tellement horrible.

Perry Mason tirait sur sa cigarette avec placidité.

– Je ne veux pas l'empêcher.

– Mais vous pourriez faire une diversion – quelque chose qui mettrait obstacle à l'accumulation d'horreurs dans l'esprit des jurés.

– Ce n'est pas exactement ce que je désire.

– Pourquoi, pour l'amour du ciel ?

Perry Mason sourit.

– Vous êtes-vous jamais présenté comme candidat à un poste politique ?

– Non, bien entendu, dit le jeune homme.

– Si vous vous étiez présenté, vous connaîtriez l'extrême versatilité de l'esprit des masses.

– Qu'entendez-vous par là ?

– Qu'il n'y a aucune loyauté, aucune constance dans l'esprit des masses. Or, un jury est une manifestation de cet esprit des masses.

– Je ne vois pas où vous voulez en venir, dit le stagiaire.

– Par contre, vous avez sans doute vu, un jour ou l'autre, une bonne pièce de théâtre ?

– Oui, naturellement.

– Vous avez entendu des tragédies où il y a des scènes qui remuent puissamment les émotions ; où il y a eu quelque chose qui vous a fait venir les larmes aux yeux, vous a étreint la gorge ?

– Oui, en effet, dit Everly d'un air de doute, mais je ne vois pas ce que ça vient faire ici.

– Essayez de vous rappeler le dernier spectacle de ce genre auquel vous avez assisté, dit Perry Mason en contemplant la fumée qui s'élevait en spirales de sa cigarette.

– Oui, j'en ai vu un, il n'y a pas longtemps.

– Bien. Rappelez-vous maintenant la partie la plus dramatique de la pièce, le moment où votre gorge s'est le plus serrée, où vos yeux se sont mouillés.

– Certainement. Je crois que je ne l'oublierai jamais. C'était une scène où une femme...

– Bien, en voilà assez pour l'instant, mais permettez-moi de vous demander : que faisiez-vous, trois minutes après cette scène émouvante ?

Everly le regarda avec surprise.

– J'étais toujours assis à ma place au théâtre.

– Non, ce n'est pas cela que je veux dire. Quelle émotion ressentiez-vous ?

– Eh bien ! je regardais simplement le spectacle...

Brusquement, Everly sourit.

– Maintenant, je crois que vous commencez à comprendre où je veux en venir. Que faisiez-vous ?

– Je me tordais de rire.

– Tout juste, dit Perry Mason, comme si la question était ainsi réglée.

Everly le contempla un moment, désemparé, sans comprendre.

– Mais je ne vois pas le rapport entre ça et le jury dans cette affaire.

– Le rapport existe pourtant, dit Perry Mason. Un jury est un petit auditoire, mais un auditoire tout de même. Or, les auteurs dramatiques à succès doivent connaître la nature humaine. Ils savent que l'esprit des masses est versatile ; qu'il est infidèle et incapable de conserver bien longtemps une émotion. Si, après cette scène dramatique que vous avez vue, il n'y avait pas eu une occasion de rire, la pièce aurait été un four. L'auditoire dans ce théâtre était d'humeur changeante, comme tous les auditoires. Les spectateurs avaient traversé une période de tension émotive en sympathie avec l'héroïne. Ils partageaient ses sentiments et en cela étaient sincères. Ils auraient consenti à mourir pour la sauver et auraient tué le vilain, s'ils avaient pu mettre la main dessus. Leurs sentiments étaient honnêtes, sincères et leur gonflaient le cœur. Mais ils n'auraient pu retenir cette émotion plus de trois minutes, même si leur vie en avait dépendu. Après tout, les malheurs de l'héroïne n'étaient pas les leurs. Ayant sympathisé profondément et sincèrement avec elle, ils désiraient rire pour rétablir l'équilibre de leurs émotions. L'astucieux auteur dramatique le sait bien et leur donne un prétexte pour rire. Et, si vous aviez étudié la psychologie, vous auriez remarqué l'empressement de l'auditoire à se saisir de cette occasion de rire.

Les yeux d'Everly s'éclairèrent.

– Très bien, dit-il. Dites-moi maintenant comment ceci s'applique au jury. Je crois que je commence à comprendre.

– Cette affaire, dit Perry Mason, va être brève, nette, dramatique. La tactique du substitut est d'attirer l'attention sur l'horreur d'une affaire criminelle et sur le fait qu'il ne s'agit pas d'une joute intellectuelle entre avocats, mais d'une justice à rendre contre un monstre humain qui a tué. D'habitude, l'avocat de la défense essaie d'empêcher que cette impression d'horreur ne s'infiltre dans l'affaire. Il se lève pour protester contre les photographies. Il agite les bras et présente ses arguments en criant. Il se penche vers les témoins et les menace du doigt en les soumettant à un contre-interrogatoire dramatique. Cela tend à rompre la chaîne émotive, à effacer le tragique de la situation, à fixer les jurés sur le drame qui se joue devant eux, au lieu de laisser leur esprit s'imprégner de l'horreur du meurtre.

– Mais, dit Frank Everly, il me semble que c'est exactement ce que vous devriez faire dans ce cas.

– Non, dit Perry Mason lentement. On a toujours avantage à faire exactement le contraire de ce qui est sanctionné par l'habitude. Et c'est vrai, surtout lorsqu'il s'agit de Claude Drumm : il lutte avec logique ; c'est un adversaire dangereux et obstiné, mais il ne possède aucune subtilité. Il n'a aucune conception de la valeur relative des choses. Il n'est pas intuitif et ne peut pas « sentir » l'état mental d'un jury. Il a l'habitude de présenter tous les faits horribles, après une longue bataille, alors que le défenseur a fait tout ce qu'il était possible pour adoucir l'horreur de la situation.

» Avez-vous jamais vu deux hommes tirant en sens contraire sur une corde ? Si l'un d'eux lâche brusquement, cela fait chanceler et tomber son adversaire !

– Oui, naturellement.

– Dans ce cas, l'homme est tombé parce qu'il tirait trop fort. Il s'attendait à une opposition constante ; alors, quand cette opposition lui a fait défaut, il était en train de tirer si fort qu'il a été jeté à terre par l'impétuosité même de son propre effort.

– Je crois que je commence à comprendre, dit Everly pour la seconde fois.

– Exactement, lui dit Perry Mason. Les jurés sont arrivés au tribunal, ce matin, avec l'intérêt que suscite l'attente d'un spectacle. Drumm a commencé par leur montrer des horreurs. Je n'y ai pas mis d'opposition, aussi Drumm a-t-il perdu toute mesure et poussé à fond sa tactique. Il a inondé d'horreur les jurés et il continuera après déjeuner. Inconsciemment, l'esprit des jurés cherchera un dérivatif. Ils voudront avoir quelque chose qui les fera rire et, inconsciemment toujours, ils souhaiteront un épisode dramatique, comme celui d'hier, pour reposer leur esprit. C'est un effet subconscient de compensation. Ayant éprouvé trop d'horreurs, l'esprit désire un peu rire, à titre d'antidote. Cela fait partie de la versatilité de la nature humaine.

» Et rappelez-vous, Frank, quand vous plaiderez dans une affaire : n'essayez jamais de susciter une seule émotion dans l'esprit de votre jury en vous appesantissant sans relâche sur cette même émotion. Choisissez une émotion dominante, si vous voulez, mais n'y touchez que pendant un petit moment. Tournez alors vos arguments d'un autre côté. Puis, revenez-y. L'esprit humain est comme un pendule : vous pouvez commencer à le faire osciller légèrement et, peu à peu, revenir y appliquer davantage de force, pour finalement terminer dans une dramatique explosion oratoire qui laissera chez le jury une rage froide contre la partie adverse. Mais si vous essayez de parler au jury pendant seulement un quart d'heure en vous appesantissant continuellement sur le même sujet, vous verrez que le jury aura cessé de vous écouter avant la fin.

Une expression d'espoir naissant se peignit sur la figure du jeune homme.

– Alors, vous allez essayer d'emballer le jury par surprise, cet après-midi ? demanda-t-il.

– Oui, cet après-midi, je vais complètement retourner l'affaire. En n'élevant pas d'objections, en ne faisant pas de contre-interrogatoire, sauf sur des détails, je hâte la conclusion du procès. Malgré lui, Claude Drumm voit que son procès progresse si rapidement qu'il en a perdu le contrôle. La sensation d'horreur qu'il comptait distiller à intervalles variés pendant trois ou quatre jours a été jetée en vrac au jury en l'espace de deux heures. C'est plus d'horreur que le jury ne peut en supporter. Il est prêt à saisir n'importe quelle excuse qui fournisse un dérivatif à ses émotions.

» Claude Drumm avait l'intention de progresser en luttant obstinément vers un but. Au lieu de cela, il s'aperçoit qu'il n'y a aucune résistance. Il est en train de galoper vers son but à une telle vitesse qu'il n'aura bientôt plus rien à révéler sur l'affaire. Il est en train de démolir lui-même son procès.

– Et vous allez faire quelque chose cet après-midi ? demanda Everly.

Le visage de Perry Mason était figé dans une expression farouche et, les yeux fixés devant lui, il dit :

– Je vais essayer d'obtenir un verdict de non-culpabilité. (Il écrasa sa cigarette, repoussa sa chaise.) Allons, jeune homme, venez.

21

Comme Perry Mason l'avait prédit, Claude Drumm fit témoigner l'employé du magasin d'objets de sport qu'on avait fait venir de Santa Barbara. Celui-ci identifia l'arme de l'assassinat comme étant celle qui avait été vendue à l'accusée le 29 septembre de l'année précédente. Il montra la vente notée sur le registre des armes à feu et la signature de Bessie Forbes.

Claude Drumm fit un geste de triomphe en direction de Perry Mason et déclama :

– Vous pouvez procéder au contre-interrogatoire du témoin.

– Pas de questions, dit nonchalamment Perry Mason.

Claude Drumm prit un air mécontent, au moment

où le témoin quittait la barre, et dit d'un ton dramatique :

– Appelez Thelma Benton.

Thelma Benton témoigna d'une voix grave et vibrante. En réponse aux questions de Claude Drumm, elle esquissa rapidement le drame humain du défunt. Elle raconta sa vie à Santa Barbara, sa passion pour Paula Cartright, l'enlèvement, l'achat de la maison de l'avenue Milpas ; parla du bonheur romantique bien qu'illicite de Forbes et de sa compagne. Puis vint le mystérieux locataire de la maison voisine ; son espionnage continuel avec des jumelles ; la soudaine découverte que le voisin n'était autre que le mari outragé ; le départ subit de Paula Cartright et, enfin, le crime.

– A vous, l'examen contradictoire, déclama encore triomphalement Claude Drumm.

Perry Mason se leva lentement.

– Monsieur le juge, dit-il, il est évident que ce témoignage sera d'une importance capitale. Je crois savoir que l'habituelle suspension d'audience de cinq à dix minutes aura lieu aux environs de trois heures et demie. Il est maintenant trois heures dix et je suis tout à fait disposé à commencer mon interrogatoire contradictoire et à accepter qu'il soit interrompu par la suspension habituelle de séance. Mais cette interruption mise à part, je voudrais avoir la possibilité d'interroger le témoin sans discontinuer pendant le reste de l'après-midi.

Le juge Markham leva les sourcils et regarda Claude Drumm.

– Il n'y a pas d'objection à cela, n'est-ce pas, monsieur le substitut ?

– Aucune, dit Claude Drumm d'un ton moqueur. Interrogez aussi longtemps que vous voudrez.

– Je voudrais être bien compris, dit Perry Mason. Je désire vivement, ou remettre mon examen contradictoire à demain, ou qu'il soit entendu que je puisse le finir aujourd'hui.

– Commencez votre contre-interrogatoire, maître, dit le juge Markham en frappant un coup de son marteau. La cour n'a pas l'intention de l'interrompre par un ajournement, si c'est à cela que vous pensez.

Claude Drumm fit un geste exagéré de politesse.

– Vous pouvez interroger le témoin toute une année, si vous le désirez.

– En voilà assez, dit sévèrement le juge Markham. Commencez votre contre-interrogatoire, maître.

Perry Mason était de nouveau le centre de l'attention générale. Sa déclaration que l'examen contradictoire allait avoir une importance capitale en fit le point de mire de toute la salle. Le fait que ses précédents interrogatoires avaient été conduits avec une négligence apparente donnait un poids particulier à celui de ce témoin.

– Quand vous avez quitté Santa Barbara avec M. Forbes et Mme Cartright, dit-il, cette dernière savait-elle en quelle qualité vous aviez été employée par M. Forbes ?

– Je ne sais pas.

– Vous ne savez pas ce que M. Forbes lui avait dit ?

– Bien sûr que non.

– Vous avez été antérieurement la secrétaire de M. Forbes ?

– Oui.

– Et quelque chose de plus ?

Claude Drumm se leva pour protester vigoureusement, d'un ton véhément, et le juge Markham soutint promptement la protestation.

– Cela pourrait indiquer un motif, Votre Honneur, déclara Mason.

– Jusqu'à présent, le témoin n'a rien dit qui puisse donner la plus légère importance à un motif de cette nature, dit le juge sévèrement. La décision de la cour est prise sur ce point, maître. Continuez votre interrogatoire et évitez à l'avenir les questions de ce genre.

– Très bien, dit Perry Mason. En partant de Santa Barbara, avec Clinton Forbes et Paula Cartright, vous avez voyagé en voiture ?
– Oui.
– Et dans cette voiture, il y avait un chien policier ?
– Oui.
– Le chien qui a été tué lors de l'assassinat ?
– Oui, dit Thelma Benton avec une véhémence soudaine. Il a donné sa vie en essayant de défendre son maître contre l'attaque d'un lâche assassin.
Perry Mason approuva de la tête et demanda :
– Et c'est le chien qui est venu avec vous dans l'auto ?
– Oui.
– Le chien qui aimait bien Mme Paula Cartright ?
– Oui, il lui témoignait beaucoup d'amitié quand nous sommes partis de Santa Barbara, et s'était beaucoup attaché à elle par la suite.
– Et cet animal avait été auparavant le chien que M. et Mme Forbes avaient chez eux ?
– C'est exact.
– Vous l'avez vu à Santa Barbara ?
– Oui.
– Et le chien était attaché aussi à M. Forbes ?
– Naturellement.
– Et il s'est attaché aussi à vous ?
– Oui, c'était une bête d'un caractère affectueux.
– Oui, dit Perry Mason. Je peux le comprendre. Et ce chien a hurlé presque sans discontinuer dans la nuit du 15 octobre de cette année ?
– Non, il n'a pas hurlé.
– L'avez-vous entendu hurler ?
– Non.
– N'est-il pas vrai, madame Benton, que le chien est sorti de la maison pour aller auprès de l'agrandissement du garage en voie de construction et qu'il a hurlé à la mort ?
– Non.

Perry Mason, changeant brusquement de sujet, continua :

– Vous avez identifié la lettre que Mme Cartright a laissée pour M. Forbes, quand elle a décidé de rejoindre son mari ?

– Oui.

– Mme Cartright était restée dans sa chambre, à la suite d'une grippe ?

– Oui.

– Elle était en convalescence ?

– Oui.

– Et, tout à coup, elle a appelé un taxi, en l'absence de M. Forbes ?

– Quand M. Forbes, dit le témoin d'une voix froidement acrimonieuse, a été attiré hors de chez lui par le piège d'une fausse plainte, déposée contre lui par vous-même et Arthur Cartright, la femme a rejoint subrepticement M. Cartright.

– Vous voulez dire qu'elle s'est enfuie avec son propre mari !

– Elle a quitté M. Forbes avec qui elle vivait depuis plus d'un an.

– Et elle a laissé cette lettre en partant ?

– Oui.

– Vous reconnaissez l'écriture de cette lettre comme étant celle de Mme Cartright ?

– Oui, je la reconnais.

– Vous connaissiez bien l'écriture de Mme Cartright avant son départ de Santa Barbara ?

– Oui.

– Je vais vous montrer maintenant une note, qui est censée avoir été écrite par Mme Cartright, et vous demanderai si cette écriture est la même que celle de la lettre, dit Perry Mason en présentant un papier.

– Non, dit le témoin lentement. Ce n'est pas la même écriture.

Puis, se mordant les lèvres pendant un instant, elle ajouta :

– Je crois que Mme Cartright a essayé de changer

son écriture après être partie de Santa Barbara. Elle s'efforçait de cacher son identité aux personnes avec qui elle aurait pu avoir des contacts.

– Bien, dit Perry Mason. Maintenant, je vous montre une écriture qui est censée être celle de Mme Bessie Forbes, l'accusée. Ce n'est pas la même que l'écriture de la note que Mme Cartright a laissée, n'est-ce pas ?

– Certainement pas.

– Puis-je vous demander d'écrire quelque chose sur une feuille de papier, de manière qu'on puisse comparer aussi votre écriture ?

– Ceci est très irrégulier, Votre Honneur, dit Claude Drumm en se levant.

Perry Mason secoua la tête.

– Cette personne a témoigné au sujet de l'écriture de Mme Cartright. J'ai le droit de l'interroger contradictoirement en lui montrant d'autres écritures et en lui demandant son opinion au sujet de leur provenance, comparée à celle de la lettre d'adieux.

– J'estime que vous avez raison, dit le juge Markham. L'objection ne sera pas retenue.

Thelma Benton prit une feuille de papier et écrivit rapidement quelques lignes.

Perry Mason examina l'écriture et fit un signe de tête.

– Je crois que nous sommes tout à fait d'accord, tous les deux, pour admettre que cette écriture est complètement différente de celle de la note laissée par Mme Cartright.

– Naturellement, dit le témoin d'un ton froidement sarcastique.

Le juge Markham s'agitait un peu sur son siège et paraissait mal à l'aise.

– L'heure habituelle de la suspension de l'après-midi approche, dit-il. Je crois vous avoir entendu dire, maître, que vous n'aviez pas d'objection à ce que votre interrogatoire soit interrompu pour cela ?

– Aucune, Votre Honneur.

– Très bien ; la cour va se retirer pendant dix minutes. Les jurés se souviendront de notre avertissement leur enjoignant de ne pas parler entre eux de l'affaire, ni de permettre qu'on en discute en leur présence.

Le juge se leva, jeta sur Perry Mason un coup d'œil curieux et spéculatif et se dirigea vers son cabinet.

Perry Mason regarda sa montre et fronça les sourcils.

– Allez à la fenêtre, Frank, dit-il à Everly, et voyez du côté des vendeurs de journaux, au coin de la rue, s'il n'y a rien d'anormal.

Le stagiaire s'approcha de la fenêtre et regarda dans la rue.

Perry Mason, indifférent aux regards concentrés des curieux qui se tenaient dans la salle, se rassit, baissa la tête et se plongea dans ses pensées. Ses doigts vigoureux tambourinaient légèrement sur le bras du fauteuil.

Frank Everly se détourna alors de la fenêtre et revint en courant vers la table des avocats.

– Il y a beaucoup d'agitation, dit-il. J'ai vu un camion qui apporte des journaux. On dirait une édition spéciale. Les vendeurs commencent à la crier.

Perry Mason regarda la pendule et sourit.

– Allez donc acheter deux exemplaires de ce journal, dit-il.

Puis, se tournant vers Mme Forbes à qui il fit un signe :

– Je regrette, madame Forbes, que vous ayez été soumise à si rude épreuve, mais je crois que maintenant il n'y en a plus pour longtemps.

Elle le regarda, intriguée, sans comprendre.

– Franchement, dit-elle, d'après les conversations que j'ai surprises autour de moi, à midi, l'affaire prend très mauvaise tournure en ce qui me concerne.

L'agent qui la gardait s'approcha pour être à son côté. Claude Drumm, qui venait de fumer une cigarette dans le corridor, revint dans la salle d'un pas dominateur, s'étant entre-temps convaincu de sa propre importance. Il s'avançait, dans son complet bien coupé, évidemment conscient de sa supériorité sur l'avocat. Ce dernier, en effet, était obligé de gagner sa vie en plaidant dans des affaires criminelles, alors que lui jouissait de la sécurité d'appointements mensuels toujours payés avec cette même immuable régularité dont les fonctionnaires du gouvernement font preuve quand ils dépensent l'argent des contribuables.

Frank Everly revint dans la salle en courant, apportant deux journaux, les yeux agrandis et la bouche ouverte par l'émotion qui l'étreignait.

– On a trouvé les corps, cria-t-il, et il se précipita vers Mason.

Perry Mason prit l'un des journaux et le tint de façon que les yeux étonnés de Claude Drumm pussent lire les titres.

Une ligne en très gros caractères occupait toute la largeur de la première page :

SOMPTUEUSE DEMEURE
D'UN MILLIONNAIRE
OÙ SE TRAMENT DES ASSASSINATS

Plus bas, et en caractères moins grands, il était écrit :

Les cadavres de Cartright et de sa femme
découverts sous le sol cimenté
du garage de Forbes.

Claude Drumm se redressa dans son fauteuil, ses yeux exorbités fixés sur le journal. Un huissier se précipita dans la salle, un journal à la main, et se dirigea, en courant presque, vers le cabinet du juge. Un spectateur entra avec un journal déplié, parlant d'un ton excité. En quelques secondes, il fut le centre d'un cercle de badauds qui l'écoutaient en retenant leur souffle.

Claude Drumm tendit la main vers Mason et lui demanda brusquement :

– Puis-je voir ce journal ?

– Avec plaisir, répondit Mason qui lui tendit l'autre exemplaire.

Thelma Benton s'avança rapidement vers Claude Drumm.

– Il faut que je vous voie un instant, dit-elle.

Perry Mason, après avoir jeté un coup d'œil sur le compte rendu, le passa à Frank Everly :

– Lisez ça, Frank : on dirait que *la Chronique* a fait un reportage sensationnel et exclusif.

– Mais pourquoi la police n'a-t-elle pas été avisée ? demanda Everly.

– Le journal s'est probablement servi de subalternes avec qui les reporters sont en bons termes et ils ont bouclé leur information jusqu'à ce qu'ils aient pu sortir leur édition spéciale. Si la nouvelle était parvenue au commissariat central de police, tous les journaux auraient été mis au courant de la découverte.

Perry Mason regarda la pendule, s'étira, bâilla et, d'un pas nonchalant, pénétra dans le cabinet du juge. Celui-ci était assis à sa table et lisait le compte rendu du journal, l'air profondément intrigué.

– Excusez-moi de vous déranger, monsieur le juge, dit-il, mais le temps fixé pour la suspension de séance est passé. Je tiens beaucoup à terminer mon interrogatoire du témoin avant la suspension du soir. Je crois, en fait, qu'il sera possible de terminer l'affaire aujourd'hui.

Dans les yeux du juge Markham, il y avait une expression de fine sagacité :

– Je me demande, dit-il, quel but...

Puis sa voix s'éteignit progressivement.

– Comment ? dit Perry Mason.

– Oui, répondit simplement le juge.

– Qu'est-ce que vous vous demandez exactement, monsieur le juge ?

La figure de Markham se rembrunit.

– Je ne sais pas si je devrais discuter cela, mais je suis surpris par votre demande de finir l'interrogatoire contradictoire du témoin aujourd'hui.

Perry Mason haussa les épaules en silence.

– Ou bien, continua le juge, de tous les avocats inscrits au barreau vous êtes celui qui est le plus remarquablement servi par la chance, ou bien vous êtes le plus sagace et le plus habile. Je ne sais pas lequel des deux.

Perry Mason ne répondit pas directement, mais remarqua :

– Je me suis toujours imaginé qu'un procès est comme un iceberg : il n'y en a qu'une fraction visible à l'œil nu ; le reste est caché sous la surface de l'eau.

Le juge Markham se leva.

– Eh bien ! maître, que cela soit ainsi ou non, vous avez le droit de continuer votre interrogatoire.

Perry Mason s'en retourna dans la salle, suivi de près par le juge Markham. L'huissier frappa des coups frénétiques pour rétablir le calme et fut obligé de continuer à crier pendant plusieurs secondes, avant d'être obéi. La salle retentissait d'un vacarme où se mêlaient les commentaires passionnés et le brouhaha des conversations.

L'ordre fut enfin rétabli. Les jurés prirent place. Perry Mason s'affaissa dans son fauteuil sans que les événements surprenants des dernières minutes aient paru l'émouvoir.

– Que Thelma Benton vienne à la barre pour y être interrogée de nouveau, dit le juge Markham.

Claude Drumm se leva.

– Votre Honneur, un événement au plus haut degré surprenant et inattendu vient de se produire. Etant donné les circonstances, je sais que vous ne m'obligerez pas à mentionner la nature de cet événement, tout au moins en présence du jury. Mais, en ma qualité de fonctionnaire de cet Etat et de substitut du procureur, et ayant une connaissance approfondie des faits de cette affaire, ma présence est exigée d'une façon urgente ailleurs. En conséquence, je demande une suspension du procès jusqu'à demain matin.

Le juge Markham regarda Perry Mason par-dessus ses lunettes.

– Avez-vous des objections, maître ? demanda-t-il.

– Oui, dit Perry Mason en se levant. Les droits de l'accusée demandent que le contre-interrogatoire de ce témoin soit terminé au cours de la présente audience. J'ai mentionné cela, avant de commencer mon interrogatoire, et c'est ce qui avait été entendu avec le substitut.

– C'est juste, dit le juge Markham. La demande de suspension est rejetée.

– Mais, cria Drumm, vous devez admettre...

– Cela suffit, maître, répliqua le juge Markham. Votre proposition a été rejetée. Continuez, maître Mason.

Perry Mason dévisagea longuement Thelma Benton d'un air accusateur. Elle baissa les yeux et montra des signes de nervosité. Sa figure était aussi blanche que le mur derrière elle.

– Alors, reprit Perry Mason lentement, je crois comprendre que, d'après votre témoignage, Paula Cartright a quitté la maison de l'avenue Milpas en taxi, au cours de la matinée du 17 octobre ?

– C'est exact, dit-elle.

– Vous l'avez vue partir ?

– Oui, dit-elle tout bas.

– Dois-je comprendre que vous avez vu Paula Cartright en vie, le matin du 17 octobre de cette année ?

Le témoin se mordit les lèvres, hésita.

– Que le greffier note, dit Perry Mason d'un ton courtois, que le témoin hésite à répondre.

Claude Drumm se leva :

– Ceci est manifestement injuste, et je proteste contre la question, étant donné qu'elle est de la nature d'un argument, qu'elle a déjà été posée et que le témoin y a déjà répondu.

– Votre objection est rejetée, dit le juge. Le compte rendu indiquera que le témoin hésite, d'une façon appréciable, en répondant.

Les yeux de Thelma Benton, assombris par la panique, se relevèrent.

– Je ne peux pas dire que je l'ai vue personnellement, dit-elle. J'ai entendu, provenant de sa chambre, les pas d'une personne descendant l'escalier. J'ai vu un taxi arrêté en face de la maison, et une femme qui y montait, puis le taxi est parti. J'en ai naturellement conclu que cette femme était Mme Cartright.

– Vous ne l'avez pas vue ? demanda Perry Mason.

– Non, dit-elle, à voix basse, je ne l'ai pas vue.

– D'autre part, vous avez identifié cette lettre comme étant de l'écriture de Paula Cartright.

– Oui, monsieur.

Perry Mason lui montra alors la photocopie du télégramme qui avait été envoyé de Midwick.

– Est-ce que vous déclarez que ce télégramme est écrit de la main de Paula Cartright ?

Le témoin regarda le télégramme, hésita, se mordit la lèvre.

– L'écriture est bien la même sur ces deux documents, n'est-ce pas ? répéta Perry Mason.

La réponse fut si basse qu'elle était à peine perceptible.

– Oui, je suppose que c'est la même.

– Ne savez-vous pas que vous avez reconnu sans hésitation la lettre comme étant de l'écriture de Paula Cartright ? Et sur ce télégramme, l'écriture est-elle oui ou non celle de Paula Cartright ?

– Oui, dit le témoin très bas, c'est l'écriture de Mme Cartright.

– Alors, Mme Cartright a envoyé ce télégramme de Midwick dans la matinée du 17 octobre ?

– Je le suppose, murmura le témoin.

Le juge donna un coup de marteau.

– Madame Benton, vous devez parler de manière que le jury puisse vous entendre. Parlez plus fort, s'il vous plaît.

Elle leva la tête, regarda fixement le juge et chancela légèrement.

Claude Drumm se leva.

– Votre Honneur, dit-il, le témoin semble malade. Je demande de nouveau, en toute justice pour Mme Benton, qui a évidemment souffert d'un grand choc moral, que le procès soit ajourné.

Le juge Markham secoua lentement la tête.

– Mon opinion est que le contre-interrogatoire doit continuer.

– Si, dit Claude Drumm, plaidant sa cause désespérément, cette affaire peut être renvoyée à demain, il est possible qu'il y ait un non-lieu.

Perry Mason se retourna brusquement, debout, les pieds légèrement écartés, la tête penchée en avant, dans une attitude ferme et combative. Sa voix s'éleva et le son se doubla d'un écho répercuté par les poutres du plafond :

– Si la cour le veut bien, tonna-t-il, c'est exactement la situation que je désire éviter. Une accusation publique a été formulée contre la personne que je défends. Elle a droit à être acquittée par le jury, mais si le ministère public déclare qu'il y a non-lieu, cela laissera toujours son nom entaché.

Comparée à l'éloquence véhémente de Perry Mason, la voix du juge parut basse et monotone.

– L'objection est de nouveau rejetée. Le procès continue.

Perry Mason reprit la parole :

– Voulez-vous maintenant avoir l'amabilité d'expliquer comment Paula Cartright a pu écrire une lettre et un télégramme dans la matinée du 17 octobre, alors que vous savez vous-même qu'elle a été assassinée dans la soirée du 16 ?

Claude Drumm se leva.

– Je proteste contre cette question qui est de la

nature d'un argument, demande une conclusion au témoin, enfreint les règles des examens contradictoires et prend pour acquis un fait non prouvé.

Le juge dévisagea un instant, sans rien dire, la figure pâle et tirée du témoin.

– Objection retenue, dit-il.

Perry Mason prit la lettre dont l'écriture avait été reconnue comme étant celle de Mme Cartright et la plaça en face du témoin sur la table où il assena un coup de poing.

– Vous n'avez pas écrit cette lettre ?

– Non, dit-elle violemment.

– Ce n'est pas votre écriture ?

– Vous savez bien que non. Cette écriture ne ressemble pas à la mienne.

– Le 17 octobre, votre main était bandée, n'est-ce pas ?

– Oui.

– Vous aviez été mordue par un chien ?

– Oui, Prince avait été empoisonné, et il m'avait mordue à la main au moment où j'essayais de lui administrer un vomitif.

– Oui, dit Perry Mason, mais le fait demeure que votre main était bandée le 17 octobre et qu'elle est restée bandée plusieurs jours après, n'est-il pas vrai ?

– Oui.

– Et vous ne pouviez pas tenir une plume de cette main ?

Il y eut un moment de silence, puis le témoin dit brusquement :

– Non, et ceci montre la fausseté de votre accusation prétendant que j'aurais écrit la lettre et le télégramme. Ma main était si blessée que je n'aurais jamais pu tenir une plume.

– Etiez-vous à Midwick, demanda sévèrement Perry Mason, le 17 octobre de cette année ?

Le témoin hésita.

Sans attendre la réponse, Perry Mason continua :

– N'avez-vous pas loué spécialement un avion

et n'êtes-vous pas allée avec à Midwick, le 17 octobre ?

– Oui, dit-elle. J'ai cru pouvoir y trouver Mme Cartright, et j'y ai été en avion.

– Et n'avez-vous pas expédié ce télégramme du bureau de Midwick, pendant que vous y étiez ?

– Non, dit-elle. Je vous ai déjà dit que je ne pouvais pas l'avoir écrit.

– Très bien. Revenons un moment à votre main blessée. Elle était dans un tel état que vous n'auriez jamais pu tenir une plume avec votre main droite ?

– Oui.

– Et il en était ainsi, le 17 octobre ?

– Oui.

– Et aussi le 18 octobre ?

– Oui.

– Et aussi le 19 ?

– Oui.

– Bien ; n'est-ce pas un fait que, pendant la période que je viens de mentionner, vous avez écrit vos Mémoires ?

– Oui, dit-elle rapidement avant d'avoir réfléchi.

Puis, ayant repris son souffle, elle se mordit la lèvre.

– Non.

– Que dites-vous ? Oui ou non ?

– Non.

Perry Mason sortit prestement de sa poche une feuille de papier déchirée.

– N'est-il pas exact, dit-il, que ceci est une feuille de papier provenant d'un journal intime que vous avez écrit à peu près à cette date du 18 octobre ?

Le témoin fixa des yeux la feuille de papier sans rien dire.

– Et n'est-il pas exact que vous êtes ambidextre, que pendant cette période vous écriviez vos Mémoires, y ajoutant des notes en tenant la plume de la main gauche, ce que vous faites chaque fois que vous voulez déguiser votre écriture ?

» N'est-il pas exact que vous possédez un journal

intime, dont ceci n'est qu'une page arrachée, et que l'écriture qu'on y voit est identique à celle de la lettre qui est censée avoir été écrite par Paula Cartright, et du télégramme soi-disant expédié par elle ?

La femme se leva, regarda le juge d'un œil vitreux, puis le jury, et ses lèvres s'entrouvrirent pour émettre un grand cri.

Un énorme tumulte se déchaîna dans la salle. Les huissiers frappaient de leur marteau pour rétablir l'ordre. Des agents se précipitèrent vers le témoin.

Claude Drumm se leva pour demander frénétiquement un ajournement, sans pour autant se faire entendre dans le bruit et la confusion.

Perry Mason revint à la table des avocats et se rassit.

Les agents commencèrent à emmener Thelma Benton en la tenant par les coudes, mais elle tomba brusquement en avant, dans un profond évanouissement.

La voix de Claude Drumm se fit alors entendre par-dessus le brouhaha.

– Monsieur le juge, dit-il, au nom de la simple décence et des sentiments humains, je demande l'ajournement de cette affaire, pour permettre au témoin de reprendre dans une certaine mesure ses esprits et de rétablir sa santé avant de poursuivre le contre-interrogatoire. Il est visible que c'est une femme très malade, quelle qu'en soit la cause. Continuer un examen contradictoire, en ce moment, serait manquer aux sentiments de décence et d'humanité.

Le juge Markham, les yeux plissés, réfléchit puis regarda Mason.

La voix de ce dernier était basse et calme et le tumulte dans la salle s'apaisa pour permettre aux spectateurs de l'entendre.

– Puis-je demander au substitut si c'est là l'unique raison pour laquelle il demande un ajournement ?

– Certainement, dit Claude Drumm.

– Puis-je lui demander aussi, puisqu'il sollicite un ajournement, s'il a d'autres témoins, ou bien si celui-ci est le dernier ?

– Cette femme est mon dernier témoin. Je reconnais à la défense le droit de l'interroger contradictoirement. Le ministère public est d'accord avec la défense pour découvrir la vérité dans cette affaire. Mais je ne peux pas consentir à ce qu'on poursuive l'interrogatoire d'une femme qui souffre manifestement d'une si forte tension nerveuse.

– Je crois, maître, dit le juge Markham, que votre proposition est maintenant justifiée, au moins pour un ajournement de courte durée.

Perry Mason sourit courtoisement.

– Monsieur le juge, dit-il, la proposition d'ajournement n'est plus nécessaire. J'ai le plaisir de déclarer que, vu l'état mental du témoin, et ayant d'autre part le désir de terminer l'affaire, mon contre-interrogatoire est fini.

Et il s'assit.

Claude Drumm, debout près de la table des avocats, dévisageait, incrédule, Perry Mason.

– Vous avez fini ? demanda-t-il.

– Oui.

– Puisqu'il en est ainsi, Votre Honneur, dit Claude Drumm, comme je ne m'attendais pas à cela, je désire que l'audience soit remise à demain matin.

– Pour quelle raison ? demanda le juge.

– Simplement pour réfléchir à certains faits et à la ligne de conduite que je désirerais suivre.

– Mais, lui fit remarquer le juge, en réponse à une question de Me Mason, vous avez déclaré que cette femme était votre dernier témoin.

– Très bien, dit Claude Drumm soudainement. J'ai terminé. Que Me Mason continue.

Perry Mason s'inclina devant la cour et le jury.

– La défense aussi a terminé.

– Comment, cria Claude Drumm, vous n'allez apporter aucune preuve ?

– La défense, répéta Perry Mason avec dignité, a terminé.

La voix du juge s'éleva calmement :

– Désirez-vous plaider, maître ?

– Oui, dit Perry Mason, c'est ce que je désire.

– Et vous, maître ? demanda le juge à Claude Drumm.

– Je ne peux pas plaider à présent. Cela demanderait une certaine préparation. Une fois de plus, je demande un ajournement.

– Une fois de plus, dit le juge d'un ton définitif, votre demande est rejetée. Je suis d'avis que les droits de l'accusée dans cette affaire doivent être pris en considération par la cour. Commencez votre plaidoirie, maître Drumm.

Ce dernier se leva.

– Votre Honneur, je crois que je demanderai à la cour de prononcer un non-lieu.

Le juge approuva de la tête.

– Très bien, si...

Perry Mason se leva aussitôt.

– Votre Honneur, je proteste contre cette proposition. Je crois avoir déjà expliqué mon attitude à cet égard. La défendante ici présente a le droit d'être lavée de toute accusation. Un non-lieu n'aurait pas ce résultat.

Les yeux du juge Markham semblèrent se rétrécir soudainement. Il surveillait Perry Mason avec l'attention d'un chat devant un trou de souris.

– Dois-je comprendre, maître, que vous protestez contre la demande de non-lieu de l'accusation ?

– Oui, je proteste.

– Très bien, dit le juge. Nous allons laisser le jury entendre la discussion de l'affaire. Que le substitut présente ses arguments.

Claude Drumm se leva et s'approcha du banc des jurés.

– Messieurs les jurés, dit-il, un événement tout à fait inattendu est survenu dans cette affaire. Je ne sais pas quelle décision j'aurais prise si elle avait été ajournée pour me permettre d'étudier complètement les faits. Cependant, suivant les faits tels que nous les connaissons à l'heure actuelle, il a été prouvé que la défendante dans cette affaire était présente dans la maison au moment où le meurtre a été commis. Il a été démontré qu'elle avait un motif suffisamment fort pour l'inciter à assassiner le défunt. Le revolver qui l'a tué est celui que la défendante avait acheté. Dans ces circonstances, j'estime qu'elle ne devrait pas être acquittée. Je déclare franchement que je ne crois pas non plus que le ministère public doive demander la peine de mort, et je ne cache pas que je suis un peu désemparé par la tournure que les événements ont prise tout d'un coup, mais je pense que vous devez considérer les faits que je viens de rappeler. Messieurs, je n'ai plus rien à vous dire.

Et, marchant avec une dignité farouche, Claude Drumm reprit sa place à la table des avocats.

Perry Mason s'approcha des jurés et les interrogea du regard pendant un instant.

– Messieurs, dit-il, l'heureux effondrement du principal témoin de l'accusation vous a épargné la possibilité d'infliger une irréparable injustice à une femme innocente.

» Les preuves, dans cette affaire, ne sont que des indices. L'accusation a le droit de faire toutes les déductions qu'elle veut d'après les circonstances de cette affaire. La défense a le même droit. Permettez-moi donc de considérer ces circonstances et d'esquisser, d'abord, pourquoi il est impossible que l'accusée ait commis le crime et, ensuite, pourquoi il est possible qu'il ait été perpétré par quelqu'un d'autre.

» En premier lieu, les faits constatés montrent que l'assassin de Clinton Forbes a pénétré dans la maison avec un passe ou avec une clef normalement en sa possession. Il est prouvé que cette personne s'est dirigée vers la pièce où Forbes était en train de se raser. Forbes est allé de sa chambre à coucher dans sa bibliothèque pour voir qui était l'intrus ; alarmé, il est retourné précipitamment dans la salle de bains et a libéré le chien policier qui y était attaché. Il apparaît que, lorsqu'il a entendu du bruit dans la bibliothèque, Forbes a essuyé la mousse de savon à barbe sur sa figure avec une serviette-éponge, tout en marchant vers la bibliothèque. Après avoir vu l'intrus, il est reparti en courant dans la salle de bains pour détacher la chaîne du chien. Pour cela, il a fait usage de ses deux mains et a laissé tomber la serviette sur laquelle se trouvait la mousse. Cette serviette est tombée près du bord de la baignoire dans la position exacte dictée logiquement et naturellement par les circonstances. Le chien s'est élancé sur l'intrus, prêt à le mordre et, comme le substitut l'a si bien remarqué et les témoins de l'accusation en ont témoigné si exactement, il a essayé de sauver la vie de son maître. L'assassin a tiré de tout près sur le chien : des traces de brûlure ont été trouvées sur ses poils, ce qui montre que le chien attaquait effectivement l'assassin quand les coups ont été tirés.

» Après cela, l'assassin s'en est pris à Forbes. On ne saura jamais s'il s'est avancé sur Forbes ou si ce dernier s'est précipité sur lui, mais les coups de revolver qui ont tué Forbes ont eux aussi été tirés à bout portant.

» L'accusation, messieurs, prétend que ces coups ont été tirés par la défendante ; il y a une objection irrécusable à cette théorie : c'est que si c'était l'accusée, le chien policier ne se serait pas jeté sur elle et elle n'aurait pas eu besoin de le tuer. Le chien la connaissait et l'aimait ; dans ces circonstances, il ne l'aurait jamais attaquée, mais aurait aboyé joyeusement, pour exprimer sa satisfaction quant à la réunion des deux personnes qu'il aimait.

» Ceci, messieurs, fait justice des arguments de l'accusation.

» Selon la loi, en matière de preuves reposant sur

des indices, il faut, pour qu'une condamnation puisse être prononcée par un jury, que les jurés soient convaincus que les indices ou preuves recueillis ne peuvent être expliqués par aucune hypothèse raisonnable autre que la culpabilité de l'accusé.

» Laissez-moi, maintenant, vous fournir les indices significatifs démontrant que le meurtre a été perpétré par une autre personne.

» Il existe des preuves, dans cette affaire, qu'Arthur Cartright s'est plaint qu'un chien se trouvant dans la propriété de Clinton Forbes a hurlé dans la nuit du 15 octobre. Le chien a hurlé sans discontinuer pendant toute la nuit, et ses hurlements venaient de derrière la maison et du voisinage de l'agrandissement du garage qui était en voie de construction.

» Supposez, messieurs, qu'il y ait eu une altercation entre Paula Cartright et Clinton Forbes ; qu'au cours de cette altercation Forbes ait assassiné Paula Cartright, que lui et Thelma Benton aient creusé une fosse peu profonde à l'endroit où le plancher en ciment du nouveau garage devait être coulé ; et nous pourrions même supposer, d'après les termes de la lettre que Thelma Benton écrivit ultérieurement pour faire croire qu'elle venait de Paula Cartright, que la querelle provenait de la découverte, par cette dernière, des relations intimes qui unissaient Forbes et Thelma Benton.

» Mme Cartright avait tout abandonné : sa situation sociale, son droit à être considérée comme un membre respectable de la société, pour s'enfuir avec Clinton Forbes et vivre avec lui dans des conditions qui lui interdisaient toutes les amitiés passées ou futures, cependant qu'elle était toujours hantée par la peur d'être découverte.

» Elle s'est rendu compte que son sacrifice avait été vain ; l'amour qu'elle avait cru gagner par son sacrifice était une duperie, et Clinton Forbes ne lui était pas plus fidèle qu'il ne l'avait été à son épouse, abandonnée à Santa Barbara.

» Paula Cartright se disputa amèrement avec Forbes, mais ses lèvres furent scellées à jamais par les deux assassins qui enterrèrent son corps secrètement. Le cuisinier dormait. Seules les étoiles dans la nuit et la conscience du couple assassin qui creusait la tombe savaient ce qui se passait.

» Mais ils n'étaient pas seuls à savoir : le chien fidèle ne l'ignorait pas, car il pouvait sentir le cadavre froid enterré sous une mince couche de terre. Auprès de cette tombe, il se mit à veiller, à hurler.

» Arthur Cartright surveillait la maison. Il ne comprit pas ce que signifiaient les hurlements continuels du chien, mais cela éprouva ses nerfs malades. Il entreprit des démarches pour empêcher le chien de hurler, pensant que ces hurlements n'étaient dus qu'à un caprice de l'animal. Mais, à un certain moment, au cours de la nuit suivante, l'horrible signification de ces hurlements pénétra dans son esprit. La possibilité que le chien manifestât ainsi le chagrin que lui causait la perte d'une personne à qui il était attaché fit brusquement irruption dans l'esprit de Cartright qui, alors, rempli de soupçons, se mit à faire des recherches.

» Clinton Forbes et sa pseudo-femme de charge étaient entrés dans une carrière d'assassins. Ils se trouvèrent menacés d'une accusation de crime. Un homme dont la raison chancelait exigeait d'être confronté avec Paula Cartright, pour pouvoir se convaincre lui-même qu'elle était vivante et en bonne santé.

» Il n'y avait, messieurs, dit Perry Mason en baissant la voix solennellement, qu'une seule chose que les conspirateurs pouvaient faire pour préserver leur secret ; une autre horrible décision à prendre, afin de mettre le sceau du silence sur les lèvres de l'homme qui les accusait. Ils savaient que les autorités recevraient bientôt les accusations de Cartright et qu'il en résulterait une enquête. Ils se jetèrent donc sur lui et l'assassinèrent comme ils avaient assassiné sa femme, et l'enterrèrent près du premier cadavre, sachant que le lendemain les ouvriers couleraient le ciment par-dessus l'endroit où, sous une mince couche de terre, reposaient les cadavres, ce qui dissimulerait pour toujours leur abominable crime.

» Le couple coupable se trouvait alors devant la nécessité d'expliquer l'absence simultanée d'Arthur Cartright et de sa femme. Il n'y avait qu'une solution, et c'était de faire croire que le mari et la femme, après s'être réconciliés, s'étaient enfuis ensemble.

» Thelma Benton était ambidextre, ce que Clinton Forbes n'ignorait pas. Il savait, d'autre part, qu'il était extrêmement improbable qu'on parvienne à se procurer un spécimen de l'écriture authentique de Paula Cartright. C'était une femme vivant en dehors du monde, qui avait brûlé ses vaisseaux et n'avait aucun ami avec qui elle aurait pu désirer correspondre. Il n'y avait personne qui pût se présenter avec un spécimen de son écriture. La lettre fut donc forgée et signée de son nom. Là aussi, le couple coupable brûlait ses vaisseaux et pouvait continuer sa carrière de mensonges.

» Je n'ai pas besoin, messieurs, de vous dire quel fut le résultat d'une telle combinaison de vilenies fondée sur le crime.

» Il y avait deux conspirateurs ; chacun savait que l'autre avait le pouvoir de mettre en mouvement le bras puissant de la justice, qui s'abaisserait sur lui pour lui infliger un juste châtiment.

» Thelma Benton fut la première à agir. Elle sortit à six heures et alla à un rendez-vous pour rejoindre un de ses amis. Nous n'avons pas besoin de nous demander ce qu'elle lui dit. Ce qui nous intéresse, c'est la suite des événements. Rappelez-vous que je n'accuse pas Thelma Benton ni son complice, mais que je vous indique seulement ce qui a pu avoir lieu à titre d'« hypothèse » raisonnable pouvant expliquer les faits. Thelma Benton et son complice revinrent à la maison. Ils entrèrent en se servant de la clef de la pseudo-femme de charge. Le couple criminel se mit à l'affût de sa proie, comme si elle avait été une bête de la jungle. Mais les oreilles sensibles du chien avaient entendu et interprété ce qui se passait. Clinton Forbes, alarmé par l'aboiement du chien, sortit de la salle de bains et, voyant sa femme de charge, essuya la mousse sur sa figure et commença à lui parler. Puis il vit l'homme qui l'accompagnait et comprit le but de sa visite. Pris de panique, il se précipita dans la salle de bains et libéra le chien qui se rua sur l'homme, mais ce dernier tira, et le chien s'affaissa sans vie sur le plancher. Pendant que Forbes se débattait avec la femme, il y eut encore deux coups de feu tirés à bout portant, et puis... le silence.

Perry Mason s'arrêta brusquement. Il contempla solennellement le jury et, d'une voix si basse qu'on pouvait à peine l'entendre, il dit :

– Messieurs, c'est tout.

Il s'en retourna à son siège.

Claude Drumm jeta un regard incertain sur le jury et sur les visages hostiles des personnes présentes à l'audience et haussa les épaules.

– Je n'ai pas d'autre argument à présenter, dit-il.

22

Plus de deux heures s'étaient écoulées depuis que le verdict avait été rendu, quand Perry Mason entra dans son cabinet. La nuit était tombée depuis longtemps, mais Della Street, les yeux brillant d'enthousiasme, l'attendait. Paul Drake était là aussi, perché sur le bord d'un bureau, le visage empreint de bonne humeur tranquille, tandis qu'une cigarette pendait négligemment au coin de sa bouche.

Perry Mason conduisait en laisse un chien policier.

La secrétaire et le détective regardèrent curieusement le chien, puis Mason.

– Il n'y a pas à dire, fit Paul Drake, tu as le génie des gestes dramatiques et spectaculaires. Après avoir employé un chien pour obtenir un acquittement, tu vas maintenant adopter un chien policier et le promener avec toi. Pour rappeler à tout le monde ton succès.

– Pas nécessairement, répliqua Mason, mais laissez-moi mettre le chien dans le débarras, là-bas. Il est nerveux et je crois qu'il y sera mieux.

Il conduisit le chien dans une petite pièce attenante à son cabinet, le détacha, le fit coucher sur le plancher, le rassura en lui parlant à mi-voix et ferma la porte sans pousser le verrou.

Il se tourna alors pour serrer la main que Drake lui tendait, tandis que Della Street lui passait les bras autour du cou et dansait de joie.

– Oh ! dit-elle, c'était merveilleux ! Il y a eu une édition spéciale du journal, reproduisant mot pour mot votre argumentation. C'était tout simplement merveilleux !

– Les journaux, dit Paul Drake, t'appellent le « Maître des drames de cour d'assises ».

– J'ai eu simplement de la chance.

– Tu parles ! dit Paul Drake ; une chance soigneusement préparée. Tu avais environ six trucs en réserve pour gagner la partie. Si tu y avais été forcé, tu aurais pu faire usage du témoignage du cuisinier pour prouver que le chien avait hurlé. Tu aurais aussi pu citer à la barre Mae Sibley et tourner l'affaire en plaisanterie. Il y avait en somme une demi-douzaine de choses que tu aurais pu faire.

Della Street, surexcitée, ajouta :

– Aussitôt que j'ai lu votre argumentation, j'ai su par quelle chaîne de raisonnements vous étiez venu à penser que les corps étaient...

Brusquement, elle regarda Paul Drake et se tut.

– Mais, reprit Drake, il y a deux ou trois points

dans ton argumentation qui ne collent pas. En premier lieu, si Thelma Benton est retournée à la maison avec ce type, Carl Trask, pourquoi Wheeler et Doake ne les ont-ils pas vus venir en voiture ?

– Wheeler et Doake ne témoignaient pas, dit Perry Mason.

– Je le sais. Tu as pris bien soin de laisser ignorer au procureur que tu avais des hommes qui surveillaient la maison. S'il avait appris ce que ces deux types savaient, il aurait remué ciel et terre pour les avoir.

– Etait-ce légal de les faire partir, en dehors de la juridiction de la cour ? demanda Della Street, d'un ton de doute.

Perry Mason, de nouveau, était debout, les pieds écartés, les épaules rejetées en arrière et le menton pointant en avant.

– Ecoutez-moi, vous deux, dit-il. Je vous ai déjà dit, et je vous répète, que je ne suis ni le juge ni le jury, mais un avocat. Le procureur fait tout ce qu'il peut pour échafauder une forte accusation contre le défendant. C'est le rôle de l'avocat de la défense de démolir l'accusation du procureur. Prenez, par exemple, ce chauffeur de taxi ; vous le savez tout comme moi : il était incapable d'identifier la femme qui avait laissé le mouchoir dans sa voiture, même s'il avait eu un million d'années pour le faire. Il savait qu'elle avait un parfum très particulier et comment, d'une façon générale, elle était habillée. Il avait quelque idée de sa taille et de sa corpulence, mais c'était tout. Nous l'avons démontré effectivement en lui envoyant Mae Sibley, ce qui montre combien son identification était faillible. Et, pourtant, le procureur, avec tout le mécanisme policier de l'Etat pour le soutenir, a poursuivi une campagne subtile de suggestion, qui a fini par faire croire au chauffeur, non seulement qu'il pouvait identifier vraiment la femme, mais encore qu'il n'y avait aucun doute que c'était l'accusée.

» Voilà le genre de tactique que nous avions à

combattre dans cette affaire, et c'est ce que l'avocat de la défense rencontre toujours sur son chemin. Je vous ai dit que l'avocat n'est ni un juge ni un jury. Il est un partisan, un représentant aux gages du défendant ; ceci, avec la sanction de l'Etat ; et son devoir solennel est de présenter la défense de l'accusé aussi fortement que possible.

» C'est ce que j'essaie de faire.

– Eh bien ! dit Drake, tu as patiné sur une bien mince couche de glace dans cette affaire, mais tu t'en es bien tiré et tu mérites des félicitations. Les journaux te font une publicité qui vaut des millions. On te considère comme un magicien du droit, et par Dieu, tu en es un !

En échangeant une poignée de main avec Perry Mason, Drake ajouta :

– Je vais rester un moment à mon bureau, au cas où tu voudrais vérifier quelque chose. Je suppose que tu es fatigué et que tu veux aller te reposer.

– Les événements se sont succédé assez vite, il n'y a pas à dire, mais j'aime ce genre de bagarre, répondit Perry Mason.

Drake sortit.

Della Street contemplait Perry Mason avec de grands yeux lumineux.

– Oh ! dit-elle, je suis contente, si contente que vous l'ayez fait libérer. C'était merveilleux !

Elle le dévisagea pendant un moment, les lèvres tremblant sur des mots qu'elle n'arrivait pas à exprimer, puis elle écarta soudain les bras et l'embrassa encore une fois.

Il y eut à ce moment un bruit de toux timide à la porte.

Della Street se dégagea brusquement et regarda l'entrée où se tenait Bessie Forbes.

– Pardonnez-moi, dit cette dernière, si je vous dérange. Je viens d'être libérée et je me suis rendue à votre bureau aussitôt que j'ai pu ramasser mes affaires.

– Vous ne me dérangez pas, dit Perry Mason. Nous sommes heureux...

Il fut interrompu par un bruit violent de pattes à l'intérieur du débarras, dont la porte fut repoussée violemment, et le chien policier se précipita... il glissait et essayait de se retenir avec ses griffes sur le plancher de chêne poli, puis ayant pris pied sur un tapis, il reprit de la vitesse pour se ruer sur Bessie Forbes, fort surprise. Le chien sauta sur elle avec des grognements de joie, essayant de lui lécher la figure.

Bessie Forbes, à son tour, poussa un cri de joie et se pencha pour mettre ses bras sur les épaules massives de l'énorme chien policier.

– Prince, dit-elle, Prince ?

– Je vous demande pardon, dit Perry Mason, mais Prince n'est pas son nom. Prince est mort.

La femme le regarda d'un air incrédule et étonné. Elle ordonna au chien de se tenir tranquille, celui-ci se coucha et, du plancher où il était étendu, la regarda avec des yeux limpides, pendant que sa queue battait à un rythme accéléré.

– Où l'avez-vous trouvé ? dit-elle.

– J'avais deviné la véritable raison des hurlements du chien dans la nuit du 15 octobre, mais je ne comprenais pas pourquoi le chien n'avait pas hurlé la nuit suivante, s'il était encore en vie. Je ne comprenais pas non plus comment il se faisait qu'un chien, qui avait habité dans la même maison que Thelma Benton pendant plus d'un an, pût être devenu tout d'un coup méchant et l'avoir attaquée en lui mordant la main.

» Après la conclusion de l'affaire, j'ai fait un tour dans les chenils des environs et j'en ai trouvé un, où une personne avait échangé, dans la nuit du 16 octobre, un chien policier contre un autre qui lui ressemblait beaucoup. J'ai acheté le chien qu'on lui avait laissé.

– Mais, qu'allez-vous en faire ? demanda Bessie Forbes.

– Je vais vous le donner. Il a besoin d'un bon maître. Je vous conseille de l'emmener et de quitter cette ville immédiatement.

Il alla chercher la laisse et la lui donna.

– Faites-nous savoir où vous êtes, de manière que nous puissions rester en contact avec vous. Un testament vous a instituée légataire universelle. Vous allez être en butte à des journalistes qui demanderont à vous interviewer et vous poseront des questions embarrassantes. Il vaudrait mieux que nous puissions dire que vous n'êtes pas ici.

Elle le dévisagea sans rien dire pendant un moment, puis subitement tendit la main.

– Merci, dit-elle en se détournant brusquement.

Elle appela le chien :

– Prince, viens ici !

Le chien obéit et sortit du bureau du même pas que sa maîtresse, sa queue se balançant orgueilleusement.

Quand la porte du bureau fut fermée, Della Street, subitement consternée, regarda Perry Mason.

– Mais, dit-elle, le seul argument réel que vous aviez pour convaincre le jury que Bessie Forbes ne pouvait pas être la personne qui avait tiré était que le chien avait sauté sur l'intrus. Si Clinton Forbes avait changé le chien...

– Je vous ai dit bien des fois que je ne suis ni le juge ni le jury. D'un autre côté, personne n'a jamais entendu la version de Bessie Forbes sur ce qui s'est passé. Il est possible qu'elle se soit défendue parce qu'elle se sentait menacée. J'en suis du reste convaincu. Elle avait à se défendre contre un chien et contre un homme. Je n'ai agi qu'à titre d'avocat.

– Mais, dit Della Street, on l'attrapera et on la rejugera.

Perry Mason sourit en secouant la tête.

– Oh ! non, on ne fera pas ça. C'est pour cette raison que je n'ai pas voulu d'un non-lieu. Un non-lieu n'aurait pas empêché de nouvelles poursuites. Elle s'est trouvée face à un jury et a couru un grand risque, mais on ne pourra jamais plus la poursuivre pour le même délit, aussi longtemps qu'elle vivra, même si l'on découvrait d'autres preuves.

– Vous !... Vous êtes moitié saint, moitié démon ! s'écria Della Street.

– Tous les hommes sont comme cela, répliqua Perry Mason avec calme.

Romans policiers

On a trop longtemps cru en France qu'il n'existait que deux sortes de romans policiers : les énigmes classiques où l'on se réunit autour d'une tasse de thé pour désigner le coupable, ou les romans noirs où le sexe et le sang le disputent à la violence. Des auteurs tels que Boileau-Narcejac, Ellery Queen, Ross Macdonald, Demouzon démontrent qu'il existe une troisième voie, la plus féconde, où le roman policier est à la fois œuvre littéraire et intrigue savamment menée.

ARNOLD *Alan*	*Le secret de la pyramide* 1945***
BAYER *William*	*Une tête pour une autre* 2085**** (nov. 86)
BOILEAU-NARCEJAC	*Les victimes* 1429**
	Usurpation d'identité 1513****
	Maldonne 1598**
BUCHAN *John*	*Les 39 marches* 1862**
CASPARY *Vera*	*Laura* 1561***
DEMOUZON	*Adieu, La Jolla* 1207***
	Mes crimes imparfaits 1267**
	Monsieur Abel 1325**
	Section Rouge de l'Espoir 1472**
	Quidam 1587***
	Bungalow 2041***
FALK *Franz-Rudolf*	*On a tué pendant l'escale (Le paltoquet)* 1647***
FARREL *Henry*	*Qu'est-il arrivé à Baby Jane ?* 1663***
FRANCIS *Dick*	*Le professeur* 2086*** (nov. 86)
GARDNER *Erle Stanley*	*La jeune fille boudeuse* 1459***
	La nièce du somnambule 1546***
	L'œil de verre 1574**
	Le canari boiteux 1632***
	La danseuse à l'éventail 1688***
	La vierge vagabonde 1780***
	L'avocat du diable 2073***
HUGHES *Dorothy B.*	*Et tournent les chevaux de bois* 1960***
IMBROHORIS *Jean-Pierre*	*La trajectoire* 1934****
IRISH *William*	*L'ange noir* 1904**
KELLEY & WALLACE	*Witness* 1855**

KENRICK Tony	*Shangaï Surprise* 2106*** (nov. 86)
LEBRUN Michel	*L'Auvergnat* 1460***
	Pleins feux sur Sylvie 1599**
	En attendant l'été 1848***
	Caveau de famille 2033**
LEONARD Elmore	*Stick* 1888***
McBAIN Ed	*Pour des haricots* 1875***
MCDONALD Gregory	*Fletch* 1705***
	Le culot de Fletch 1812***
	Fletch et les femmes mortes 1903***
	Fletch à Rio 2010***
	Flynn s'amuse 2053***
MACDONALD Ross	*Un regard d'adieu* 1545***
	Le frisson 1573***
	L'affaire Wycherly 1631***
	Le corbillard zébré 1662***
	La face obscure du dollar 1687****
	La côte barbare 1823***
	A chacun sa mort 1959***
	La grimace d'ivoire 2034***
MORRELL David	*Rambo First blood* 1924***
QUEEN Ellery	*La ville maudite* 1445***
	Il était une vieille femme 1489***
	Le mystère égyptien 1514***
	Et le huitième jour 1560***
	La maison à mi-route 1586***
	Le renard et la digitale 1613***
	La décade prodigieuse 1646***
	Coup double 1704***
	Le roi est mort 1766***
	Le mot de la fin 1797***
	Un bel endroit privé 1811***
	Le quatre de cœur 1876***
	Le mystérieux Monsieur X 1918***
	L'arche de Noé 1978***
	La dernière femme de sa vie 2052***
	Le mystère du théâtre romain 2103*** (déc. 86)
QUENTIN Patrick	*La veuve noire* 1719***
	Puzzle pour fous 1994***

SADOUL Jacques	L'héritage Greenwood	1529***
	La chute de la maison Spencer	1614***
	L'inconnue de Las Vegas	1753***
SAYERS Dorothy L.	Poison violent	1718***
	Le mort de la falaise	1889****
	Noces de crime	1995****
SPILLANE Mickey	En quatrième vitesse	1798***
THOMAS Louis C.	Manie de la persécution	2009**
VILAR Jean-François	Passage des singes	1824***
	C'est toujours les autres qui meurent	1979***

Cinéma et TV

De nombreux romans publiés par J'ai lu ont été portés à l'écran ou à la TV. Leurs auteurs ne sont pas toujours très connus ; voici donc, dans l'ordre alphabétique, les titres de ces ouvrages :

A la poursuite du diamant vert 1667***	Joan Wilder
Alien 1115***	Alan Dean Foster
Aliens 2105****	Alan Dean Foster
Angélique, marquise des Anges	voir page 19
L'ami Maupassant 2047**	Guy de Maupassant
L'année dernière à Marienbad 546**	Alain Robbe-Grillet
L'Australienne 1969**** & 1970****	Nancy Cato
Blade Runner 1768***	Philip K. Dick
Bleu comme l'enfer 1971****	Philippe Djian
Les Bleus et les Gris 1742***	John Leekley
Carrie 835***	Stephen King
Châteauvallon 1856**** & 1936****	Eliane Roche
Christine 1866****	Stephen King
Coulisses 2108*****	Alix Mahieux
Cujo 1590****	Stephen King
Dallas 1324****	Lee Raintree
- Les maîtres de Dallas 1387****	Burt Hirschfeld
- Les femmes de Dallas 1465****	Burt Hirschfeld
- Les hommes de Dallas 1550****	Burt Hirschfeld
Damien, la malédiction-2 992***	Joseph Howard
Des fleurs pour Algernon 427***	Daniel Keyes
2001 - l'odyssée de l'espace 349**	Arthur C. Clarke
2010 - Odyssée deux 1721***	Arthur C. Clarke

2073
★★★

Impression Brodard et Taupin à La Flèche (Sarthe)
le 15 septembre 1986
6598-5 Dépôt légal septembre 1986. ISBN 2-277-22073-6
Imprimé en France
Editions J'ai lu
27, rue Cassette, 75006 Paris
diffusion France et étranger : Flammarion